프루스트가 우리의 삶을 바꾸는 방법들

프루스트가 우리의 삶을 바꾸는 방법들

How Proust Can Change Your Life

알랭 드 보통
박중서 옮김

청미래

HOW PROUST CAN CHANGE YOUR LIFE

by Alain de Botton

프루스트가 우리의 삶을 바꾸는 방법들

저자 / 알랭 드 보통
역자 / 박중서
발행처 / 도서출판 청미래
발행인 / 김실
주소 / 서울시 용산구 서빙고로 67, 파크타워 103동 1003호
전화 / 02 · 739 · 1661
팩시밀리 / 02 · 723 · 4591
홈페이지 / www.cheongmirae.co.kr
전자우편 / cheongmirae@hotmail.com
등록번호 / 1-2623
등록일 / 2000. 1. 18
초판 1쇄 발행일 / 2010. 7. 1
제2판 1쇄 발행일 / 2023. 9. 20
2쇄 발행일 / 2024. 7. 30

값 / 뒤표지에 쓰여 있음

ISBN 978-89-86836-90-5 03840

차례

1 오늘의 삶을 사랑하는 방법 7

2 나를 위해서 읽는 방법 17

3 시간 여유를 가지는 방법 41

4 성공적으로 고통받는 방법 67

5 감정을 표현하는 방법 119

6 좋은 친구가 되는 방법 147

7 눈을 뜨는 방법 185

8 사랑 안에서 행복을 얻는 방법 219

9 책을 내려놓는 방법 239

감사의 말 275

역자 후기 277

1
오늘의 삶을 사랑하는 방법

불행만큼 인간이 스스로 사로잡히는 대상이 또 있을까? 만약 어떤 악의적인 창조주가 오직 고통을 주기 위한 목적 하나만으로 우리를 지상에 놓아두었다면, 그 과제를 달성하려고 열성적으로 반응한다는 점에서 우리는 스스로를 대견스럽게 생각할 만한 이유가 충분할 것이다. 위로가 불가능할 수밖에 없는 이유는 널리고도 또 널렸다. 우리 육체의 연약함, 사랑의 변덕스러움, 사회생활의 불성실함, 우정의 손상, 습관의 둔화작용 등등. 이런 지속적인 고난 앞에서야, 우리가 더 큰 기대를 품고 기다릴 만한 사건은 오직 우리의 사멸뿐이라고 생각하는 것도 자연스러운 일이다.

1920년대에 파리에서 신문을 읽으려는 어떤 사람이 있었다면, 그는 아마 「랭트랑지장(*L'Intransigeant*)」이라는 이름의 신문을 골랐을 수도 있었으리라. 이 신문은 탐사 뉴스, 수도권 가십, 포괄적인 광고란(廣告欄) 그리고 날카로운 사설 등으로 좋은 평판을 얻고 있었다. 또한 중대한 질문들을 제시한 다음, 프랑스의 여러 유명인사들에게 답변을 보내달라고 요청하기도 했다. "귀하의 딸이 받았으면 하는 이상적인 교육에 대해서 말씀해주십시오." "파리의 교통 혼잡을 해결할 수 있는 조언을 주시기 바랍니다." 이것들 역시 그런 질문들 중 하나였다. 1922년 여름에 이 신문은 기고자들에게 특별히 공들여 만든 질문을 또 하나 내놓았다.

> 어느 미국인 과학자가 이 세계는 곧 멸망할 것이라고, 최소한 유럽 대륙의 상당 부분이 파괴될 것이며, 그것도 매우 갑작스럽게 파괴되어, 수억 명이 사망하는 운명을 맞이하게 될 것이라고 발표했습니다. 만약 이 예언이 확실한 것으로 증명될 경우, 방금 말씀드린 예언이 확실해진 때로부터 파국의 순간까지, 그 시간 동안, 과연 이 예언이 사람들에게 어떤 영향을 미칠 것이라고 생각하십니까? 마지막으로 그 최후의 시간에 귀하께서는 무엇을 하시겠습니까?

개인과 지구 모두의 전멸에 관한 이 냉혹한 시나리오에 답변한 맨 처음 사람은 오늘날 잊히고 만 문인 앙리 보르도였는데, 그는 많은 사람들이 가장 가까운 교회나 침실로 곧장 달려가리라고 추정하면서도, 정작 자신은 그 어색한 선택을 회피할 것이며, 그 마지막 기회를 알프스의 풍경과 식물군의 아름다움을 음미하기 위해서 산에 오르는 데 이용할 것이라고 설명했다. 또다른 파리의 유명인사인 여배우 베르트 보비는 개인의 여흥을 추구하지는 않을 것이며, 다만 개인의 활동이 더 이상은 장기적인 결과를 보지 못하게 됨으로써 사람들이 모든 금제(禁制)를 깨뜨릴지도 모른다는 조심스러운 걱정을 독자들과 함께 나누었다. 이런 어두운 예측은 당시 파리의 유명한 손금쟁이인 마담 프라야의 예측과도 맞아떨어지는 것이었다. 그녀는 사람들이 지구 밖의 미래에 관해 숙고하며 마지막 시간을 보내지는 않을 것이며, 사후의 삶을 위해 영혼을 준비시키는 일에 신경 쓰는 대신에 세속적 쾌락을 과도하게 추구할 것이라고 판단했다. 이러한 의구심은 작가 앙리 로베르가 그 시간 동안 최후의 카드놀이, 테니스 그리고 골프 경기를 하는 데에 몰두하겠다고 유쾌하게 선언하면서 재차 확인되었다.

자신의 종말 직전 계획을 설명한 마지막 유명인사는 은둔 취향에 콧수염을 기른 어느 소설가로, 가령 골프나 테니스나 카드 놀이에 대한 사적인 관심 따위로 알려진 인물은 아니었다. (물론 그는 딱 한 번인가 체커를 시도했고, 두 번인가 연 날리기에 도움을 준 일은 있었다지만.) 오히려 지난 14년간 얇게 짠 모직 담요 더미 속에 파묻힌 채, 적절한 등불도 없이 좁은 침대에 누워서 쓴 유별나게 긴 소설로 알려진 남자였다. 『잃어버린 시간을 찾아서(*À la recherche du temps perdu*)』는 1913년에 제1권이 간행된 이래, 그의 걸작으로 찬사를 받았고, 프랑스의 한 비평가는 그를 셰익스피어와 비교했으며, 이탈리아의 한 비평가는 그를 스탕달에 견주었고, 오스트리아의 어느 공작부인은 그에게 결혼 신청을 하기도 했다. 비록 스스로를 높이 평가하지 않았고 ("내가 자신의 가치를 더 높이 매길 수만 있다면! 아아! 불가능한 일이다!") 한때는 스스로를 벼룩으로 그리고 자신의 저술을 소화 불가능한 누가(nougat) 조각으로 지칭하기도 했지만, 그래도 마르셀 프루스트는 만족할 만한 이유를 가진 사람이었다. 하다못해 넓은 인맥과 신중한 판단의 소유자인 프랑스 주재 영국 대사조차도, 비록 직접적인 문학적 영예까지는 아니더라도 뭔가 대단한 영예를 그에게 부여하는 것이 마땅하다고 생각했고, 그를 가리켜 이렇게 묘사한 바 있다. "내가 이제껏 만난 사람들 중에서도 가장 주목할 만한 인물이다. 왜냐하면 그는 저녁식사 자리에서도 줄곧 외투를 걸치고 있기 때문이다." 신문 기고에 열의를 보이며—어쨌거나 그것도 좋은 운동이므로—프루스트는 「랭트랑지장」과 그 파국을 예견한 미국인 과학자에게 다음과 같은 답장을 보냈다.

제 생각에는, 귀하가 말씀하신 것처럼 우리가 죽음의 위협에 놓인다면, 삶이란 갑자기 우리에게 너무 훌륭해 보일 것 같습니다. 얼마나 많은 계획과 여행, 정사(情事), 연구 등을 그것—우리의 삶—이 우리에게 감춰놓고 있는지를 생각해보십시오. 미래에 대한 확신으로 뭐든지 끝없이 미루기만 하는 우리의 게으름 때문에 그런 것들은 결국 우리 눈에 보이지 않게 되었습니다.

그러나 이 모두가 영원히 불가능해질 위기에 처한다면, 그런 것들은 다시 얼마나 아름다워질까요! 아! 만약 이번에 그 파국이 일어나지 않는다면, 우리는 잊지 않고 루브르의 새로운 전시실을 방문할 것이고, X양의 발치에 몸을 던질 것이고, 인도로 여행을 떠날 테니 말입니다.

파국이 일어나지 않는다면, 우리는 이 가운데 어떤 일도 하지 않을 것입니다. 왜냐하면 우리는 일상생활의 중심부로 돌아온 자신을 발견하게 될 것이고, 거기서는 태만이 욕망을 잠재우기 때문입니다. 그러나 우리가 오늘의 삶을 사랑하기 위해 굳이 파국이 필요하지는 않을 것입니다. 다만 우리가 인간이라는 것 그리고 당장 오늘밤에도 죽음이 찾아올 수 있다는 것을 상기하는 것만으로도 그러기에는 충분하리라고 봅니다.

죽음의 임박을 깨닫는 순간 우리는 갑자기 삶에 대한 애착을 느낀다. 이것은 뭔가 전혀 끝이 보이지 않는다는 이유로 우리가 그 참맛을 잃어버린 대상이 어쩌면 삶 자체가 아니라, 다만 우리가 영위하는 삶의 일상적인 버전에 불과할지도 모른다는 점을 시사한다. 또한 우리의 불만족은 인간의 경험 속에 있는 돌이킬 수 없이 침울한 뭔가의 결과라기보다는, 오히려 특정한 삶의 방식의 결과라는 점을 시사한다. 우리 자신의 불멸성에 대한 관습적인 믿음을 포기하고 나면, 비로소 우리는 외관상 바람직하지 못한, 그리고 외관상 영원한 경험의 표면 아래에 숨어 있는 일련의 미확인된 가능성을 깨닫게 될 것이다.

그러나 우리가 죽을 운명이라고 시인한 까닭에, 더 나아가서 각자의 우선순위를 재평가해야 한다면, 우리는 과연 무엇이 최우선이 되어야 할지를 자문할 수 있으리라. 죽음에 대한 암시와 직면하기 전까지만 해도, 우리는 단지 반쪽의 삶을 살고 있었을지 모른다. 그렇다면 완전한 삶은 정확하게 무엇으로 이루어져 있을까? 우리의 불가피한 소멸에 관한 단순한 인식은 가령 일기의 나머지 부분을 채워넣는 문제에 대해서 우리가 어떤 타당한 답변을 파악할 수 있도록 보장해주지 않는다. 똑딱거리는 시계 소리에 당황한 나머지, 우리는 심지어 어떤 요란하기 짝이 없는 어리석음에 의존하기도 한다. 「랭트랑지장」에 보낸 파리 유명인사들의 제안은 참으로 모순적이었다. 알프스의 풍경에 대한 경탄, 지구 밖의 미래에 관한 숙고, 테니스와 골프. 그러나 이들 가운데 어떤 것이 과연 유럽 대륙이 붕괴하기 이전에 시간을 보내는 보람 있는 방법이었을까?

프루스트의 제안(루브르, 사랑, 인도)이라고 해서, 딱히 더 도움이 될 만한 것은 아니었다. 우선 그 제안은 사람들이 익히 아는 그의 성격과는 정반대였다. 그는 단 한번도 박물관 관람에 열성을 보인 적이 없었고, 무려 10년이 넘도록 루브르에 간 적도 없었으며, 박물관에서 와글거리는 군중 속에 파묻히느니 차라리 복제품을 바라보는 편을 택했다. ("사람들은 문학과 회화와 음악을 지극히 널리 사랑하게 되었다고 생각하지만, 정작 그런 분야에 관해 뭔가를 아는 사람은 단 한명도 없다.") 그는 인도에 대한 관심으로 유명하지도 않았다. 사실은 그곳까지 간다는 것 자체가 시련이었다. 일단 기차를 타고 마르세유까지 가서, 우편선을 타고 포트사이드에 도착한 후에, 열흘 동안 P&O 정기선을 타고 아라비아 해를 가로질러야 했기 때문이다. 침대에서 나오기조차 힘들어하는 남자에게는 결코 이상적인 여정이 아니었다. 그리고 X양에 대해서 말하자면, 그의 어머니로서는 탄식하지 않을 수 없게도, 마르셀은 결코 그녀의 매력을 제대로 감지하지 못했으며, 하다못해 A양부터 Z양에 이르는 다른 여성의 매력에 대해서도 마찬가지였다. 혹시 가까운 곳에 남동생이 있느냐고 굳이 물어보는 일도 그만둔 지 오래였다. 왜냐하면 사랑을 나누는 것보다는 차라리 시원한 맥주 한 잔이 훨씬 더 안정적인 쾌락의 원천이라고 결론을 내렸기 때문이다.

그러나 만약 프루스트가 정말로 자신의 제안에 따라서 행동하려고 했더라도, 그에게는 그럴 기회가 거의 없었던 것으로 드러났다. 앞으로 몇 년 사이에 그런 파국과 유사한 어떤 일이 벌어질 것이라고 예견이라도 했는지, 「랭트랑지장」에 답변을 보낸 지 불과 넉 달 만에 그는 감기에 걸려 사망했다. 그의 나이는 쉰한 살이었다. 그는 어느 파티에 초대를 받았는데, 가벼운 감기 증상 때문에 세 벌의 외투와 두 겹의 이불로 몸을 꽁꽁 싸매고, 그 차림 그대로 밖에 나갔다. 집으로 오는 길에 그는 택시를 잡으려고 추운 안뜰에서 한동안 기다려야 했고, 그곳에서 그만 오한이 들었다. 이는 급기야 고열로 발전했는데, 만약 프루스트가 침대 곁에 온 의사의 조언을 거부하지 않았더라면 병세가 호전될 수도 있었으리라. 그는 의사들이 자신의 집필 작업을 중단시킬지도 모른다고 두려워한 나머지, 장뇌유 주사를 놓자는 의사의 제안을 거절하고 계속해서 글을 썼으며, 따뜻한 우유, 커피와 삶은 과일 외에는 아무것도 먹지도 마시지도 않았다. 감기는 기관지염으로 번졌고, 결국에는 폐렴으로 발전했다. 그가 오랜만에 침대에서 일어나 앉아서 넙치구이를 찾았을 때에는 회복에 대한 희망이 짧게나마 고개를 들었지만, 가정부가 생선을 사다가 요리하는 동안 현기증이 엄습하는 바람에 프루스트는 음식에 손도 대지 못했다. 불과 몇 시간 뒤에 폐의 농양이 터졌고, 그는 결국 죽고 말았다.

어떻게 살 것인가에 대한 프루스트의 반성은 다행히도 신문사가 제기한 공상적인 질문에 대한 너무나도 짧은 그리고 다소 혼란스러운 답변을 하는 데서 멈추지는 않았다. 비록 방대하고 서술적으로도 복잡한 형태를 지녔을망정 그는 사망하는 그 순간까지도 분명히 어떤 질문에 관한 나름대로의 답변을 개진한 책을 쓰고 있었기 때문이다. 여기서 그가 받은 질문으로 말하자면, 가공의 미국인 과학자의 예견에서 촉발된 앞서의 질문과 크게 다르지는 않았다.

이 기나긴 책 제목은 상당히 많은 것을 암시한다. 프루스트는 단 한번도 그것을 좋아한 적이 없었으며, "불운하다"(1914), "오해받기 쉽다"(1915), "추악하다"(1917)고까지 다양하게 자신의 마음을 드러냈다. 그러나 『잃어버린 시간을 찾아서』라는 제목은 이 소설의 중심 주제—시간의 소실과 상실 뒤에 놓인 원인에 대한 탐색—를 충분히 직접적으로 가리킨다는 이점이 있다. 이 작품은 보다 서정적이던 시대의 추이를 추적하는 회고록과는 완전히 다르다. 오히려 이 작품은 어떻게 하면 시간 낭비를 중지하고 음미할 수 있는 삶을 시작할 것인가 하는 문제에 관한 이야기이며, 더욱이 충분히 실용적이면서도 보편적으로 적용 가능한 이야기이다.

종말의 임박이 공표될 경우, 이 문제가 졸지에 모두의 마음속에서 최우선의 관심사가 될 것임에는 의심의 여지가 없다. 프루스트의 지침서는 개인 또는 지구의 파멸이 임박하기 직전에 그 논제가 우리를 비록 조금이라도 자제시킬 수 있으리라는 희망을 피력하고 있다. 덕분에 우리는 어쩌면 마지막으로 골프를 치고 나서 혼절할 시간이 오기 전에 각자의 우선순위를 적용하는 법을 배우게 될지도 모른다고 말이다.

2

나를 위해서 읽는 방법

프루스트는 대대로 사람들의 기분을 더 나은 상태로 만드는 기술에 대해서 매우 진지하게 생각하는 가문에서 태어났다. 그의 아버지는 의사였고, 덩치가 크고 턱수염을 길렀으며, 19세기 골상학(骨相學)의 전형이라고 할 만한 인물이었고, 권위적인 태도는 물론이고 여차 하면 상대방을 확 움츠러들게 만들 만한 과단성이 있는 눈빛마저 엿볼 수 있었다. 그는 의사라는 직업에 따라붙게 마련인 도덕적 우월성을 과시한 사람이었다. 간질간질한 기침이나 맹장 파열로 고생하는 사람이라면 누구나 공감하겠지만, 의사라는 집단이 사회에서 가지는 가치는 의심의 여지없이 명백하다. 물론 그보다는 가치가 조금 덜 확실한 직업에 종사하는 사람들은 똑같은 이유로 마치 스스로가 일종의 여분 같다는 불편한 감정을 느끼기도 하겠지만 말이다.

아드리앵 프루스트 박사도 시작은 평범하기 그지없었다. 시골 잡화상인 그의 아버지는 주로 가정과 교회에서 쓰는 양초를 제조하는 일을 했다. 프루스트 박사의 이력은 화려한 의학 연구 끝에 나온 「두뇌 연화증의 여러 가지 형태」라는 논문에서 정점을 이루었다. 이후 그는 공중위생의 수준 향상을 위해서 전념했다. 특히 콜레라와 선페스트의 확산을 막는 일에 관심을 가졌고, 프랑스 바깥까지 널리 여행하면서 전염병에 관해서 외국 정부에 조언했다. 이런 노력에는 적절한 보상도 따른 까닭에, 그는 레지옹도뇌르 훈작사가 되었고, 파리 의과대학의 위생학 교수가 되었다. 한때 콜레라가 창궐했던 항구도시 툴롱에서는 시장이 그에게 시의 열쇠를 선물했고, 마르세유에서는 격리 환자들을 위한 병원에 그의 이름이 붙여졌다. 사망 당시인 1903년에 아드리앵 프루스트는 이미 국제적인 입지를 가진 의사였고, 아마도 자신의 존재를 다음과 같이 충분히 요약할 수 있을 법한 인물이었다. "나는 한평생 행복했다."

마르셀이 아버지 곁에 서면 스스로를 어딘가 좀 가치가 떨어진다고 느꼈다는 것, 또한 아버지의 이처럼 만족스러운 삶에서 자신이 일종의 재앙은 아니었을까 두려워했다는 것은 결코 놀랄 만한 일이 아니었다. 그는 19세기 말의 부르주아 집안에서 이른바 정상성(正常性)의 증표를 보여주는 전문적인 포부 가운데 그 어떤 것에도 닻을 내리지 못했다. 그가 유일하게 관심을 둔 분야는 문학뿐이었지만, 젊은 시절에 그는 꽤 오랫동안 글을 쓸 수 있을 정도로 의욕이나 능력이 충만한 듯하지 않았다. 착한 아들이던 그는 처음에는 부모님이 인정할 만한 어떤 일을 하려고 시도했다. 외무부에 들어가려는, 또는 변호사나 주식 브로커나 루브르의 보조직원이 되려는 생각도 했다. 그러나 직업을 얻으려는 노력은 쉽지 않았다. 어느 사무변호사와 이 주일 동안 일하고 나서 그는 혐오를 느꼈고("내가 겪은 가장 절망적인 경험 중에서도, 법률 사무소보다 더 혐오스러운 것은 상상조차 할 수 없다"), 파리와 사랑하는 어머니를 두고 멀리 떠나야 한다는 사실을 깨닫자마자 외교관이 되려는 생각도 깨끗이 사라졌다. "내가 변호사도, 의사도, 사제도 되지 않는다고 하면, 과연 무엇이 남았을까……?" 점점 더 절망에 빠진 스물두 살의 프루스트는 이렇게 자문했다.

어쩌면 사서가 될 수도 있을 것 같았다. 그는 마자랭 도서관에 지원해서 무급 자리를 하나 얻었다. 어쩌면 이것이 답변이 될 수도 있었겠지만, 프루스트는 그곳이 먼지가 너무 많아서 폐에 좋지 않음을 깨닫고 병가를 신청했으며, 이후 병가는 줄곧 더 길어지기만 했다. 병가 중 일부를 그는 침대에서 보냈고, 또 일부는 휴가로 보냈지만, 책상에서 글을 쓴 경우는 드물었다. 그는 분명히 매력적인 삶을 살았고, 만찬 파티를 열었고, 차를 마시러 외출했고, 돈을 펑펑 썼다. 그의 아버지가 얼마나 걱정했을지는 충분히 짐작이 간다. 왜냐하면 실용적인 인물이던 그의 아버지는 평생 예술에는 별로 관심을 보이지 않았기 때문이다. (물론 한때는 오페라 코미크의 의무실에서 일했으며, 그에게 반한 어느 미국인 오페라 여가수가 주름 장식이 달린 무릎 길이의 판탈롱을 입고 남자처럼 분장한 사진을 보내온 적도 있었지만.) 마르셀이 계속해서 출근하지 않고, 기껏해야 1년에 한 번이 될까 말까하게 모습을 나타내자, 유별나게 관대하던 도서관의 상사들도 마침내 인내심을 잃고 채용 5년 만에 결국 그를 해고했다. 그즈음이 되자 마르셀이 버젓한 직업을 가질 수 없으리라는 점은 너무나 명백해졌으며, 크게 실망한 그의 아버지는 말할 것도 없었다. 또한 그가 영원히 집안 재산에 의존한 채로 살아가리라는 점 그리고 수입도 없으며 어디까지나 딜레탕트(아마추어)에 불과한 관심을 추구하리라는 점도 분명해졌다.

더욱 이해하기가 힘든 것은, 부모님이 모두 돌아가시고 마침내 소설을 쓰기 시작했을 때 프루스트가 가정부에게 고백한 야심이다.

> "아, 셀레스트. 아버지가 병자들을 위해 한 것만큼 내 책으로도 할 수 있다고 확신할 수만 있다면."

아드리앵이 콜레라와 선페스트에 시달린 환자를 위해서 한 것만큼의 어떤 일을 책으로 하겠다고? 프루스트 박사가 사람들의 건강 상태를 향상시키는 능력이 있었음은 굳이 툴롱의 시장이 되지 않더라도 누구나 알 수 있는 일이지만, 마르셀은 7권에 달하는『잃어버린 시간을 찾아서』로 과연 어떤 종류의 치료를 할 수 있으리라고 생각했던 것일까? 가령 시베리아의 스텝 지대를 느리게 움직이며 횡단하는 기차 여행 동안 시간을 때우는 방법이라면 또 몰라도, 적절하게 기능하는 공중보건 시스템이 베풀어주는 혜택에 비견되는 그 무엇을 이 대작이 가지고 있다고 주장하려는 사람이 과연 이 세상에 있을까?

만약 우리가 마르셀의 야심을 일축한다면, 이것은 오히려 문학의 치료 능력에 관한 특별한 회의주의 때문이지, 인쇄된 말의 가치를 의심하는 분위기가 만연했기 때문은 아닐 것이다. 심지어 아들의 생업에 대해서는 그리 공감하지 못했던 프루스트 박사조차도 온갖 장르의 출판물에는 그리 적대적이지 않았으며, 오히려 자신도 여러 권의 저서를 낸 저술가였고, 제법 오랫동안 서점가에서는 아들보다도 더 유명한 인물이었다.

그러나 아들의 저술과는 달리, 프루스트 박사의 저술이 가진 유용성만큼은 정말이지 의문의 여지가 없었다. 34권의 책을 통해서 그는 대중의 신체적 안위를 더 높이기 위한 다양한 방법을 고려했으며, 그의 저서 제목만 해도 가령 『전염병에 대항하는 유럽의 방어책』이라는 연구서에서, 『전지 제조 과정에 참여하는 노동자에게서 관찰되는 납 중독』이라는, 그 당시로서는 상당히 새로운 문제를 다룬 얇지만 전문적인 책까지 망라하고 있었다. 그러나 프루스트 박사가 독서 대중에게 알려지게 된 계기는, 신체 건강에 대해서 모두가 알고 싶어하는 온갖 내용을 간략하고 힘차고 쉬운 언어로 설명한 여러 권의 저서들 때문이었다. 따라서 프루스트 박사를 가리켜 건강 유지 및 자기계발 지침서의 개척자 겸 달인이라고 소개하더라도, 그가 가졌던 야심의 대의를 손상시키는 일은 결코 아닐 것이다.

그가 펴낸 자기계발서들 중에서도 가장 성공적인 작품은 『위생학의 기초』였다. 1888년에 간행된 이 책은 삽화가 가득했고, 10대 소녀들을 주요 독자층으로 겨냥한 것이었다. 한 세기에 걸친 유혈 낭자한 군사적 모험 이후에 인구가 크게 감소한 상황에서 차세대의 건강한 프랑스인을 생산하기 위해서는 앞으로 어머니가 될 소녀들의 건강 향상을 위한 조언이 필수적이라고 간주된 까닭이었다.

프루스트 박사의 시대 이래로 건강한 생활방식에 대한 관심이 줄곧 증대되었음을 고려해볼 때, 그의 여러 가지 통찰력 있는 조언들 중에서 최소한 몇 개는 이 책에 포함시킬 만한 가치가 충분할 것이다.

프루스트 박사가
우리의 건강을 바꾸는 방법들

| 요통

이 질환은 대부분 잘못된 자세에서 비롯된다. 10대 소녀가 바느질을 할 때에는 상체를 앞으로 숙이거나, 다리를 꼬고 앉거나, 낮은 탁자를 사용하는 일이 없도록 주의해야 한다. 그런 자세는 중요한 소화기관을 압박하고, 혈액의 흐름을 방해하며, 척수를 긴장시키기 때문이다. 이 문제에 관해서는 다음의 경고성 삽화가 잘 설명하고 있다.

따라서 이 소녀는 아래에 나오는 아가씨의 모범을 따라야 할 것이다.

Ⅱ 코르셋

프루스트 박사는 이 의류 품목에 대한 혐오를 결코 숨기지 않았으며, 이것이야말로 자멸적이고 비뚤어진 발상이 아닐 수 없다고 묘사했다. (또한 그는 날씬함과 매력 사이의 상호관계를 걱정하는 모든 사람을 위한 한 가지 중요한 구분을 제시했으니, 독자들을 향해서 "이른바 마른 여성과 날씬한 여성은 전혀 다르다"고 단언한 것이었다.) 코르셋을 사용하고 싶은 유혹을 느끼는 소녀들에게 경고를 보내려는 시도로서, 프루스트 박사는 코르셋이 척수에 가하는 파멸적인 효과를 보여주는 그림을 삽입했다.

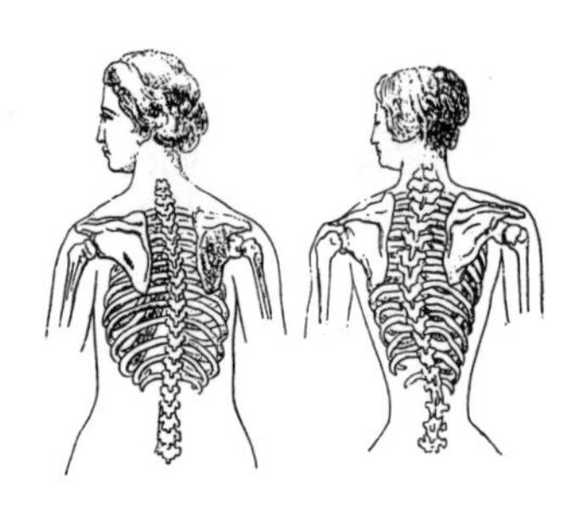

III 운동

프루스트 박사는 소녀들에게 인공적인 수단을 통해서 날씬하고 건강한 것처럼 보이기보다는, 꾸준한 운동 계획을 세우라고 조언하면서, 여러 가지 실용적이면서도 격렬하지는 않은 운동의 사례를 포함시켰다. 가령 담장에서 뛰어내리기.

뛰어오르기

팔 휘두르기

한 발로 균형 잡기

에어로빅 지도는 물론이요, 심지어 코르셋이나 바느질 자세에 관해서도 조언을 한 아버지를 둔 덕분에, 마르셀은 자신의 평생 역작을 『위생학의 기초』의 저자의 작품과 동등한 위치에 올려놓으려는 성급한 또는 단순한 과욕을 품었던 것도 같다. 이 문제에 관해서는 그를 비난하기보다는 차라리 다음과 같은 질문을 하는 편이 더 타당하리라. 과연 이 세상의 소설 중에서 진정으로 치료 효과가 있다고 여겨지는 작품이 몇 권이나 있을지, 그리고 그 장르 자체가 가령 아스피린이나 교외 산책이나 드라이 마티니 한 잔에서 얻을 수 있는 것보다 더 위안을 제공할 수 있는지를 말이다.

무척이나 관대한 사람이라면, 문학의 현실도피주의가 바로 그런 효과라고 제안할 수도 있을 것이다. 익숙한 환경 속에 고립된 상태에서는, 기차역의 신문 가판대에서 보급판 책을 한 권 사는 것에도 기쁨을 느낄지 모른다. ("나는 더 많은 독자에게 다가간다는 생각에 매료되었다. 기차를 타기 전에 조잡하게 인쇄된 책을 사는 부류의 사람들에게 말이다.") 일단 객차에 오른 뒤, 우리는 현재의 주위 환경으로부터 벗어나서 보다 바람직한 또는 최소한 바람직하게 다른 세계로 들어간다. 간혹 지나치는 풍경을 바라보려고 눈을 뗄 때에도 그 조잡하게 인쇄된 책은 계속해서 펴들고 있으며, 성질이 나빠 보이고 외눈 안경을 쓴 한 남작이 특별 전용실에 들어갈 채비를 할 때까지도 그러고 있는 것이다. 우리의 목적지를 알리는 안내방송이스피커에서 흘러나올 때까지, 또는 브레이크가 그 마뜩치 않은 비명소리를 내지를 때까지 그러고 있다가, 우리는 다시 한 번 현실로 돌아온다. 기차역으로 상징되는 그리고 땅에 떨어진 과자를 쪼며 이리저리 서성이는 청회색 비둘기 떼로 상징되는 현실로 말이다. (프루스트의 가정부 셀레스트는 회고록에서 그의 소설을 잘 따라잡지 못하고 놀라는 사람들에게 한 가지 유용한 조언을 했다. 즉 이 소설은 한 기차역에서 다음 기차역까지 가는 동안에 읽도록 고안된 것이 아니라는 조언이었다.)

소설을 또다른 세계로 두둥실 옮겨가는 도구로 사용하는 것의 즐거움이 어떻든지 간에, 이것은 물론 이 장르를 다루는 유일무이한 방식은 아니다. 또한 이것은 분명히 프루스트의 방식도 아니며, 심지어 그가 셀레스트에게 표현한 고귀하고도 치료적인 야심을 성취하는 아주 효과적인 방법도 아니다.

우리가 책을 어떻게 읽어야 하는지에 대한 프루스트의 견해는 어쩌면 그림을 바라보는 그의 접근방식에 가장 잘 암시되어 있는지도 모른다. 프루스트가 죽은 후에 친구인 뤼시앵 도데는 그와 함께 했던 시간에 관한 글을 썼는데, 거기에는 두 사람이 언젠가 루브르를 방문했던 때의 일이 묘사되어 있다. 어떤 그림을 볼 때면, 프루스트는 캔버스 위에 묘사된 인물을 자신이 알고 지낸 어떤 실존인물과 연결시켜 생각하는 습관이

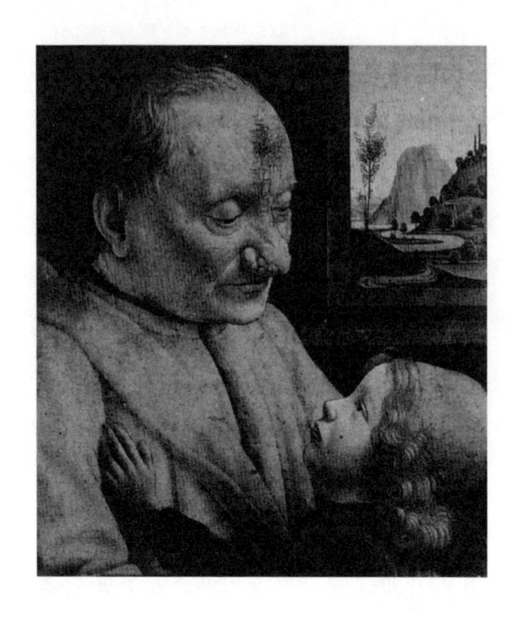

있었다. 도데에 따르면 하루는 두 사람이 한 전시실에 들어갔더니 도메니코 기를란다요의 회화 한 점이 걸려 있었다. 1480년대에 완성된 「노인과 소년」이라는 그 작품에는 인자해 보이는, 그러나 코끝이 뾰루지 같은 것들로 뒤덮인 한 남자가 묘사되어 있었다. 프루스트는 기를란다요의 그림을 한동안 음미하더니, 이 남자가 그 당시 파리 사교계의 명사들 중 한 사람인 들로 후작과 꼭 닮았다고 도데에게 말했다.

19세기 파리의 신사였던 그 후작의 모습을 15세기 말 이탈리아에서 그려진 초상화 속에서 찾아내다니 얼마나 놀라운 일인가? 마침 그 후작을 찍은 사진이 한 장 남아 있다. 그 사진에서 후작은 그저 걸치려고만 해도 하녀가 최소한 다섯 명쯤은 필

요할 법한 종류의 정교한 드레스를 입은 한 무리의 부인들과 함께 정원에 앉아 있다. 그는 어두운 색상의 정장에, 윙 칼라, 커프스 단추, 실크해트 차림이다. 19세기의 자잘한 소지품들과 사진의 낮은 해상도에도 불구하고, 그가 르네상스 시대에 이탈리아에서 기를란다요가 그린 코끝이 뾰루지 같은 것들로 뒤덮인 남자와 정말 놀라울 정도로 흡사하다는 것, 마치 여러 나라와 세기를 건너 오랜 세월 극적으로 헤어져 있던 형제 같다는 것은 누구나 쉽게 알 수 있을 것이다.

분명히 전혀 다른 세계에 사는 사람들 사이에 이렇게 시각적인 관계를 맺어주는 가능성은 프루스트의 제안이 무엇인지를 설명한다.

미적으로 보면, 인간 유형의 수는 워낙 제한되어 있기 때문에, 우리는 반드시 언제나, 우리가 어디에 있든지, 우리가 아는 사람을 보게 되는 즐거움을 누리게 된다.

그리고 그런 즐거움은 단순히 시각적인 것에만 국한되지 않았다. 인간 유형의 수가 제한적이라는 것은, 우리가 아는 사람들에 대해서 반복적으로 읽을 수 있음을, 그것도 우리가 예상치 못한 장소에서도 그럴 수 있음을 의미했기 때문이다.

가령 프루스트의 소설 제2권에서 화자는 발베크라는 노르망디의 해변 휴양지를 방문하는데, 그곳에서 그는 자신이 아는 누군가를, 즉 도도한 표정, 반짝이며 웃고 있는 눈동자, 통통하고 부석부석한 뺨에 검정 폴로 모자를 좋아하는 젊은 여성을 만나 사랑에 빠진다. 프루스트는 알베르틴이 말할 때 어떤 소리가 나는지를 이렇게 묘사한다.

말할 때면 알베르틴은 머리를 꼼짝하지 않았으며, 콧구멍은 좁아지고, 입술은 거의 움직이지 않았다. 이렇게 하여 생기는 결과는 느릿느릿한 콧소리였고, 그런 소리로 이루어진 문장 속에는 아마도 지방 기질, 영국인의 냉정함에 대한 젊은이 특유의 관심, 외국인 여자 가정교사의 가르침, 콧물의 충혈성 비대 등이었다. 그러나 실제로는 그녀가 어떤 사람들을 더 잘 알게 되는 즉시 이런 발음은 금세 사라지고,

> 마치 어린 여자애 같은 어조로 대체되었는데, 어떤 사람들은 오히려 불쾌해할 수도 있을 법했다. 그러나 내게는 유난히도 즐거운 것이었다. 며칠 동안 멀리 다녀오느라고 그녀를 못 볼 경우, 나는 이렇게 되뇜으로써 내 정신을 새롭게 했다. "우리는 당신이 골프 치는 걸 한번도 못 봤어요." 단도직입적으로, 얼굴 근육을 하나도 움직이지 않으면서, 그녀가 이 말을 내뱉을 때의 콧소리까지 곁들여서 나는 되뇌곤 했다. 그러면 나는 그녀만큼 내가 탐내는 사람은 이 세상에 또 없으리라고 생각했다.

어떤 소설 속 등장인물에 대한 묘사를 읽을 때면 그 남자, 또는 그 여자와 가장 흡사한— 종종 의외로 그러한— 현실의 어느 지인을 상상하지 않기가 오히려 힘들게 마련이다. 가령 나는 프루스트의 게르망트 공작부인을 내 예전 여자친구의 새어머니인 쉰다섯 살의 한 여성의 이미지와 떼어서 생각하기가 힘들다. 정작 남을 의심할 줄 모르는 그 중년 부인은 프랑스어라고는 전혀 모르고, 작위도 없으며, 영국 데번에 살고 있음에도 불구하고 그렇다. 그뿐이 아니다. 프루스트의 작중인물들 중 한 사람인 머뭇거리기 잘하고 수줍음 많은 사니트가 발베크에서 자네가 머무는 호텔로 찾아가도 괜찮으냐고 작중화자에게 물어볼 때, 사니트의 친근한 의도를 감춰주는 오만하고도 방어적인 어조는 내가 대학 때 알던 지인의 어조와 정확히 닮은 것만 같다. 그는 자칫 거절에 직면할 것 같은 상황에는

케이트 / 알베르틴

서지 않으려고 하는 강박적인 습관을 가지고 있었다.

"앞으로 며칠 동안 뭘 할 생각인가? 내가 발베크 인근 어딘가에 가 있을 수도 있어서 말이야. 어쨌거나 별 차이는 없을 거야. 다만 물어나봐야겠다는 생각이 들어서." 사니트는 작중 화자에게 이렇게 말하는데, 필립이 어느 날 저녁, 계획을 제안할 때에도 아마 이와 마찬가지였을 것이다.

"소설을 읽는 사람은 십중팔구 여주인공에게서 우리가 사랑하는 어떤 사람의 특징을 찾아내게 마련이다." 프루스트의 이 말은 얼마나 도움이 되는지 모른다. 이것이야말로 앞에서 반짝이며 웃고 있는 눈동자와 검정 폴로 모자 차림으로 발베크를 걷고 있었다고 묘사된 알베르틴이 내 여자친구 케이트와 놀라우리 만큼 닮았다고 상상하는 내 습관에 타당성을 부여하기 때문이다. 물론 그녀는 프루스트보다는 조지 엘리엇을, 힘든 하루를 마친 뒤에는 『마리클레르』를 더 좋아하지만 말이다.

우리의 삶과 우리가 읽는 소설 사이의 이처럼 밀접한 교제야말로 어쩌면 프루스트가 다음과 같이 주장한 이유인지도 모른다.

> 현실에서 모든 독자는, 책을 읽는 동안만큼은 그 자신의 독자이다. 저자의 작품은 만약 그 책이 아니었으면 독자가 결코 혼자서는 경험하지 못했을 어떤 것을 스스로 식별하도록 도와주는 일종의 시력보조 장치에 불과하다. 그리고 이 책이 말하는 바를 독자가 자기 속에서 인식하는 것이야말로 이 책의 진실성에 대한 증명이다.

그러나 왜 독자는 그 자신의 독자가 되기를 추구해야 할까? 왜 프루스트는 우리 자신과 예술작품 사이의 관계를 특권으로 생각했으며, 자신의 박물관 방문 습관에서 했던 것처럼 심지어 자신의 소설에서도 그랬던 것일까?

이에 관한 한 가지 답변은 이렇다. 예술이 단순히 우리를 삶에서 벗어나게 해주는 데에 그치지 않고, 나아가 우리에게 적절하게 감명을 주는 방법은 오직 이것뿐이기 때문이라는 것이다. 그리고 이른바 '로 후작 현상(Marquis de Lau phenomenon, MLP)'이라고 이름 붙일 수 있을 것에 수반되는, 다시 말하면 알베르틴의 초상에서 케이트를 인식하고, 사니트의 묘사에서 필립을 인식하는 가능성에 수반되는, 그리고 보다 일반적으로는 기차역에서 엉성하게 인쇄된 책을 구입하는 우리 자신에게 수반되는, 일련의 경이로운 혜택이 있기 때문이라는 것이다.

MLP의 혜택

I 세상 어디에서나 내 집 같은 편안함을 느끼게 한다

지금으로부터 4세기 전에 그려진 어느 초상화 속에서 우리가 아는 누군가를 발견하고 깜짝 놀라게 될지도 모른다는 사실은, 보편적인 인간 본성에 관한 우리의 믿음이 이론적인 것에 불과하며, 그 이상이 되기가 얼마나 힘든지를 잘 암시한다. 프루스트는 이 문제를 이렇게 보았다.

> 지나간 시대의 사람은 마치 우리로부터 무한히 멀리 떨어져 있는 듯하다. 우리는 그들이 정식으로 표현한 것 너머에 어떤 숨은 의도가 있다고 보는 시각이 정당하다고 생각하지 않는다. 우리가 오늘날 느끼는 것과 다소간 똑같은 감정이 호메로스의 영웅에게도 있음을 알게 되면 우리는 깜짝 놀란다.……이것은 마치 우리가 그 서사시인은……동물원에서 볼 수 있는 동물만큼이나 우리와 멀리 떨어져 있다고 상상하는 것과 마찬가지이다.

『오디세이아』의 등장인물과 인사를 나누고픈 우리의 애초 충동이, 마치 어느 시립 동물원의 우리 안을 맴도는 오리너구리 가족인 양 그들을 바라보는 것이라고 하더라도, 이는 어쩌면 지극히 정상적일지 모른다. 위의 사진처럼 어딘가 고풍스러운 외모의 사람들 사이에 서 있는 콧수염이 무성하고 어딘가 수상쩍은 인물의 주장에 귀를 기울인다는 생각도 그보다는 당혹감이 덜하다고 할 수 없을 테니 말이다.

그러나 프루스트나 호메로스와의 보다 오랜 만남은 한 가지 장점을 가지고 있다. 한때는 위협적일 정도로 낯설어 보이기만 했던 세계들이 본질적으로는 우리의 세계와 상당히 비슷하다는 사실을 스스로 드러내게 된다는, 심지어 우리가 집에 있는 것 같은 편안함을 느끼는 장소의 범위를 넓혀준다는 점이 바로 그것이다. 이는 우리가 동물원의 문을 활짝 열고, 트로이 전쟁에서나 생제르맹 지구에서 사로잡힌 한 떼의 피조물들을 자유롭게 풀어준다는 의미이다. 단지 에우리클레이아니, 텔레마코스니 하는 이름을 가졌다는 이유로, 또는 그들이 한 번도 팩스를 보내본 적이 없다는 이유로, 이전까지만 해도 부당하고도 편협한 의구심을 품은 채 바라보았던 피조물들을 말이다.

|| 외로움의 치료제

우리는 또한 우리 자신을 동물원에서 풀어줄 수도 있다. 어떤 사람이 어느 시점, 어느 장소에서 느끼건 간에 정상적이라고 간주하는 것은 실제로 정상적인 어떤 축약된 버전일 가능성이 있다. 따라서 소설 속 등장인물의 경험은 인간의 습성에 대한 엄청나게 확장된 그림을 우리에게 제공하며, 그렇게 함으로써 우리의 직접적인 환경에서는 언급되지 않는 사고나 감정의 본질적인 정상성에 대한 확신을 제공한다. 가령 우리가 유치하게도, 저녁 내내 어떤 다른 일에 정신이 팔린 것 같은 애인과 싸웠을 때, 프루스트의 화자가 시인하는 말을 들으면 어딘가 안도감이 든다. "알베르틴이 내게 잘해주지 않고 있음을 알아내자마자, 나는 그녀에게 슬프다고 말하는 대신 야비하게 굴게 되었다." 그는 이렇게 고백한다. "내가 그녀와 헤어지고 싶은 열망을 표현할 때는, 대부분 그녀 없이는 아무것도 할 수 없을 때였다." 그 이후로 우리 자신의 로맨틱한 어릿광대짓은 오리너구리의 이상야릇한 어릿광대짓과는 덜 비슷해 보인다.

이와 유사하게 MLP는 우리를 덜 외롭게 만들 수 있다. 우리가 애인에게서 버림받았을 때—그녀는 자기만의 시간을 좀더 보낼 필요가 있다며, 정말 상상할 수 있는 한 가장 친절한 방식으로 이별을 통보해온다—침대에 누워서 다음과 같은 생각을 구체화하는 프루스트의 화자를 목격하노라면 얼마나 큰 위로를 받는가?

> 두 사람이 헤어질 때, 배려의 말을 건네는 쪽은 상대방을 사랑하지 않는 사람이다.

어떤 소설 속 등장인물(또한 읽다 보면 바로—기적적으로—우리 자신인)이 달콤 씁쓸한 추방이라는 똑같은 고통을 겪는 것을 목격하노라면, 그리고 결국에는 살아남는 것을 목격하노라면 얼마나 위로를 받는가?

III 지목하는 능력

어떤 소설의 가치란 단순히 그 감정 묘사에만, 또는 우리 자신의 삶 속에 있는 실제 인물과 등장인물 간의 유사성 등에만 제한되어 있는 것이 아니다. 그 가치는 이런 것들을 우리의 묘사 능력보다도 훨씬 더 잘 묘사할 수 있는 능력에까지 뻗어나간다. 즉 우리가 우리 자신으로 인식하기는 하지만, 차마 우리 자신의 힘으로 공식화하지는 못했던 인식을 지목하는 능력에까지 뻗어나가는 것이다.

우리는 소설 속의 게르망트 공작부인과 비슷한 누군가를 알았을 수도 있고, 그녀의 태도에 뭔가 잘난 체하고 거만한 데가 있다고 느꼈을 수도 있다. 그러나 그것이 정확히 무엇인지는 모르는 상황에서 프루스트는 신중하게도 삽입구 속에서 이렇게 지적한다. 즉 어느 멋진 만찬 도중에 갈라르동 부인이라는 사람이, 오리안 데 롬이라는 이름으로도 알려진 공작부인을 성이 아니라 그 이름으로 부름으로써 상대방과 조금 지나치게 친한 척하는 실수를 범했을 때, 공작부인이 어떻게 반응했는지를 묘사하는 것이다.

"오리안." (그 즉시 롬 부인은 눈에는 보이지 않는 어느 제삼자를 향해서 장난스럽게 놀란 표정을 지어 보였다. 마치 자신은 갈라르동 부인이 자기 세례명을 함부로 부르도록 허락한 적이 없지 않았느냐고 증언을 청하는 것 같았다.)

이처럼 희미하지만 중요한 움직임을 알아채기 위해서는 온통 주의를 집중해야 하는 책을 읽는 것이 효과적이다. 일단 우리가 그 책을 덮고 우리 자신의 삶을 재개할 때가 되면, 혹시 저자가 우리와 함께 있었더라면 분명히 반응했을 법한 바로 그런 것들에 주의를 기울이게 되기 때문이다. 우리의 정신은 마치 의식 속을 떠돌아다니는 특정한 대상을 잡아내기 위해서 주파수가 새로 맞춰진 레이더가 된다. 그 효과는 이제껏 우리가 조용하다고만 생각했던 방 안으로 라디오를 가져오는 것과도 비슷하리라. 그제야 비로소 우리는 그 방 안의 조용함이란 다만 특정한 주파수에만 존재했음을 깨닫게 되고, 실제로는 우크라이나의 라디오 방송국이나 콜택시 회사의 야간 잡담이 줄곧 우리와 한방을 써왔음을 깨닫게 된다. 우리의 관심은 하늘의 어스름으로, 얼굴의 변화 가능성으로, 친구의 위선으로, 심지어 이전까지만 해도 우리가 거기에 슬픔을 느낀다는 사실조차 몰랐던 어떤 상황으로 향하게 된다. 이 책은 우리를 민감하게 만들 것이며, 그 책 자체의 발달된 감수성을 보여주는 증거들로 우리의 잠자는 안테나를 자극할 것이다.

이것이야말로 프루스트가 다음과 같이 제안한 이유이다. 물론 그는 겸손하게도 이를 결코 자신의 소설에 적용하지는 않았지만 말이다.

> 어느 천재의 새 걸작을 읽을 때, 우리는 그 안에서 자신이 경멸했던 심사숙고를, 스스로가 억눌렀던 기쁨과 슬픔을, 스스로가 비웃었던 감정의 온 세계를, 그런 것들을 담고 있는 바로 그 책이 문득 우리에게 가르쳐준 그런 것들의 가치를 발견하고 기뻐하게 된다.

3

시간 여유를 가지는 방법

프루스트의 작품이 가진 장점이 무엇이든지 간에, 그 작품의 거북한 몇 가지 특징들 가운데 하나만큼은 제아무리 열렬한 예찬자라도 부정하기가 힘들 것이다. 그것은 바로 길이이다. 프루스트의 동생 로베르의 말처럼, "한 가지 슬픈 일은 사람들이 아주 심하게 아프거나, 아니면 다리가 부러지거나 하기 전에는 『잃어버린 시간을 찾아서』를 읽을 기회를 얻지 못한다는 사실이다." 그러나 일단 팔다리에 새로 깁스를 두른 채로, 또는 폐에 결핵균이 있다는 진단을 받은 채로 침대에 누운 환자라고 하더라도 또 하나의 도전에 직면해야 한다. 바로 프루스트의 문장 하나하나의 어마어마한 길이이다. 마치 뱀처럼 길게 늘어진 문장들 중에서도 가장 긴 것은 제5권에서 찾아볼 수 있는데, 일반적인 크기의 활자를 이용하여 일렬로 배열할 경우, 그 길이는 약간 못 미치지만 무려 4미터에 이르고, 웬만한 와인 병의 아랫부분을 17번은 충분히 감을 수 있을 정도이다.

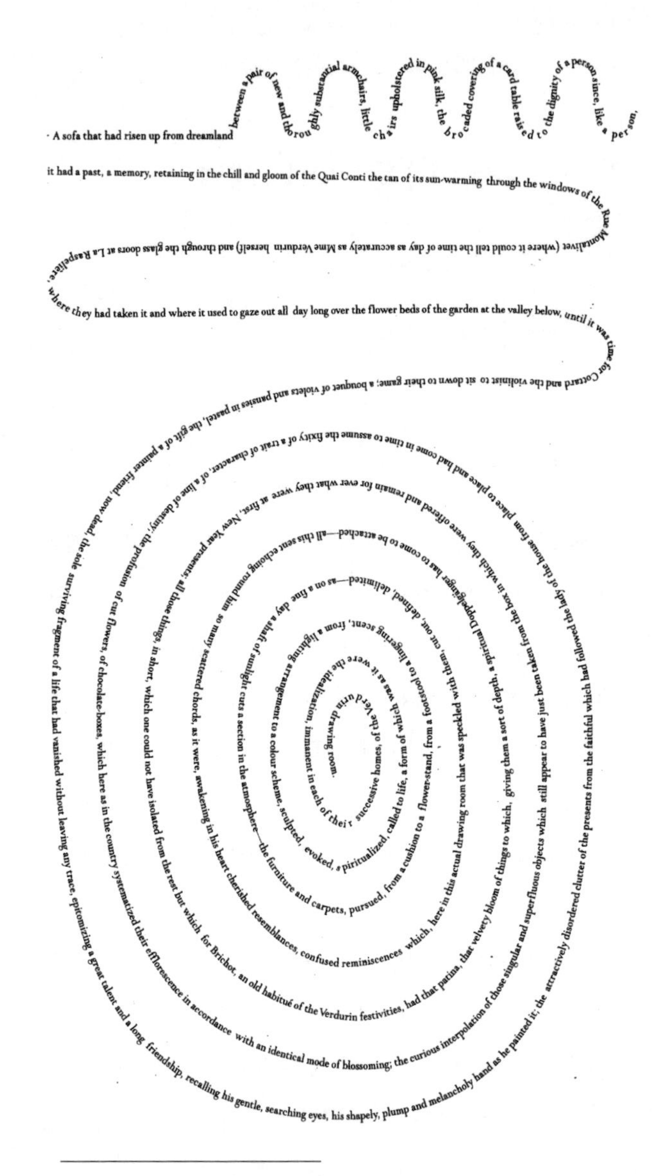

---

* 위의 내용은 다음과 같다.

꿈나라로부터 솟아오른 소파 하나가 놓인 곳 주위로는 튼튼한 신형 안락의자한 쌍, 분홍색 비단이 씌워진 작은 의자들이 있었고, 카드놀이용 테이블의 무늬가 새겨진 덮개는 마치 한 사람의 위엄에 맞먹을 정도로 드높여져 있었는데, 왜냐하면 사람과 마찬가지로, 그 물건은 과거를, 기억을 가지고 있었으며, 콩티 부두의 냉기와 어둠 속에서도 색이 바랜 흔적을 가지고 있었으니, 그 흔적은 몽탈리베 거리의 창문(이곳에서 그 물건은 베르뒤랭 부인 자신만큼이나 정확하게 하루의 시간을 구분할 수 있었다)을 통해서 또 라 라스플리에르의 유리문을 통해서 들어온 햇빛에 의한 것이었고, 바로 그곳에서 그들은 그 물건을 가져왔으며, 바로 그곳에서 그 물건은 저 아래 계곡에 있는 정원의 화단을 하루 종일 내다보았으니, 코타르와 바이올리니스트가 자리에 앉아서 자신들의 게임을 할 때까지 그랬으며; 파스텔로 그린 바이올렛과 팬지의 꽃다발은 지금은 죽은 어느 화가 친구의 선물인데, 아무런 흔적도 남기지 않고 사라진 어떤 삶에서 유일하게 남아 있는 단편이며, 대단한 재능과 오랜 우정을 요약하며, 그가 그것을 그리는 동안, 부드럽고도 탐색하는 그의 두 눈과 날카로우며 통통하고 슬픈 그의 손을 상기시켰으며; 매력적으로 흐트러진 선물 꾸러미들은 그녀의 충실한 지지자들로부터 온 것으로, 이 집의 귀부인을 여기저기로 따라다녔으며, 성품의 어떤 특징, 어떤 운명의 방향의 고착을 가정하기에 딱 어울리는 시간에 맞춰 들어온 것이었으며; 꽃꽂이와 초콜릿 상자의 풍부함은 이곳에서도 마치 시골에서처럼 개화의 똑같은 양식과 맞춰져서 그 만연함이 체계화되어 있었으며; 애초에 새해 선물로 받아두었을 때처럼 줄곧 그대로 남아 있어서 마치 갓 꺼낸 듯 보이는 그 특이하고도 넘쳐나는 물체들의 흥미로운 삽입이며; 이런 모든 것들을, 한마디로, 사람들은 그 나머지로부터 차마 분리할 수가 없었지만, 브리쇼는 베르뒤랭의 잔치에 오랜 단골손님이었던 관계로, 바로 그런 고색창연함을 보어주었고, 사물에 일종의 깊이를 제공하는 부드러운 요소를 가지고 있었으며, 어떤 영적인 도플갱어가 덧붙여지게 되었으며 — 이 모두는 그토록 많은 흩어진 화음을 그의 주위에 울려 퍼지게 만들었고, 그 자체로, 그의 마음속에서 소중히 간직된 유사성을, 혼란에 빠진 추억들을 잠에서 깨어나게 했으며, 바로 이 실제의 응접실에는 그것들이 점점이 뿌려져 있었으니 — 마치 맑은 날에 햇빛 기둥이 대기의 한 부분을 자르는 것처럼 — 가구와 카펫을 자르고, 정의하고, 한계를 정했으며, 쿠션에서 꽃병까지, 발판에서 떠도는 냄새까지, 조명 설비에서 색채배합 설계까지 추적하여, 조각하고, 일깨우고, 정화하고, 삶으로 불러왔으며, 그것의 한 형태는 마치 그 자체로 이상화 같았고, 그들의 연이은 집들, 베르뒤랭의 응접실 각각에 내재하는 듯했다.

알프레드 윔블로조차도 이런 글은 한번도 본 적이 없었다. 저명한 출판사인 올랑도르프의 대표였던 그는 1913년 초에 자기 출판사의 저자였으며 프루스트의 책 출간을 위해서 노력하던 루이 드 로베르로부터 이 원고의 출간을 고려해달라는 요청을 받았다. "친애하는 친구, 어쩌면 내가 어리석은 탓인지도 모르겠네." 윔블로는 이 소설의 도입부를 잠깐 그리고 명백히 당혹스러운 눈길로 살펴본 이후에 이렇게 답장을 보냈다. "그러나 그가 잠들기 전에 침대에서 어떻게 뒤척이고 돌아눕는지를 묘사하기 위해서, 왜 한 장(章)에서 무려 30쪽이나 굳이 할애해야 하는지를 나는 알 수가 없더군."

윔블로만이 아니었다. 파스켈 출판사에서 일하는 원고 검토 담당 자크 마들렌 역시 그로부터 몇 달 전에 똑같은 원고 뭉치를 검토해달라는 요청을 받았다. 그의 보고는 다음과 같았다. "이 원고를 700하고도 12쪽이나 넘긴 끝에, 추측 불가능한 전개 속에 빠져버린 데에 대한 통탄과 다시는 여기서 헤어날 수 없을 것 같다는 데에 대한 짜증스러운 초조함을 극복했습니다. 그런데도 정작 이게 도대체 무엇에 관한 내용인지에 대한 단서는 단 하나도 찾을 수 없습니다. 단 하나도 없습니다. 이 전체의 핵심은 도대체 무엇입니까? 이 전체의 의미는 도대체 무엇입니까? 이 전체는 앞으로 도대체 어디로 가는 것입니까? 이에 관해서는 아무것도 알 수가 없습니다! 이에 관해서는 아무것도 말할 수가 없습니다!"

그럼에도 불구하고 마들렌은 원고의 처음 17쪽에서 벌어지는 사건을 요약했다. "불면증이 있는 한 남자가 있다. 그는 침대에서 돌아눕고, 반쯤 잠든 상태에서 자신의 인상과 환각을 떠올리는데, 그중 일부는 그가 어린 시절에 콩브레에 있는 부모님의 시골 별장의 자기 방에서 잠들지 못해 고생하던 것과 관계가 있다. 고작 17쪽이 이렇다! 그 가운데 한 문장(4쪽 끝부분에서 시작해서 5쪽까지 이어지는)은 무려 44행이나 이어진다."

다른 출판사들도 이런 심정에 공감했던 까닭에 프루스트는 어쩔 수 없이 자비를 털어 책을 펴냈다. (그리고 몇 년 뒤에야 쏟아진 출판계의 후회와 회개의 사과를 즐기는 입장이 되었다.) 그러나 장황함에 대한 비난만큼은 그다지 빨리 사라지지 않았다. 그의 작품이 널리 격찬을 받게 되는 1921년 말에, 프루스트는 한 미국인 여성의 편지를 한 통 받았는데, 그녀의 말에 따르면 나이는 스물일곱에, 사는 곳은 로마이며, 매우 아름답다는 것이었다. 또 자신은 지난 3년 동안 아무 일도 하지 않고 오직 프루스트의 책만 읽었다고 했다. 그러나 문제가 하나 있다고 했다. "저는 하나도 이해하지 못하겠고, 아무것도 모르겠어요. 마르셀 프루스트 선생님, 부디 현학자 노릇 마시고 현실로 돌아와주세요. 선생님께서 정말로 하고 싶으신 말씀이 무엇인지 저한테 딱 두 줄로 말씀해주세요."

로마에 사는 미녀의 좌절은 어떤 경험을 전달하기 위한 문장에서 단어의 적절한 개수를 규정하는 길이의 근본 법칙을 바로 이 현학자가 깨뜨렸음을 암시하는 것이었다. 사실 그가 글 자체를 아주 많이 쓴 것은 아니었다. 다만 그의 고려 대상인 사건의 중요성을 생각해보면, 견딜 수 없을 정도로 옆길로 새버렸을 뿐이다. 잠이 들었다? 그것은 단 두 마디 말만으로도 충분히 표현할 수 있다. 혹시나 주인공이 소화불량을 겪었거나, 또는 래브라도 한 마리가 저 아래 정원에서 새끼를 낳고 있었다면 아마 넉 줄 정도의 문장으로도 충분히 표현할 수 있으리라. 그러나 이 현학자는 단순히 잠에 대해서만 옆길로 샌 것이 아니었다. 그는 디너파티, 유혹, 질투에 관해서도 똑같은 실수를 저질렀다.

이는 언젠가 몬티 파이턴이 남부 연안의 해변 휴양지에서 "전(全) 영국 프루스트 요약 경연대회"를 주최했던 발상의 배후가 무엇인지를 설명하고 있다.* 이 대회의 참가자는 프루스트의 소설 7권의 줄거리를 15초 이내에 요약해야 하며, 그것도 처음에는 수영복 차림으로, 나중에는 이브닝드레스 차림으로 해야 했다. 첫 번째 참가자인 루턴에서 온 해리 배거트는 허둥지둥 다음과 같이 말했다.

---

* 영국의 코미디언 그룹인 몬티 파이턴은 자신들의 이름을 딴 「몬티 파이턴의 플라잉 서커스」(1969-1974)라는 텔레비전 프로그램의 에피소드 가운데 하나로 "전 영국 프루스트 요약 경연대회"(1972년 11월 16일)를 방영한 바 있다.

프루스트의 소설은 잃어버린 시간의 돌이킬 수 없음을, 순수와 경험을, 시간 외적인 가치와 되찾은 시간의 복원을 표면적으로 말하고 있다. 궁극적으로 이 소설은 낙관적인 동시에 인간의 종교적 경험의 맥락 내에서 벌어진다. 첫 번째 권에서 스완이 방문하는…….

그러나 15초라는 시간제한 때문에 더 이상은 말할 수가 없었다. "시도는 좋았습니다만," 이 대회의 사회자는 짐짓 꾸며낸 듯한 진지한 어조로 선언했다. "그러나 안타깝게도 이번 참가자께서는 구체적인 세부사항으로 넘어가기 전에 전반적인 평가를 내놓기로 하신 모양입니다." 그 시도에 대한 감사의 말과 수영복 바지에 대한 칭찬의 말을 듣고 나서, 참가자는 무대에서 내려갔다.

이런 개인적인 패배에도 불구하고, 이 경연대회는 전반적으로 낙관적인 분위기를 유지했다. 다시 말하면 프루스트의 작품을 용인 가능할 정도로 요약할 수 있다고 본 것이다. 원래는 7권에 걸쳐서야 겨우 표현될 수 있었던 것을 15초 또는 그 미만에 충분히 축약하면서도, 그 무결성이나 의미에는 지나친 손실이 없을 수 있다는 믿음, 만약 적절한 지원자만 발견한다면 그럴 수 있다는 믿음이 있었던 것이다.

프루스트는 아침으로 뭘 먹었을까? 그의 병이 너무 심해지기 이전까지만 해도, 우유를 섞은 진한 커피를 두 잔, 그것도 자기 이니셜이 새겨진 은잔에 담아 마셨다. 그는 분쇄된 원두를 여과지에 꾹꾹 눌러 담은 뒤에, 물을 한방울 한방울 떨어트려 그 사이를 지나가게 했다. 그는 또한 크루아상을 하나 먹었는데, 그의 가정부가 정말 제대로 만들 줄 아는 어느 불랑제리(빵집)에서 사온 것이어서, 바삭바삭하고 버터가 제대로 들어가 있었다. 그는 종종 이것을 커피에 적셔 먹으면서 편지를 들여다보거나 신문을 읽곤 했다.

신문을 읽는 것에 대해서 그는 복잡한 감정을 품고 있었다. 7권의 소설을 15초로 축약하려는 시도가 아무리 유별나게 보이더라도, 그 정직성이나 범위 모두에서 일간신문이 구사하는 압축을 능가할 만한 것은 세상에 없을 것이다. 책으로 20권은 족히 채울 법한 이야기들이 짧은 칼럼으로 축소되고, 한때는 심오했지만 지금은 퇴색한 수많은 드라마들과 함께 독자의 시선을 끌기 위해서 경쟁하기 때문이다.

"이른바 신문을 읽는다고 하는 혐오스럽고도 관능적인 행위," 프루스트는 이렇게 썼다. "그 덕분에 지난 24시간 동안 우주에서 벌어졌던 모든 불운과 격변, 5만 명의 목숨을 앗아간 전투, 살인, 파업, 파산, 화재, 독살, 자살, 이혼, 정치가와 배우의 냉정함 등이, 심지어 거기에 아무런 관심도 없는 우리에게 일종의 아침 식탁거리로 변모되며, 아울러 우리는 카페오레 몇 모금을 마시도록 권유받는 것이다."

커피를 한 모금 더 마시자는 생각. 주의를 집중해야만 제대로 볼 수 있는 신문 지면—그토록 빽빽하게 조판되어 있고, 어쩌면 이제는 빵 부스러기가 흩어져 있을지도 모를 지면—을 들여다보려는 우리의 시도가 이런 생각 때문에 얼마나 자연스럽게 벗어나고 마는지는 그리 놀랄 일도 아니다. 어떤 기사가 더욱 많이 압축되어 있을수록, 이미 부여받은 지면보다 더 많은 지면을 부여받을 만한 가치는 더욱 없어 보이게 마련이다. 오늘은 아무 일도 일어나지 않았다고 상상하기는 얼마나 쉬운가? 5만 명의 전사자들에 대해서도 잊은 채, 신문을 옆으로 치워버리고, 일상의 지루함에서 오는 우울의 약한 파도를 경험하는 것은 얼마나 쉬운가?

이것은 프루스트의 방식이 아니다. 그의 전반적인 철학, 그러니까 단순히 뭔가를 읽는 것에 대한 철학뿐만이 아니라 삶에 대한 철학이기도 한 것은 뤼시앵 도데가 지나가듯이 언급한 다음과 같은 말에서 드러날 것이다. 도데는 우리에게 이렇게 전한다.

> 그는 신문을 대단히 주의 깊게 읽었다. 그는 단신란도 결코 간과하지 않았다. 단신으로 나온 내용을 그가 다시 이야기하면 졸지에 한 편의 비극 또는 희극 소설로 변모했는

데, 이는 그의 상상력과 환상 덕분이었다.

프루스트가 구독한 일간지 「르 피가로(*Le Figaro*)」의 단신은 겁쟁이는 차마 읽을 수 없을 정도였다. 1914년 5월의 어느 아침, 독자들은 다음과 같은 뉴스를 대접받았다.

- 비외르반의 붐비는 교차로에서 말 한 마리가 전차의 뒤쪽 객차 칸으로 뛰어들어 승객 모두가 전복 사고를 당했고, 그 중 3명은 중상을 입어 병원으로 옮겨졌다.
- 오브에 있는 발전소에서 마르셀 페이니 씨가 친구에게 그곳의 업무를 설명하다가 손가락 하나를 고압선에 대는 바람에 곧바로 감전사했다.
- 교사인 쥘 르나르 씨가 어제 지하철 레푸블리크 역에서 연발권총 한 발을 자신의 가슴에 발사해 자살했다. 르나르 씨는 불치병으로 고생했던 것으로 알려졌다.

이 뉴스들은 과연 어떤 종류의 비극 또는 희극 소설로 부풀려졌을까? 쥘 르나르? 불행한 결혼생활을 영위하며, 센 강 좌안의 여학교에서 화학 교사로 근무하던 이 천식환자는 대장암 판정을 받았다. 감전사한 마르셀 페이니? 그는 친구 앞에서 전기 기기에 대한 자기 지식을 자랑하려다가 목숨을 잃었는데, 그것은 언청이인 자기 아들 세르주와 아직 코르셋도 입어보지 않은 그 친구의 딸 마틸드 사이의 혼사를 도모하기 위해서였다. 그리고 비외르반의 그 말? 갑자기 전차로 뛰어든 것은 일찍이 서커스에서 뛰어넘기 묘기를 부리던 시절의 추억을 엉뚱한 상황에서 잘못 떠올리는 바람에 야기된 것이었거나, 또는 일찍이 시장(市場)에서 자기 형제를 치어 죽여서 결국 말고기 스테이크로 가공되게 만들었던 그 전차에 대한 복수였는지도 모르는데, 이것이야말로 단신란보다는 문예란(feuilleton)의 형식에 딱 어울린다. 발자크, 도스토예프스키 그리고 졸라의 영향력도 엿보이고 말이다.

무엇인가를 부풀리는 프루스트의 능력을 보여주는 사례 중에서 이보다 진지한 것이 하나 더 남아 있다. 1907년에 그는 신문을 읽다가 '광기의 비극'이라는 어느 단신의 표제에 눈길이 닿았다. 앙리 반 블라렌베르게라는 어느 부르주아 청년이 "광기의 발작으로" 자기 어머니를 식칼로 난도질해 죽였다는 내용이었다. 어머니는 이렇게 소리 질렀다. "앙리, 앙리, 나한테 무슨 짓을 한 거니?" 그녀는 하늘을 향해 양팔을 들어올리고 바닥에 털썩 쓰러졌다. 곧이어 앙리는 자기 방에 문을 잠그고 들어앉아서 그 칼로 목을 베려고 했지만, 혈관을 제대로 베는 데 어려움을 느끼자, 그 대신 관자놀이에 연발권총을 가져다댔다. 그러나 이 무기를 사용하는 데에도 전문가는 아니었기 때문에, 경찰들(그중 한 사람은 우연히도 이름이 프루스트였다)이 현장에 도착했을 당시, 그는 침대에 누운 채로 방 안에 있었다. 얼굴은 엉망진창이었고, 한쪽 눈알은 피가 흥건한 눈구멍에서 삐

져나온 조직에 간신히 매달려 달랑거렸다. 경찰은 바깥에 있는 어머니와 일어났던 일에 대해서 그를 신문했지만, 그는 이렇다 할 말을 내뱉기도 전에 죽고 말았다.

이 살인범과 아무런 안면이 없었더라면 프루스트는 얼른 지면을 넘기고 커피를 한 모금 더 마시지 않았을까? 그러나 그는 공손하고도 섬세한 성격의 앙리 반 블라렌베르게를 이미 여러 번 디너파티 때 만난 적이 있었고, 이후로 몇 통의 편지를 교환한 바 있었다. 사실 프루스트는 사건이 있기 불과 몇 주일 전에도 편지를 한 통 받았는데, 그 편지에서 이 젊은이는 그의 건강에 관해 물었고, 새해에는 두 사람 모두에게 무슨 일이 벌어질지 궁금해했으며, 조만간 프루스트와 다시 만나기를 희망했다.

알프레드 윔블로, 자크 마들렌 그리고 로마에서 편지를 보낸 그 아름다운 미국인 여성이라면 이 끔찍한 범죄에 대해서 똑 떨어지는 문학적 반응은 깜짝 놀란 한두 마디 말뿐이라고 판정했을 것이다. 그러나 프루스트는 무려 5쪽짜리 기사를 썼다. 기사에서 그는 달랑거리는 눈알과 단검에 관한 지저분한 이야기를 보다 넓은 맥락에 맞추려고 시도했다. 이것은 유례도 없고 이해도 되지 않는 끔찍한 살인사건이라기보다는, 오히려 고대 그리스 이래로 서양 예술의 위대한 걸작들 가운데 상당수의 근저에 깔린 인간 본성의 비극적 국면의 표현이라고 판정했다. 프루스트가 보기에, 어머니를 칼로 난도질한 앙리의 망상은 일찍이 그리스인 목자들과 그 가축들을 학살한 아이아스의 분노와도 맥이 닿는 것이었다.* 앙리는 오이디푸스였고, 달랑거리는 눈알은 일찍이 오이디푸스가 죽은 이오카스테의 드레스에 달린 황금 브로치를 이용해서 자신의 두 눈을 찌른 행위의 반향이었다. 프루스트는 죽은 어머니를 보았을 때 앙리가 느꼈을 법한 파멸감에서 리어 왕이 코델리아의 시신을 끌어안고 외치는 장면을 연상했다. "내 딸이 이제는 영영 가버렸구나. 마치 땅처럼 죽어버렸구나. 생명이 전혀, 전혀, 전혀 없구나! 개도 말도 쥐도 생명이 있는데, 왜 너는 숨을 쉬지 않는 거냐?" 경찰관 프루스트가 침대에 누운 채 생명이 꺼져가는 앙리에게 뭔가를 묻기 위해서 다가갔을 때, 저술가 프루스트는 마치 의식을 잃은 리어를 깨우지 말라고 에드거를 만류한 켄트처럼 행동하고 싶은 마음이었을 것이다. "그분의 영혼을 괴롭히지 말게. 오! 정신을 잃으시도록 내버려두게. 전하께선 미워하실 거야 / 이 거친 세상의 고문대 위에 / 당신을 더 오래 붙잡아두는 사람을."

이 문학적 인용문은 단순히 감명을 주려고 고안된 것이 아니었다. (물론 프루스트는 종종 "다른 사람들의 말을 인용할 기

---

* 트로이 전쟁의 영웅인 텔라몬의 아들 '큰' 아이아스는 아킬레우스의 사후에 그의 유품인 무구를 놓고 오디세우스와 경쟁을 벌이다가 결국 패하고 만다. 이에 분노한 그는 착란 상태에서 양 떼를 사람으로 알고 베어 죽인 다음, 제정신을 차리고 나서 부끄러움을 느껴 자살한다.

회를 결코 놓쳐서는 안 된다. 그런 말은 자신이 직접 생각해낸 것보다도 항상 훨씬 더 흥미롭게 마련이다"라고 생각했다.) 오히려 이것들은 모친 살해의 보편적 암시를 넌지시 언급하는 한 가지 방식이었다. 프루스트가 보기에, 우리는 그 역학과는 완전히 무관한 것처럼 블라렌베르게의 범죄를 판단할 수는 없었다. 비록 우리의 죄는 어머니에게 생일축하 카드 보내기를 잊은 것에 불과하다고 해도, 우리는 블라렌베르게 부인이 죽어가며 외친 말에서 죄의식의 흔적을 인식해야 한다. 프루스트는 이렇게 썼다. "나한테 무슨 짓을 한 거니! 네가 나한테 무슨 짓을 한 거니! 이 말에 대해서 생각해보자. 죽는 날에 그리고 종종 그보다 훨씬 더 일찌감치, 아들을 향해서 이렇게 꾸짖지 않을 정도로 진정으로 자녀를 사랑하는 어머니는 아마 이 세상에 없을 것이다. 사실 우리는 나이가 들어가면서, 우리를 사랑하는 그런 사람들을 모조리 죽이고 있는 것이다. 우리가 그들에게 끼치는 걱정을 이용해서, 우리가 그들에게 심어놓고 계속해서 불러일으키는 조마조마한 마음을 이용해서 죽이고 있는 것이다."

이런 노력 덕분에, 몇 줄의 기사 이상의 가치는 없어 보였던 단신란에 실린 끔찍한 이야기가 비극과 모자관계의 역사로 온전한 모습을 갖추게 되었다. 그리고 사람들이 무대 위의 오이디푸스를 보면서 종종 느끼기는 하지만, 조간신문에 나온 어느 살인자에게 베풀기에는 부적절하다고 간주되는, 심지어 충격적이라고 간주되는 복합적인 동정심으로 그 역학을 고찰한 셈이 되었다.

이것은 인간의 경험이 생략 앞에 얼마나 취약한지를, 즉 우리가 뭔가에 중요성을 부여할 때마다 그 길잡이가 되는 보다 뚜렷한 이정표들이 얼마나 쉽게 제거될 수 있는지를 보여준다. 만약 우리가 그 소재를 아침식사 때마다 신문 요약이라는 형태로 먼저 만났다면, 상당수의 문학과 드라마는 짐작컨대 매력이라고는 찾아볼 수 없었을 것이며, 우리에게 아무것도 말해주지 않았을 것이다.

- 베로나의 두 연인이 맞이한 비극적 종말. 애인이 죽었다고 잘못 생각한 청년이 목숨을 끊다. 애인의 운명을 발견한 여성도 뒤따라서 목숨을 끊다.
- 러시아의 젊은 가정주부, 가정불화로 기차에 몸을 던져 자살하다.
- 프랑스의 지방 도시에서 어느 젊은 가정주부가 가정불화로 비소를 먹고 자살하다.

불행히도 셰익스피어와 톨스토이와 플로베르의 바로 그 예술적 수완은 심지어 이런 단신에서조차도 저 로미오와 안나와 엠마와 관련하여 정말 중대한 뭔가가 있는 것이 분명하다는 점을 암시하는 성향이 있다. 생각이 올바른 사람이라면 누구나 이들에게 위대한 문학작품이나 글로브 극장에서의 공연에 어울릴 만한 뭔가가 있다고 생각할 것이다. 물론 또 한편으로는 이들을 비외르반의 갑자기 뛰어든 말이나 오브에서 감전사한 마르셀 페이니와 구분해줄 만한 것이 전혀 없지만 말이다. 프루스트의 주장은 바로 예술작품의 위대함은 그 소재가 가진 외관상의 성질과는 아무런 관계가 없으며, 오히려 그 소재에 대한 차후의 처우와 깊은 관계가 있다는 것이다. 아울러 여기에 덧붙인 그의 또다른 주장은, 세상 만물이 잠재적으로는 예술을 위한 풍요로운 주제이며, 우리는 비누 광고에서도 파스칼의 『팡세(*Pensées*)』만큼이나 가치 있는 발견을 할 수 있다는 것이다.

1623년에 태어난 블레즈 파스칼은 어린 시절부터 천재로 알려졌다. 단순히 그를 자랑스러워하는 가족만 그렇게 생각한 것이 아니었다. 열두 살 때 그는 에우클레이데스(유클리드)의 정리 가운데 처음 32개 명제를 풀이했다. 그는 확률의 수학을 발명하는 데까지 나아갔다. 그는 기압을 측정했고, 계산기를 만들었으며, 승합마차를 설계했고, 결핵에 걸렸으며, 기독교를 옹호하기 위해 명석하면서도 비관주의적인 일련의 금언을 남겼다. 이것이 바로 오늘날 『팡세』로 알려진 저작이다.

『팡세』에서 가치 있는 것들을 발견하게 된다는 점은 전혀 놀랄 일이 아니다. 그 글은 매력적인 즉시성이 있으며, 보편적인 관심의 대상이 되는 화제들을 현대적인 간결함으로 서술하기 때문이다. 어떤 아포리즘은 가령 이런 내용이다. "우리가 어떤 배의 선장을 고를 때, 우리는 지체 높은 집안에서 태어난 사람을 고르지는 않는다." 우리는 세습적 특권에 반대하는 이러한 항의에 담긴 명백한 아이러니에 감탄할 수 있다. 파스칼이 살던 당시의 비(非)능력주의 사회에서는 이것이 상당히 짜증스럽게 여겨졌을 것이다. 어떤 사람이 단지 중요한 인물을 부모로 두었다는 이유 하나만으로 요직에 오르는 관습은 국정과 항해 간의 유비(類比) 속에서 나지막이 비웃음을 당한다. 자신은 구구단의 7단도 제대로 외우지 못하지만, 그럼에도 불구하고 경제 정책을 결정할 천부적인 권리를 가지고 있다는 어느 귀족의 정교한 논증 앞에서는 파스칼의 독자들도 움찔 겁을 먹고 입을 다물었을지도 모른다. 그러나 만약 그 귀족이 자신은 항해에 대해서는 전혀 아는 바가 없지만, 그럼에도 불구하고 희망봉을 우회하는 여정을 위해서 조타륜을 잡겠다며 이와 유사한 논증을 내놓는다면, 독자들이 이를 흔쾌히 받아들일 가능성은 없었을 것이다.

그 옆에 있으면 비누라는 물건은 얼마나 천박해 보이는가? 푹신한 보석상자 속에 편리하게 보관된 자신의 화장비누를 생각하며 환희에 가득 찬 채 목걸이 장식을 한 가슴을 움켜쥐고 있는 이 긴 머리 처녀의 모습을 보는 순간, 우리는 파스칼의 정신적 영역으로부터 얼마나 멀리 떨어져 있는가?

그 비누의 희열이 진정으로 파스칼의 『팡세』만큼 중요하다고 주장하기는 어려울 것이다. 그러나 이것은 프루스트의 의도가 아니었다. 그는 다만 이런 비누 광고가 생각들, 그러니까 『팡세』에서 이미 잘 표현되고 발전된 생각들을 위한 출발점이 될 수 있다고 말하고 있을 뿐이다. 만약 우리가 이전까지는 화장 비누로부터 영감을 얻는 따위의 깊은 생각을 가진 가능성이 없었다면, 이것은 단지 우리가 그런 생각을 얻을 수 있는 장소에 관한 전통적인 개념에만 집착했기 때문일 수도 있다는 것이다. 다시 말하면 어느 젊은 주부의 자살에 관한 신문기사를 『보바리 부인』으로 바꿔놓도록 플로베르를 인도한 정신, 또는 애초에는 그다지 호감을 주지 않는 화제였던 잠들기에 관해서 무려 30쪽이나 쓰도록 프루스트를 인도한 정신에 대한 우리의 저항 때문이라는 것이다.

읽을거리를 고르는 데에서도 프루스트는 이와 같은 정신의 인도를 받았던 것처럼 보인다. 그의 친구인 보리스 뒤플레는 마르셀이 쉽게 잠들지 못할 때마다 가장 선호했던 읽을거리가 다름 아닌 기차 시간표였다고 말했다.

열차번호		88101	88045	88047	3131	13161	3133	3139
참조번호		1	2	1	2	3	1	2
파리-생라자르	발				06.42	07.39	07.55	09.15
망트 라 졸리발	발				|	08.11	|	|
베르농(외르)	발				07.23	08.24	|	|
가이용오브부아	발				|	08.34	|	|
발드뢰일	발				|	08.46	|	|
외셀	발	05.56			|	08.56	|	|
루앙리브드루아트	착	06.12			07.56	09.08	09.04	10.26
루앙리브드루아트	발		06.20	06.50	08.00	09.10	09.06	10.28
이브토	착		06.48	07.26	08.20	09.34	09.26	10.48
브레오트뵈즈빌	착		07.08	07.46	08.35	09.48		11.02
르아브르	착		07.24	08.15	08.51	10.04	09.51	11.18

1. 운행 : 매일, 단 일요일 및 공휴일 제외.

2. 운행 : 매일, 단 일요일 및 공휴일 제외. – ♿

3. 운행 : 일요일 및 공휴일.

프루스트는 실용적인 조언을 얻으려고 이 문서를 참고한 것이 아니었다. 생라자르의 열차 출발시간은 일생의 마지막 8년 동안을 파리를 떠나지 않은 사람에게 직접적인 중요성이 전혀 없었다. 오히려 그는 이 시간표를 마치 시골생활에 관한 흥미진진한 소설처럼 읽고 즐겼다. 왜냐하면 지방의 기차역 이름을 읽는 것만으로도 프루스트의 상상력은 전체 세계를 공들여 만들기 위한 재료를, 즉 시골 마을에서 벌어지는 가정 드라마, 지역 관청에서 벌어지는 간계, 들판에서 펼쳐지는 삶을 그려내기에 충분한 재료를 얻었기 때문이다.

이러한 제멋대로의 읽을거리로부터 얻는 즐거움이야말로 작가에게는 전형적인 것이다. 왜냐하면 작가란 외관상 위대한 예술과는 전혀 조화되지 않는 듯 보이는 것을 향한 열광을 가졌으리라고 여겨질 만한 사람이기 때문이라고 프루스트는 주장했다.

> 한 시골 극장에서의 어느 저열한 음악 공연이건 또는 취향이 고상한 사람이 보기에는 우스꽝스럽기만 한 무도회이건 간에, 그에게는 일련의 공상과 몰두와 연결되는 기억이나 다른 어떤 것을 일깨워주는 것이며, 심지어 어떤 감탄할 만한 오페라 공연이라든지, 또는 생제르맹 지구의 극도로 세련된 어떤 야간공연보다도 더욱 그러한 것이다. 시간표에 나타난 북부의 기차역들의 이름을 보며, 그는 바로 그곳에서 어느 가을 저녁 기차에서 내리는 자신의 모습을, 이미 나무가 헐벗고 쌀쌀한 날씨에서는 뭔가 강렬한 냄새가 풍기는 때에 그런 자신의 모습을 상상한다. 취향이 고상한 사람들이 보기에는 시시하기 짝이 없을 이 인쇄물에는 그가 어린 시절 이래로 전혀 들어보지 못한 이름들이 가득한 까닭에, 그에게는 훌륭한 철학책보다도 훨씬 더 큰 가치가 있을 것

이다. 그리하여 취향이 훌륭한 사람들에게 저 친구는 저런 재능이 있는 사람치고는 취향이 너무 시시하다는 말을 하게 만들 것이다.

또는 최소한 저 친구는 평범하지 않은 취향을 가졌다는 말을 하게 만들 것이다. 프루스트를 처음 만나자마자, 각자의 삶의 여러 국면에 관해서 그로부터 질문을 받은 사람들— 이전까지만 해도 그들은 이런 국면을 바라볼 때마다, 가정용품 광고나 파리에서 르아브르까지의 기차 시간표를 바라볼 때에 보였던 미미한 정신적 주의만을 기울여왔다— 은 종종 그렇다는 사실을 분명하게 인식했다.

1919년에 젊은 외교관 해럴드 니콜슨은 리츠 호텔에서 열린 한 파티에서 프루스트를 소개받았다. 니콜슨은 제1차 세계대전 직후의 평화회담에 참석한 영국 대표단의 일원으로 파리에 오게 되었다. 그는 이 임무가 흥미롭다는 사실을 발견했지만, 역시 같은 사실을 발견한 프루스트만큼 흥미로워하지는 않았다. 니콜슨은 일기에서 이 날의 파티를 이렇게 기록했다.

굉장한 사건이었다. 프루스트는 안색이 창백하고, 면도도 하지 않고, 단정하지 못하며, 맥이 빠진 얼굴이었다. 그는 내게 여러 가지 질문을 했다. 위원회가 어떻게 일을 하는지 말해달라고 했다. "예, 우리는 오전 열 시에 모임을 열고, 비서들이 뒤에…….” “Mais non, mais non, vous allez trop vite. Recommencez. Vous prenez la voiture de la Délégation. Vous descendez au Quai d'Orsay. Vous montez l'escalier. Vous entrez dans la salle. Et alors? Précisez, mon cher, précisez.”(아닙니다, 아닙니다. 선생님은 너무 빠르시군요. 다시 시작해주세요. 선생님은 대표단의 자동차를 타고 움직이셨군요. 또 오르세 부두에서 내리셨고요. 계단을 올라갔고, 방에 들어가셨군요. 그런 다음에는요? 정확하게요, 선생님, 정확하게요.) 그래서 나는 그에게 모든 것을 말해주었다. 그 모임의 애써 꾸민 정중함을 비롯해서 악수, 지도, 종이 바스락거리는 소리, 옆방에 마련된 차, 마카롱 과자에 이르기까지. 그는 완전히 매료된 채로 귀를 기울였고, 가끔 한번씩 말참견을 했다. “Mais précisez, mon cher monsieur, n'allez pas trop vite.”(정확하게요, 선생님, 너무 빠르지는 않게요.)

이것은 어쩌면 프루스트의 구호인지도 모른다. “너무 빠르지는 않게요(n'allez pas trop vite).” 이렇게 너무 빠르지는 않게 지나감으로써 얻는 이득이란, 그 과정에서 이 세계가 훨씬 더 흥미로워질 수 있는 기회가 생긴다는 점이 아닐까? 니콜슨이 보기에는 “예, 우리는 오전 열 시에 모임을 열고”라는 간결한 문장으로 요약되는 이른 아침이 악수와 지도와 종이 바스락거리는 소리와 마카롱 과자를 드러낼 정도로 확장된 것이다. 여기서 유혹적인 달콤함을 가진 마카롱 과자는 우리가 “너무 빠르지는(trop vite)” 않을 때 인식하게 되는 것들을 가리키는 유용한 상징 역할을 한다.

덜 탐욕스럽게, 더 중요하게, 더 느리게 가는 것은 더 큰 동정심을 일으킬 수도 있다. 가령 “미쳤군” 하고 중얼거리며 신문 지면을 넘길 때보다는 그의 범죄에 관해서 더 확장된 심사숙고를 직접 글로 써볼 때에, 우리는 정서불안 상태였던 반 블라렌베르게에게 훨씬 더 많은 동정심을 품게 된다.

그리고 이런 확장은 범죄가 아닌 활동에도 유사한 이득을 준다. 프루스트의 작중화자는 이 소설에서 유별나다 싶을 정도로 많은 지면에서 고통스러운 주저함을 묘사한다. 가령 그는 여자친구 알베르틴에게 정식으로 청혼해야 할지 여부를 알려고 하지 않는다. 때때로 그는 그녀 없이는 살 수 없을 것 같지만, 때로는 두번 다시 그녀를 보고 싶어하지 않는다.

이 문제라면 전 영국 프루스트 요약 경연대회 출신의 어느 실력 있는 참가자가 불과 2초 만에 요약할 수 있는 정도이다. 즉 청혼할지 말지 몰라 고민하는 청년이라고 말이다. 비록 이처럼 간략하지는 않지만, 작중화자가 어느 날 어머니로부터 받는 편지는 그의 결혼 딜레마를 표현해주는데, 그런 어머니의 말에 비하면 그가 이전에 시도한 풍부한 분석은 부끄러울 정도로 과장되어 보일 정도이다. 편지를 읽고 나서 화자는 이렇게 혼잣말을 한다.

> 나는 꿈을 꾸고 있었다. 이 문제는 아주 간단했다.……
> 나는 주저하는 젊은이였고, 이것은 과연 실제로 벌어지는지 아닌지 여부를 알아내기 위해서는 시간이 걸리는 그런 결혼들 가운데 하나의 사례였다. 알베르틴에게는 이것이 전혀 새삼스러울 것이 없었다.

간단한 설명조차도 그 나름대로의 즐거움이 없지는 않다. 갑자기 우리는 단지 "불안정할", "향수를 느낄", "거처를 정할", "죽음에 직면할" 또는 "놓아버리기를 두려워할" 수 있는 것이다. 어떤 문제에 관한 간단한—이전의 판정을 불필요하다 싶을 정도로 복잡해 보이도록 만들 수 있는—묘사를 알아내는 것은 위로가 될 수 있다.

그러나 보통은 그렇지 않다. 그 편지를 읽고 나서 잠시 후, 화자는 다시 생각한 끝에 깨닫게 된다. 알베르틴과 자신의 이야기에는 어머니의 제안보다도 훨씬 더 많은 것이 있음이 분명하다고 말이다. 그리하여 다시 한번 그는 알베르틴과 자신의 관계의 모든 추이를 수백 페이지에 걸쳐서 장황하게 열거한 다음 ("너무 빠르지 않게") 이렇게 논평한다.

> 사람은 무엇이든지 축소시켜서 신문의 가십 거리에 등

장하는 가장 진부한 소재로 만들 수가 있으니, 가령 그 대상을 사회적 측면에서 고려해볼 경우가 그렇다. 바깥에서 보면, 아마도 그렇기 때문에 나 자신도 그렇게 바라보게 될 것이다. 하지만 나는 잘 알고 있다. 무엇이 진실인지, 또는 최소한 마찬가지로 진실이었는지를 말이다. 내가 지금까지 생각해왔던 것이 그러했고, 내가 알베르틴의 눈에서 읽은 것들, 나를 괴롭히는 두려움들, 알베르틴에 관한 문제로 내가 계속해서 나 스스로에게 부과했던 문제들이 모두 그러했다. 이는 결국 주저하는 구혼자에 관한 그리고 파혼에 관한 이야기라고 요약할 수 있다. 가령 어느 똑똑한 기자가 쓴 연극 공연 기사가 입센의 희곡 가운데 하나의 주제를 우리에게 알려줄 수 있는 것과 마찬가지이다. 하지만 여기에는 보도된 그 사실들 너머에 뭔가가 또 있다.

교훈? 공연에 관심을 가지라는, 마치 기나긴 비극 또는 희극 소설의 일각에 불과하기라도 하다는 듯이 신문을 읽으라는, 필요할 경우에는 잠드는 과정을 묘사하는 데에 30쪽을 할애하라는 것이다. 그리고 만약 시간이 없다면, 최소한 올랑도르프 출판사의 알프레드 윔블로나 파스켈의 자크 마들렌의 접근방식에 대해서만큼 저항하라. 프루스트는 이런 접근방식을 가리켜 "여러분이 지금 하고 있는 일을 자신은 할 '시간이 없음'을 이유로 들어 '바쁜' 사람들—그들의 일이 제아무리 어리석다고 하더라도—이 느끼는 자기만족"이라고 정의했다.

4

성공적으로 고통받는 방법

누군가의 생각이 지혜로운지 여부를 평가하는 좋은 방법은 아마도 그 사람의 정신과 건강 상태를 면밀히 검토하는 것이 아닐까? 만약 그들의 발언이 진정으로 우리의 주목을 받을 만한 가치가 있다면, 그 발언의 혜택을 받을 최초의 사람은 바로 그 발언을 한 사람일 것이라고 간주해야 마땅할 것이다. 그런 면에서라면 우리가 단순히 한 작가의 작품만이 아니라 그의 삶에도 관심을 두는 것도 정당화되지 않을까?

19세기의 존경받는 비평가 생트뵈브는 이런 견해에 대해서 다음과 같이 열광적인 찬성을 표했다.

> 우리가 어떤 저자에 관해서 우리 자신에게 상당수의 질문을 제기하고 또 그 질문에 답변하며, 오직 스스로의 힘으로 그리고 스스로의 입으로 그렇게 하기 전까지는, 우리는 그를 완전하게 파악했다고 확신할 수 없을 것이다. 비록 그

런 질문들이 그의 글쓰기의 성격에는 매우 낯선 것처럼 여겨진다고 하더라도 마찬가지이다. 종교에 관한 그의 생각은 무엇일까? 자연의 경이가 그에게 어떤 영향을 미쳤을까? 여성에 관한, 돈에 관한 문제에서 그는 어떻게 행동했을까? 그는 부유했을까, 아니면 가난했을까? 그의 식단은 무엇이며, 그의 일상생활은 어떠했을까? 그의 악습 또는 약점은 무엇이었을까? 이런 질문들에 대한 답변들 가운데 그 어느 것도 부적절하다고는 말할 수 없다.

비록 부적절하다고 말할 수는 없더라도, 그런 답변들은 어딘가 놀라운 경향이 있을 것이다. 작품이 제아무리 탁월하고 현명하다고 해도, 정작 그 작가의 삶은 뭔가 특이하고 부조리한 갖가지 혼란, 고통 그리고 어리석음을 보여주리라고 예상될 수 있기 때문이다.

이는 어째서 프루스트가 생트뵈브의 논제를 비판하면서, 중요한 것은 작가의 삶이 아니라 작품이라고 강력하게 주장했는지를 설명해준다. 그런 방식을 통해서만이 우리는 정말 중요한 것을 확실히 음미할 수 있다는 것이다. ("물론 그들의 책보다도 더 뛰어난 사람들이 있는 것은 사실이지만, 그것은 어디까지나 그들의 책이 걸작이 아니기 때문이다.") 발자크는 품행이 불량했고, 스탕달은 언변이 어눌했으며, 보들레르는 강박적인 성향이었지만, 어째서 이런 사실들이 그들의 작품을 향한 우리의 접근에 영향을 미쳐야 한다는 것일까? 그들의 작품들로 말하자면 그 창조주의 과실 때문에 고통받은 바가 전부한데도 말이다.

이런 논증이 어느 정도로 설득력이 있는지와는 별개로, 어째서 프루스트가 이 문제에 특히나 민감했는지를 알기란 어렵지 않다. 그의 저술은 논리적이고, 잘 구성되고, 종종 고요하고, 심지어 슬기롭기까지 한 반면, 정작 그는 그야말로 섬뜩할 정도의 신체적이고 심리적인 고통으로 점철된 삶을 영위했기 때문이다. 어떤 사람이 삶에 대한 프루스트적인 접근방식의 계발에 관심을 보이는 이유는 쉽게 이해할 수 있겠지만, 정신이 멀쩡한 사람이라면 결코 프루스트와 같은 삶을 영위하려는 욕망은 품지 않을 것이다.

이런 정도의 고통이라면 별다른 의구심을 제기하지 않고도 충분히 그냥 지나칠 수 있도록 용인될 수 있는 것일까? 프루스트는 정말로 많은 것을 알았음에도 불구하고, 즉 참으로 무엇인가 우리에게 말하기에 타당한 것들을 가졌음에도 불구하고, 동시에 어떻게 해서 여전히 그처럼 힘들고도 모범적이지 못한 삶을 영위할 수 있었던 것일까? 그 증명은 생트뵈브의 푸딩으로부터 아주 멀리 떨어져 있도록 용인될 수 있는 것일까?*

---

* "푸딩의 증명은 먹어보는 것(The proof of the pudding is in the eating)", 즉 "백문이 불여일견"이라는 속담을 빗댄 표현이다.

삶이란 물론 시련이다. 심리학적인 문제는 충분히 사람을 소진시킨다.

유대인 어머니의 문제 : 프루스트는 태어나자마자 분별없는 극단적인 사례를 보여주는 부모의 손아귀에 붙잡힌 셈이 되었다. “어머니에게 나는 항상 네 살짜리에 불과했다.” 마르셀은 프루스트 부인(Madame Proust), 엄마(Maman), 또는 보다 흔히 사용한 명칭으로는 “사랑하는 귀여운 엄마(chère petite Maman)”에 대해서 이렇게 말했다.

“그는 결코 ‘우리 어머니(ma mère)’, 또는 ‘우리 아버지(mon père)’라고 말하지 않았고, 다만 항상 ‘아빠(Papa)’와 ‘엄마(Maman)’라고 말했으며, 어조는 마치 감수성 예민한 작은 소년 같았고, 이 음절을 내뱉는 순간 그의 눈에는 자동적으로 눈물이 고였으며, 긴장된 그의 목구멍 속에서는 울음을 억누르는 목이 쉰 듯한 소리가 들릴 정도였다.” 프루스트의 친구인 마르셀 플랑테비뉴의 회상이다.

프루스트 부인은 아들을 어찌나 끔찍이 사랑했는지, 어지간히 열렬한 연인조차도 이들 모자 앞에서는 그만 머쓱해질 정도였다. 또한 그 애정은 그녀가 낳은 장남의 무기력한 성벽(性癖)을 만들어냈다고, 또는 최소한 극적으로 악화시켰다고 할 수 있을 것이다. 어머니가 생각하기에 아들은 어머니 없이는 뭐든지 제대로 하는 것이 없어 보였다. 아들이 태어났을 때부터 어머니가 눈을 감을 때까지 두 사람은 줄곧 함께 살았다.

어머니가 세상을 떠났을 때 아들의 나이는 서른넷이었다. 그럼에도 불구하고 어머니의 가장 큰 걱정은 자신이 죽고 난 다음에도 마르셀이 과연 이 세상에서 살아남을 수 있을지 여부였다. "어머니는 살고 싶어하셨다. 당신 생각에는, 만약 당신이 돌아가실 경우에 내가 처하게 될 것이 분명한 그 괴로운 상태에 나를 내버려두고 싶어하지 않으셨기 때문이다." 그는 어머니를 잃고 난 후에 이렇게 설명했다. "우리의 삶 전체는 단지 일종의 훈련이었다. 어머니의 입장에서는 당신이 나만 두고 떠났을 때에 내가 당신 없이도 어떻게 살아갈 수 있는지를 가르쳐주시려고 했고……나의 입장에서는 당신이 안 계셔도 나는 충분히 잘 살아갈 수 있음을 어머니께 납득시키려고 했다."

비록 좋은 뜻에서 한 일이었지만, 프루스트 부인의 아들 걱정은 사실 위압적인 간섭과 크게 다르지 않았다. 마르셀이 스물세 살 때, 두 사람이 한동안 떨어져 있었던 보기 드문 기회가 있었는데, 이때 아들은 어머니에게 편지를 써서 자신이 상당히 잘 잤다고 말했다. (아들이 잠을 잘 잤는지, 대변은 잘 누었는지, 식욕은 어느 정도인지 여부는 이들 모자 사이에 오간 서한에서 항상 등장하는 관심사였다.) 하지만 엄마는 아들이 충분히 정확히 쓰지 않았다며 나무랐다. "얘, '아주 오래 잤다'는 네 말은 나한테 아무것도, 오히려 중요한 것은 아무것도 말해주지 않는단다. 내가 이렇게 묻고 또 묻지 않니.

네가 잠자리에 든 시간이 몇 시고……

네가 일어난 시간이 몇 시인지를…….”

아들의 신체 관련 정보에 대한 어머니의 지배적인 열망을 마르셀은 대개는 기꺼이 충족시켜주었다. (아마 마르셀의 어머니와 생트뵈브가 만났더라면 서로 이야기할 것이 상당히 많았으리라.) 때때로 마르셀은 어떤 문제에 대해서는 가족 전체의 의견을 구하기도 했다. “아빠한테 좀 물어봐주세요. 오줌을 누는 순간에 갑자기 쓰라린 느낌이 드는 데 왜 그런 거냐고요. 그 때문에 오줌을 누다 말면 조금 있다가 다시 마려운데, 25분 사이에 대여섯 번은 그렇게 해요. 요 며칠 동안 맥주를 바닷물처럼 잔뜩 들이켰는데, 어쩌면 그 때문인지도 모르겠어요.” 그는 어머니에게 보내는 편지에 이렇게 썼다. 당시에 엄마는 쉰셋이었고, 아빠는 예순여덟이었으며, 마르셀은 서른하나였다.

“당신이 생각하는 불행의 개념”을 묻는 어느 설문지에 답변하는 과정에서 프루스트는 이렇게 말했다. “엄마와 떨어져 지내는 것.” 한밤중에 잠이 오지 않을 때, 엄마가 자기 방의 침대에 누워 계시면, 그는 편지를 써서 엄마 방문 앞에 가져다놓아서, 다음 날 아침에 엄마가 발견하게 했다. “우리 사랑하고 귀여운 어머니께.” 그가 쓴 전형적인 편지는 이렇게 시작된다. “잠들 수가 없을 것 같아서 엄마께 쪽지를 하나 쓰고 있어요. 제가 엄마를 생각하고 있다고 말씀드리려고요.”

이런 서신 교환에도 불구하고, 이들 사이에는 본질적으로 암묵적인 긴장이 없지 않았다. 어머니가 내심으로는 아들이 건강하고 오줌도 잘 누기보다는 오히려 병약하고 의존적이기를 더 원하는 듯하다고 마르셀은 감지했다. "사실은 무엇이냐 하면, 내 건강이 더 나아질 경우, 내 건강을 더 나아지게 만드는 삶이란 엄마에게 짜증스러울 뿐이므로, 엄마는 내가 다시 아플 때까지 만사를 망가뜨려버리는 거예요." 상당히 보기 드문, 그럼에도 불구하고 중요한 이 편지에서, 마르셀은 아들과의 관계를 일종의 간호사와 환자 간의 관계로 규정하려는 프루스트 부인의 비뚤어진 열망에 대해서 분노를 표시했다. "애정과 건강을 동시에 가질 수 없다는 것은 슬픈 일이에요."

거북한 욕망 : 곧이어 마르셀은 자신이 다른 남자아이들과 똑같지는 않다는 뒤늦은 깨달음에 도달했다. "처음에는 이 소년이 성도착자인지, 아니면 시인인지, 아니면 속물인지, 아니면 악당인지 어느 누구도 말할 수 없었다. 이 소년은 에로틱한 시를 읽거나 외설적인 사진을 본 다음, 어느 학교 친구를 붙들고 자기 몸을 꾹 누르고 있으면서, 다만 자신이 여성을 향한 것과 똑같은 욕망으로 친구와 장난을 치고 있다고 상상하게 마련이었다. 설령 라파예트 부인, 라신, 보들레르, 월터 스콧을 읽으면서 자신이 느끼는 바의 요지를 깨닫는다고 한들, 자신이 나머지 모두와 똑같지는 않다는 것을 그가 과연 어떻게 추정할 수 있었을까?"

그러나 점차적으로 프루스트는 스콧의 다이애나 버논*과

---

* 월터 스콧의 역사소설 『로브 로이』(1817)에 등장하는 여주인공.

의 하룻밤에 대한 가능성이 학교 친구를 붙들고 자기 몸을 꾹 누르고 있을 때의 매력을 전혀 가지고 있지 않음을 깨달았다. 이것은 그가 살던 당시의 프랑스의 미처 계몽되지 않았던 상황을 가정해볼 때에는 매우 어려운 깨달음이었다. 또한 아들이 결혼했으면 하고 계속해서 기대하며, 아들의 친구들을 볼 때마다 제발 마르셀과 함께 극장이나 레스토랑에 갈 때에는 젊은 아가씨들도 좀 데려가라고 부탁하는 버릇이 있었던 어머니를 가정해볼 때에도 마찬가지였다.

데이트의 문제들: 차라리 어머니가 아들의 동성 친구들을 초대하려고 에너지를 쏟아부었더라면 얼마나 좋았을까? 왜냐하면 다이애나 버논에게 그와 비슷한 환멸을 느낀 청년을 찾기는 쉽지 않았기 때문이다. "너는 내가 나약하고 여자 같다고 보는 모양인데. 넌 잘못 생각한 거야." 프루스트는 말을 잘 듣지 않는 연인 후보자인 다니엘 알레비라는 이름의 열다섯 살짜리 예쁘장한 학교 친구에게 이렇게 항의했다. "만약 네가 향기롭다면, 만약 네가 아름다운 눈을 가졌다면⋯⋯네 육체와 정신이⋯⋯워낙 나긋나긋하고 부드러워서 내가 네 무릎 위에 앉기만 해도 네 생각과 보다 친숙하게 뒤섞인다고 느낀다고 해도⋯⋯그렇다고 해도 너의 모욕적인 말을 들어 마땅할 이유는 전혀 없어."

여러 번 퇴짜를 맞고 나서 프루스트는 서양 철학사에 부분적으로나마 호소함으로써 자신의 욕망을 정당화했다. "한때

소년과 함께 즐거운 시간을 보냈던, 아울러 대단히 도덕적으로 섬세한, 극도로 지적인 친구들이 몇 명이라도 있다고 말할 수 있어서 다행이야." 프루스트는 다니엘에게 말했다. "그것은 그들의 젊음의 시작이었지. 나중에 그들은 여자들에게 돌아갔어.……나는 평생 한창때인 청년들만 '꺾었던' 원숙한 지혜의 달인인 두 사람에 대해서 너한테 말해주고 싶어. 바로 소크라테스와 몽테뉴야. 그들은 나이 어린 청년들이 '즐기는' 것을 허락했고, 그렇게 함으로써 청년들이 모든 쾌락에 관해서 알게 되고 과도한 부드러움도 방출할 수 있다고 봤지. 그 두 사람은 아름다움에 대한 예민한 감각과 각성된 '분별력'이 있는 청년들에게는 어리석고 타락한 여자들과의 연애보다는 차라리 이처럼 한때나마 관능적이고 지적인 우정이 더 낫다고 주장했어."

그럼에도 불구하고 뭘 모르는 이 소년은 계속해서 어리석고 타락한 쪽을 추구했다.

낭만적 비관주의 : 프루스트의 낭만적 비관주의는 사랑을 향한 강렬한 필요성 그리고 사랑을 확보하는 과정에서의 희비극적인 미숙함이라는 두 가지의 조합에 최소한 부분적으로나마 근거를 두고 있었다. "내가 정말로 슬플 때 나의 유일한 위안은 사랑하고 또 사랑받는 것뿐이다." 그는 이렇게 주장하면서, 자기 성격의 두드러진 특징을 다음과 같이 정의했다. "사랑을 받을 필요성. 보다 정확하게 말하면, 존중받을 필요성보다는 오

히려 애무를 받고 응석을 부릴 필요성이 훨씬 더 컸다." 그러나 학교 친구를 향한 유혹의 실패로 점철된 청소년기는 역시나 결실 없는 성년기로 이어졌다. 그는 연이어 청년들에게 첫눈에 반했지만, 그들은 결코 응답하지 않았다. 1911년에 카부르라는 해변 휴양지에서 프루스트는 알베르 나미아라는 청년에게 자신의 좌절감을 표현했다. "내가 만약 성별과 나이를 바꿀 수만 있다면, 젊고 예쁜 여자의 외모를 취해서 자네를 진심으로 끌어안아줄 텐데." 한동안은 아내와 함께 프루스트의 아파트로 이사한 택시기사 알프레드 아고스티넬리와의 짧지만 행복한 순간도 있었는데, 알프레드는 앙티브 인근에서 비행기 사고로 때 이른 최후를 맞이했다. 그때 이후로는 깊은 감정적 몰두는 전혀 없었으며, 다만 사랑과 고통의 불가분성에 관한 더 많은 발언들만 있었을 뿐이다. "사랑은 치료 불가능한 질환이다." "사랑 속에는 영원한 고통이 자리하고 있다." "사랑하는 사람과 행복해하는 사람이 항상 동일인인 것은 아니다."

연극계 경력의 실패 : 심리 분석적 전기의 고찰에는 분명히 함정이 있으나, 그의 근저에는 어떤 정서적 문제가 있었으며, 이는 주로 연애 감정과 성 감정의 통합에 집중되어 있었던 듯하다. 이런 주장을 입증하기 위해서는 1906년에 프루스트가 레날도 한에게 보낸 희곡 집필 제안을 인용하는 것이 최선이리라. 그 내용은 다음과 같다.

한 쌍의 남녀가 서로를 사랑한다. 아내를 향한 남편의 엄청난 애정, 성스럽고도 순수하며 (두말할 나위 없이 정숙한) 애정. 그러나 이 남자는 사디스트이며, 아내를 향한 사랑 이외에도 창녀들과 관계를 맺으면서, 자신의 감정을 더럽히는 데에서 쾌락을 발견한다. 항상 뭔가 더 강력한 것이 필요하던 이 사디스트는 마침내 아내를 더럽히는 말을 창녀들에게 하고, 또 창녀들에게 아내에 대한 악담을 퍼붓도록 요구하고, 심지어 그런 이야기를 혼잣말로 중얼거린다. (물론 불과 5분 만에 물려버리고 말지만.) 어느 날 그가 이렇게 혼잣말을 하고 있는 사이, 아내가 방으로 들어오는데 그는 미처 인기척을 느끼지 못한다. 여자는 자기의 눈과 귀를 의심하며 쓰러지고 만다. 곧이어 여자는 남편을 떠난다. 남편은 애원하지만 아무 소용도 없다. 창녀들은 그가 돌아왔으면 하지만, 이제 사디즘은 그에게 너무나도 고통스러워졌고, 아내를 도로 데려오려는 시도에도 그녀가 반응조차 하지 않자, 그는 결국 자살한다.

아쉽게도 파리의 극장 가운데 관심을 보인 곳은 전혀 없었다.

친구들의 몰이해 : 이것이야말로 천재에게는 전형적인 문제이다. 『스완네 가는 길(*Du côté de chez Swann*)』이 간행되자 그는 친구들에게 책을 보내주었지만, 그들 가운데 상당수가 책이 들어 있는 봉투조차 뜯어보지 않았다.

"이보게 루이, 자네 내 책 읽어봤나?" 프루스트는 귀족이며 바람둥이인 루이 달뷔페라에게 이렇게 물었던 일을 회고했다.

"자네 책을 읽어봤느냐고? 자네, 언제 책을 썼었나?" 달뷔페라가 깜짝 놀라 반문했다.

"물론이지, 루이. 심지어 자네한테도 한 권 보냈는걸."

"아, 마르셀, 이 친구야. 자네가 나한테 책을 보냈다면 당연히 읽었겠지. 다만 난 그걸 정말 받았는지 몰라서 그러는 거라네."

가스통 드 카이야베 부인은 그가 보낸 책을 받고서 이보다는 좀더 고마워했다. 그녀는 최대한 따뜻한 어조를 동원해서 그에게 선물을 잘 받았다는 감사의 답장을 보냈다. "『스완』에서 첫 번째 성찬식에 관한 대목을 거듭해서 다시 읽고 있어요." 그녀의 말이다. "나도 똑같은 공포를, 똑같은 환멸을 경험한 적이 있거든요." 이것이야말로 가스통 드 카이야베 부인이 공유할 수 있는 가장 감동적인 생각이었다. 그러나 그녀가 진짜로 책을 읽어보고, 거기에는 그런 종교 의례에 관한 묘사 따위는 없다는 사실을 미리 깨달았더라면 더욱 친절한 행위가 아니었을까?

프루스트는 이렇게 결론을 내린다. "겨우 몇 달 전에 출간된 책에 대해서 이야기하는데도 불구하고, 사람들은 입만 열면 하나같이 자신들이 그 책을 잊어버렸다는 것을 또는 전혀 읽지 않았다는 것을 증명하고야 만다."

서른 살 때의 자체 평가 : "즐거움도, 목표도, 활동이나 야심도 없고, 내 앞에 놓인 삶은 끝났고, 내가 부모님께 준 고통을 생각하니, 나는 전혀 행복하지 못하다."

그의 신체적 고통의 목록은 다음과 같았다.

천식 : 이 문제는 그가 열 살 때에 시작되어 평생 지속되었다. 이 질환은 특히 격심했고, 발작이 한 시간 넘게 지속되었으며, 최대 하루 열 번씩 일어났다. 밤보다는 낮에 더 자주 일어났기 때문에, 프루스트는 낮밤을 거꾸로 살았다. 즉 오전 7시에 잠자리에 들어서 오후 4-5시쯤 일어났다. 그는 자주 외출하는 것이 불가능함을 깨달았고, 여름에는 특히 그렇다는 것을 깨달았다. 반드시 외출해야 할 때에는 밀폐된 택시 안에 들어앉아야 했다. 그의 아파트의 창문과 커튼은 사시사철 닫혀 있었다. 그는 햇볕을 쐬지 않았고, 맑은 공기도 마시지 않았으며, 운동도 하지 않았다.

식단 : 그는 점차 하루에 한 끼밖에는 먹지 못하게 되었으며, 그나마도 전혀 건강에 도움이 되지 않는 폭식 수준이었다. 식사는 최소한 그가 잠자리에 들기보다 8시간 전에는 마련되어야 했다. 평소의 식사가 어떤지를 의사에게 설명하면서, 프루스트는 크림소스를 얹은 계란 두 개, 닭 날개 튀김 한 조각, 크루아상 세 개, 프렌치프라이 한 접시, 포도 약간, 커피 약간,

맥주 한 병으로 이루어진 자신의 메뉴를 자세히 서술했다.

소화 : "나는 화장실에 자주—지나치게 자주—갑니다." 그가 앞의 의사에게 이렇게 말한 것도 당연했다. 변비가 그야말로 준(準)영구적이었기 때문에, 이 주일에 한 번씩은 강력한 하제(下劑)를 먹어야만 증세가 완화되었으며, 그로 인해서 대개는 위경련이 발생하곤 했다. 소변이라고 해서 결코 더 쉽지는 않았다. 따끔거리고 쓰라린 감각이 수반되었으며, 종종 소변을 볼 수 없어서 결국 요소와 요산이 체내에 과도하게 축적되었다. 그의 결론은 이러했다. "우리 몸을 향해 자비를 구하는 것은 마치 문어 앞에서 설교를 하는 것과 마찬가지이다. 그놈에게 우리의 말은 기껏해야 파도 소리보다 더 의미가 있지는 않을 것이다."

바지 : 이 옷이 복부를 단단히 감싸주어야만, 그에게는 잠들 수 있는 일말의 가능성이 생겼다. 바지는 특수한 핀으로 고정시켰는데, 이 핀이 없어질 경우—가령 어느 날 아침 일찍 프루스트가 우연히 화장실에서 잃어버렸을 때처럼—그는 하루 종일 잠들지 못하고 깨어 있었다.

과민성 피부 : 비누, 크림, 화장수는 전혀 사용할 수가 없었다. 그는 결이 고운 수건을 물에 적셔서 몸을 닦은 다음, 깨끗한 리넨으로 몸을 두들겨 물기를 닦아냈다. (한 번 씻는 데에 동

원되는 수건은 평균 20장이었고, 프루스트는 이 수건을 제대로 된 무자극성 분가루를 사용하는 유일무이한 세탁소인 라비뉴 세탁소에 보내야 한다고 고집했는데, 마침 이곳은 장 콕토의 단골 세탁소이기도 했다.) 그는 새 옷보다는 헌 옷이 더 낫다는 사실을 깨달았고, 낡은 신발과 손수건에 대한 깊은 애착을 가지게 되었다.

쥐 : 프루스트는 이 짐승을 끔찍이 싫어했다. 1918년에 독일군이 파리에 포격을 가하자, 그는 대포보다 쥐가 더 무섭다고 솔직히 털어놓았다.

추위 : 그는 항상 한기를 느꼈다. 심지어 한여름에도 혹시 어쩔 수 없이 외출을 해야 할 경우, 그는 외투 하나에 점퍼 네 겹을 껴입었다. 디너파티가 열리면 모피코트를 걸치곤 했다. 그럼에도 불구하고 그와 인사하는 사람들은 그의 손이 얼마나 차가운지를 깨닫고 놀랐다. 연기의 영향을 두려워하여, 그는 방에 적당한 난방도 하지 않았으며, 대개는 따뜻한 물을 담은 병과 스웨터만 이용해서 몸을 따뜻하게 했다. 이는 곧 그가 종종 감기에 걸렸으며, 특히 콧물을 많이 흘렸다는 뜻이다. 친구인 레날도 한에게 보낸 한 편지 끝부분에 그는 이 편지를 쓰기 시작한 이래로 무려 여든세 번이나 코를 닦았다고 적었다. 편지는 겨우 석 장짜리였다.

고도에 대한 민감성: 베르사유에 사는 숙부를 방문하고 파리로 돌아오는 길에 프루스트는 극심한 오한을 느낀 나머지, 자기 아파트의 계단을 올라갈 수가 없었다. 훗날 숙부에게 보낸 편지에서 그는 이날 겪은 문제의 원인이 다름 아닌 고도의 변화 때문이라고 말했다. 베르사유는 파리보다 83미터 높은 곳에 있다.

기침: 그는 매우 요란하게 기침을 해댔다. 1917년에 있었던 발작에 관해서 그는 이렇게 썼다. "계속되는 천둥소리와 발작적인 심한 기침 때문에, 이웃 사람들은 아마 내가 교회 오르간이나 개 한 마리를 갖다놓았거나 또는 어떤 아가씨와 뭔가 부도덕한 (물론 순전히 상상에 불과하다) 밀회를 즐긴 결과로 내가 결국 기침을 요란하게 하는 어린애의 아버지가 되었다고 생각할지도 모른다."

여행: 자신의 일과나 습관에 방해되는 것에 민감하게 반응한 프루스트는 여행 때마다 향수와 공포—이번 여행으로 인해서 죽을지도 모른다는—로 고통을 받았다. 새로운 장소에 가서 처음 며칠 동안은, 밤마다 마치 어떤 동물만큼 비참해진다고 그는 설명했다. (그가 정확히 어떤 동물을 염두에 두었는지는 불분명하다.) 그는 요트에 살면서, 침대에서 굳이 나올 필요 없이 이곳저곳을 떠돌아다녔으면 좋겠다는 소망을 품기도 했다. 그는 행복한 결혼생활을 영위하던 스트로스 부인에게 이 생각

을 제안했다. "우리가 배를 한 척 빌리면 어떨까요? 거기라면 아무런 소음도 없을 테고, 또 침대 (또는 침대들) 밖으로 나오지 않고서도 이 우주의 가장 아름다운 도시들이 연이어 해안을 따라 지나가는 모습을 볼 수 있을 거예요." 물론 그녀는 프루스트의 제안을 받아들이지 않았다.

침대에서 나오기 싫어한 프루스트 : 프루스트는 대부분의 시간을 침대에서 더 보내려고 했다. 그는 침대를 책상 겸 사무실로 바꾸어놓았던 것이다. 그렇다면 침대는 저 바깥의 잔인한 세상에 대항하여 그에게 방어책을 제공했을까? "사람이 슬플 때에는, 침대의 온기 속에서 누워 있는 것이 좋다. 그 안에서 모든 노력과 분투를 포기하고, 머리를 이불 아래에 파묻은 채, 완전히 항복하고 울부짖음에 몸을 내맡기는 것이다. 마치 가을바람에 흔들리는 나뭇가지처럼."

이웃의 소음 : 그는 이 문제에 광적으로 민감했다. 파리의 아파트는 그야말로 지옥이 따로 없었으며, 위층의 누군가가 무슨 음악 연습이라도 하면 더욱 그랬다. "그 어떤 인간도 결코 얻을 수 없을 듯한 어떤 능력, 즉 사람을 격노시키는 능력을 가진 무생물이 하나 있다. 바로 피아노이다."

1907년 봄에 그의 아파트 바로 옆집에서 내부공사를 시작하자, 그는 짜증이 나서 정말 미칠 지경에 이르렀다. 그는 이 문제를 스트로스 부인에게 설명했다. 인부들은 아침 7시에 도착해서 "마치 자신들의 사기가 얼마나 높은지를 자랑이라도 하려는 듯이 제 침대 바로 옆에서 요란하게 망치질을 하고 톱질을 하다가, 반시간쯤 쉬었다가, 또다시 요란하게 망치질을 해서, 저는 도무지 잠들 수가 없습니다.……저는 참으로 인내의 한계에 이르렀기 때문에, 의사도 제게 집을 떠나 있으라고 하더군요. 제 상태가 너무 심각해서 이 모든 것을 견디지 못할 거라고요." 이뿐만이 아니었다. "(이런 말씀을 드려 죄송합니다만, 부인!) 인부들은 그 여자 집의 화장실에 세면기와 변기를 설치하려는 상황이지 뭡니까. 제 침대 벽 바로 옆에서 말입니다." 여기서 끝난 것이 아니었다. "같은 집의 사 층에 또다른 신사양반이 이사 왔는데, 저는 그 집에서 나는 소리를 마치 제 침실에서 나는 소리처럼 모조리 들을 수 있습니다." 그는 옆집 여자를 암소라고 욕했으며, 인부들이 그 집의 변기 좌대를 무려 세 번이나 바꿔야 하자, 그것이 다 그녀의 커다란 엉덩이에 맞추기 위해서였다고 빈정거렸다. 수리하는 소리가 워낙 요란했기 때문에, 그는 아마도 내부수리가 거의 파라오 급의 규모로 벌어지는 것이 분명하다고 결론을 내리고, 열성 이집트 연구가인 스트로스에게 이렇게 말했다. "매일 열댓 명의 인부들이 벌써 몇 달째 그토록 열띤 기세로 망치질을 하고 있으니, 십중팔구 프렝탕 백화점과 생트오귀스탱 성당 사이에, 행인들이 보고 놀라 자빠질 만한 쿠푸 왕의 피라미드만큼 장엄한 뭔가가 세워질 것이 분명합니다." 물론 피라미드의 모습은 보이지 않았다.

다른 질환들 : "항상 몸이 아픈 사람은 일반인이 걸리는 질병은 앓지 않을 거라고 생각하게 마련이지." 프루스트는 뤼시앵 도데에게 말했다. "하지만 그런 사람도 그런 병에 걸린다네." 프루스트는 발열, 감기, 시력 감퇴, 뭔가를 삼키지 못하는 증상, 치통, 팔꿈치 통증, 현기증 등을 이 범주에 포함시켰다.

타인의 불신 : 프루스트는 종종 그가 생각만큼 아프지는 않다는 짜증스럽고도 은근한 암시로부터 괴롭힘을 당해야만 했다. 제1차 세계대전이 발발하자, 육군 의무대에서는 그에게 신체검사 영장을 발부했다. 1903년 이래로 줄곧 침대에만 누워 지냈지만, 그는 자신의 질환의 심각성이 제대로 참작되지 못할지도 모른다는, 그리하여 졸지에 자신도 참호 속에서 전투를 수행해야 할지도 모른다는 생각에 두려움을 품었다. 이러한 예측에 대해서 그의 주식 브로커인 리오넬 오제는 도리어 기뻐하면서, 프루스트의 가슴에 무공십자훈장이 달릴 수 있다는 소망을 자신은 아직 버리지 않았다고 농담처럼 말했다. 그의 고객은 이 발언을 좋지 않게 받아들였다. "내 건강 상태로는 불과 48시간 만에 죽게 되리라는 걸 잘 알고 계실 텐데요." 하지만 그는 결국 징집되지 않았다.

전쟁이 끝나고 몇 년 뒤, 한 비평가가 프루스트를 비난했다. 즉 프루스트는 방종하게도 하루 온종일 침대에 누워서 샹들리에와 호화로운 천장에 관한 몽상만 하고 있으며, 저녁 6시가 되어서야 방을 나서는데, 그것도 그의 책이라고는 결코 사지 않을 졸부 같은 자들의 호화로운 파티에 참석하기 위해서라는 것이었다. 격분한 프루스트는 자기가 환자라고 답변했다. 즉 자신은 침대에서 빠져 나오기가 신체적으로 불가능한 사람이며, 오전 6시건 오후 6시건 간에 상황은 마찬가지이고, 너무 몸이 아파서 방 안에서도 걸어다닐 수 없으며 (심지어 창문 하나 열지 못하며) 그러니 파티에 가는 것은 두말할 나위 없이 불가능하다는 것이었다. 그럼에도 불구하고 그는 몇 달 뒤에 비틀거리면서 오페라를 보러 갔다.

죽음 : 자신의 건강에 대해서 다른 사람에게 이야기할 때마다, 프루스트는 자신이 곧 죽게 되리라고 서슴없이 주장했다. 삶의 마지막 16년간 그는 흔들리지 않는 확신과 규칙성을 자랑하며 이 사실을 알렸다. 그는 자신의 통상적인 상태를 "카페인, 아스피린, 천식, 협심증 사이를 오락가락하고 있으며, 이레 가운데 엿새 꼴로 삶과 죽음 사이를 오락가락한다"고 표현했다.

그렇다면 그는 과연 터무니없는 심기증(心氣症) 환자였을까? 그의 주식 브로커인 리오넬 오제는 그렇다고 생각했으며, 나중에는 다른 어느 누구도 감히 시도하지 못했던 방식으로 프루스트에게 솔직히 털어놓기도 했다. "미안하지만 내가 한마디 하겠습니다." 그는 과감하게 말했다. "당신은 벌써 쉰이 가까이 되었는데도 불구하고, 내가 당신을 처음 보았던 시절 그

대로 머물러 있습니다. 다시 말하면 버릇없는 어린애로 말입니다. 아, 물론 내 말에 당신이 항변할 것임을 알고 있습니다. 즉 A 더하기 B 빼기 C에 따르면, 당신은 버릇없는 어린애가 아니라, 항상 어느 누구에게도 이해받지 못한 순교자 어린애였다고, 그러나 이것은 당신의 실수가 아니라 다른 사람의 실수였다고 말입니다." 오제는 만약 그가 항상 그렇게 몸이 아팠다면, 그 손상은 대개 자초한 것으로 간주하겠다고 말했다. 즉 커튼까지 닫아놓은 방에서 하루 종일 머무른 결과, 즉 그로 인해서 건강의 두 가지 요소를 거부했기 때문이라고 보겠다고 말이다. 그 두 가지란 바로 햇빛과 맑은 공기였다. 어쨌거나 제1차 세계대전 이후 유럽이 혼돈 속에 삼켜진 상황이니, 이제는 그 신체적 고통으로부터 약간 거리를 두라고 오제는 프루스트에게 재촉했다. "당신의 건강 쪽이 유럽의 건강 쪽보다는 훨씬 더 낫다는 사실을, 비록 여전히 극도로 불확실하다고 하더라도 그렇다는 사실을, 당신은 인정해야 할 것입니다."

이 주장의 수사학적 위력에도 불구하고, 프루스트는 바로 이듬해에 드디어 죽는 데에 성공했다.

과연 마르셀은 자신의 건강 상태를 과장한 것이었을까? 어떤 사람에게는 일주일 내내 침대에만 누워 있게 만드는 바이러스가, 다른 사람에게는 점심식사 후에 약간 나른하게 만드는 바이러스에 불과할 수 있을까? 자기 손가락을 긁자마자 고통을 이기지 못해 몸을 웅크린 사람과 대면할 경우, 그의 연극 같은 행위를 비난하는 것 이외의 대안이 있다면, 그것은 유난히 민감한 피부를 가진 피조물에게는 그 정도의 긁힌 상처조차도 가령 우리 같은 일반인이 마체테 칼에 맞았을 때와 맞먹을 정도로 고통스러우리라고 상상하는 것뿐이 아닐까? 따라서 그와 유사한 상처를 입었을 때 우리가 겪었을 고통에 근거하여 다른 사람이 겪는 고통의 적절성을 판단해서는 안 된다고 생각하는 것뿐이 아닐까?

프루스트의 피부는 분명히 민감했다. 레옹 도데는 그를 가리켜 피부 없이 태어난 사람이라고 했다. 식사를 많이 하고 나면 잠들기가 어려울 수도 있다. 소화 과정으로 인해서 몸이 바빠지고, 음식이 위 속에 묵직하게 누워 있으면, 자리에 눕기보다는 일어나 앉는 편이 더 편안할 것이다. 그러나 프루스트는 음식이나 음료가 극소량이라도 남아 있으면 수면에 방해를 받았다. 의사에게 한 말에 따르면, 그는 침대에 눕기 전에 비시 광천수를 4분의 1컵 정도만 마셔야지, 한 컵을 모두 마시면 견딜 수 없는 위통 때문에 잠이 오지 않는다는 것이었다. 이불 밑에 들어 있는 콩 한 알 때문에 밤새 잠을 이루지 못했다는 공주*와

* 안데르센의 동화에 나오는 이야기. 어느 왕궁에 웬 처녀가 거지꼴을 하고 나타나서 자신은 원래 다른 나라의 공주라고 주장했다. 왕자의 신붓감을 찾고 있던 왕비는 그 말이 사실인지를 알아보려고 우선 콩 한 알을 바닥에 놓고, 그 위에 푹신한 이불을 수십 장 깔아놓은 침대에 처녀를 재웠다. 다음날 아침, 처녀가 피곤할 얼굴로 나타나서 "이불 밑에 뭐가 걸리는 게 있어서 밤새 잠을 못 잤습니다"고 하자, 왕비는 그녀가 진짜 티 없이 곱게 자란 공주임을 인정하

동류인 이 작가는 자신의 장 주머니로 흘러들어오는 물을 불과 1밀리리터까지도 감지하는 신비한 능력을 가짐으로써 도리어 저주를 받은 셈이었다.

이런 형에 비하면, 두 살 터울의 어린 동생 로베르 프루스트는 아버지와 마찬가지로 외과의사였으며(또한 『여성 생식기 수술』이라는 연구서의 저자로 격찬을 받았으며) 황소 같은 체구의 소유자였다. 마르셀이 물 한 모금 때문에 죽을 수도 있었다면, 로베르는 그야말로 파괴가 불가능했다. 열아홉 살 때 그는 파리에서 북쪽으로 몇 킬로미터 떨어진 센 강변의 뢰이라는 마을에서 2인승 자전거를 탄 일이 있었다. 복잡한 교차로에 이르렀을 때 그는 자전거에서 떨어졌는데 때 맞춰 달려오던 5톤짜리 석탄 운반용 수레의 바퀴에 깔리고 말았다. 수레가 완전히 그의 몸을 타고 넘어갔으며, 그는 병원으로 실려갔다. 어머니는 정신이 거의 나가다시피 해서 파리에서 달려왔지만, 그녀의 아들은 신속하면서도 놀라운 회복 과정을 거쳤고, 의사들이 걱정했던 영구적인 손상은 전혀 없었다. 제1차 세계대전이 발발하자, 이제는 성인이며 또 외과의사였던 이 황소는 베르됭 인근의 에탱의 야전병원에서 일했으며, 막사에서 생활하면서 힘들고도 비위생적인 조건에서 근무했다. 하루는 야전병원에 포탄이 떨어져서, 마침 독일군 병사를 수술 중이던 로베

고 결국 왕자와 혼인시켰다.

르의 수술대 주위에 그 파편이 흩어졌다. 프루스트 박사는 부상을 입었음에도 불구하고 혼자 힘으로 환자를 인근의 다른 병동으로 옮겼으며, 들것 위에 놓은 상태로 수술을 계속했다. 그로부터 몇 년 뒤, 그는 큰 자동차 사고를 당하게 되었다. 그의 운전기사가 졸음 운전을 하는 바람에 승용차가 구급차와 충돌한 것이다. 로베르는 목제 칸막이에 부딪쳐서 두개골에 금이 갔지만, 사고 소식이 전해져서 가족이 놀라기도 전에 회복했고 활기가 넘치는 삶의 도상(途上)으로 돌아와 있었다.

그렇다면 사람들은 이 두 사람 중에서 어느 쪽이 되고 싶어할까? 로베르일까 아니면 마르셀일까? 전자가 됨으로써 얻는 좋은 점은 쉽게 열거할 수 있다. 엄청난 신체적 에너지, 테니스와 카누를 할 수 있는 재능, 뛰어난 수술 실력(로베르는 '전립선 절제수술[prostatectomy]'의 달인으로 유명했기 때문에, 이후로 프랑스 의료계에서는 이 수술을 일컬어 '프루스트 절제수술[proustatectomy]'이라고 부를 정도였다), 경제적 성공, 예쁜 딸 쉬지(큰아버지 마르셀은 이 조카를 매우 귀여워하여 온갖 응석을 다 받아주었으며, 한번은 진짜 홍학을 한 마리 사주려고 했다. 물론 조카는 어디까지나 어린애다운 잠깐의 호기심을 표현했던 것이다)의 아버지가 되는 것 등등. 그러면 마르셀은? 신체적 에너지는 전혀 없었고, 테니스나 카누도 하지 못했고, 돈도 벌지 못했으며, 자녀도 없었으며, 생의 막바지가 되기 전까지는 전혀 존경도 받지 못했고, 막상 그때가 되어서는 너무 아파서 존경에서 비롯되는 즐거움조차 제대로 누리지 못했다. (질병으로부터 끌어온 유비를 좋아한 사람답게, 그는 자신을 고열에 시달린 나머지 완벽한 수플레조차 즐기지 못하는 사람으로 비유했다.)

그러나 어떤 사물을 지각하는 능력만큼은 로베르가 형의 뒤를 쫓아가는 형국이었다. 로베르는 가령 꽃가루가 가득한 날에 창문을 열어놓고 있건, 또는 5톤짜리 석탄 수레가 자기 몸을 깔고 지나가건 간에 별다른 반응을 보이지 않았다. 그는 에베레스트에서 예리코*까지 여행하면서도 고도의 변화를 전혀 느끼지 못할 만한 인물이었고, 콩이 다섯 알이나 들어가 있어도 지금 자기 매트리스 밑에 무엇인가가 있다는 것조차도 전혀 감지하지 못하는 인물이었다.

제1차 세계대전 당시 포탄 사격의 와중에도 수술을 감행하는 사람에게는 이와 같은 무감각이 오히려 좋은 것이겠지만, 다만 어떤 사물을 느끼는 것(대개는 어떤 사물을 **고통스럽게** 느끼는 것을 의미한다)은 어느 층위에서인가 지식의 획득과 연결된다는 점을 지적할 필요가 있으리라. 발목을 삠으로써 우리는 신체의 무게 분산에 관해서 금세 깨닫게 된다. 딸꾹질을

---

* 에베레스트는 해발 8,848미터로 세계 최고봉이며, 요르단의 예리코는 지면이 해수면보다 무려 250미터나 더 낮다.

함으로써 우리는 이전까지 몰랐던 호흡기 계통의 이런저런 면을 알고 적응하게 된다. 연인에게 걷어차이는 것이야말로 감정적 의존성의 메커니즘에 대한 완벽한 입문이 된다.

프루스트의 시각에서 보면, 우리는 문제가 생기고 나서야, 고통을 겪고 나서야, 무엇이 자신이 바라는 대로 되지 않고 나서야, 비로소 어떤 것을 진정으로 배우게 된다.

> 병약함이야말로 우리에게 눈치를 채고 배우게 만들며, 다른 방법으로는 결코 몰랐을 과정을 분석하게 한다. 매일 밤 곧장 침대로 들어가는 사람, 그리하여 잠에서 깨어 일어나는 그 순간까지는 죽은 듯 푹 자는 사람은 잠에 관해서, 반드시 대단한 발견까지는 아니더라도, 어떤 사소한 관찰도 불가능하다. 그는 자신이 잠들어 있다는 것조차 알지 못한다. 약간의 불면증은 우리에게 잠을 음미하게 해주고, 그 어둠에 한 줄기 빛을 비춰준다는 점에서 가치가 있다. 틀림없는 기억이란 기억의 현상을 연구하기 위한 매우 강력한 자극은 아니다.

물론 우리는 굳이 고통을 당하지 않고서도 정신을 이용할 수 있지만, 프루스트의 제안은 오직 고통을 받을 때에만 우리가 적절하게 탐구적이 될 수 있다는 것이다. 우리는 고통을 받고, 따라서 우리는 생각을 한다. 생각은 고통을 체계화하도록 우리를 도와주기 때문이다. 생각은 고통의 기원을 이해하고, 고통의 규모를 파악하고, 고통의 현존과 화해하도록 우리를 도와주기 때문이다.

따라서 고통 없이 떠오른 생각은 중요한 동기 부여의 원천을 결여한 셈이 된다. 프루스트가 보기에 정신 활동은 두 개의 범주로 나뉘는 듯했다. 즉 한편에는 **고통 없는 생각**이라고 불릴 만한 것이 있다. 이는 딱히 어떤 불편에 의해서 촉발되는 것은 아니며, 기껏해야 어떻게 잠이 작용하는지, 또는 왜 인간은 잊어버리는지를 밝혀내려고 하는 순수한 소망에 의해서 영감을 얻는 것이다. 또 한편에는 **고통스러운 생각**이라고 불릴 만한 것이 있는데, 이것은 잠들지 못하는, 또는 어떤 이름을 생각해내지 못하는 등의 괴로운 무능력에서 비롯되는 것이다. 이 가운데 후자의 범주를 프루스트는 특별하게 특권으로 여겼다.

프루스트의 말에 따르면, 사람이 지혜를 얻는 방법에는 두 가지가 있다. 하나는 선생님을 통해서 고통 없이 얻는 것이고, 또 하나는 삶을 통해서 고통스럽게 얻는 것이다. 그는 고통스러운 쪽의 지혜가 훨씬 더 우월하다고 주장한다. 한 대목에서 그는 소설 속의 등장인물인 화가 엘스티르의 입을 빌려 다음과 같이 말한다. 이 화가는 작중화자를 향해 뭔가 실수를 저지르는 것을 옹호하는 논증을 펼친다.

사람이라면 누구나, 제아무리 똑똑한 사람이라도 말일세, 젊은 시절의 어느 시기엔가 자신이 말한 무언가가, 또는 자신이 살아간 어떤 방식이 불유쾌했던 경험, 그리하여 나중의 삶에 가서는 할 수만 있다면 기꺼이 자기 기억에서 지워버리고 싶을 정도의 경험이 있게 마련이네. 하지만 이를 전부 후회해서는 안 되겠지. 왜냐하면 어리석거나 불건전한 시기를 모두 지나서 궁극적인 단계에 도달하기 전까지는, 자기가 정말로 현명한 사람—적어도 우리 중 누군가가 현명해질 수 있다면—이 되었는지 여부를 그는 결코 확신할 수 없기 때문이지. 내가 알기로 젊은 사람들은……학교에 다니기 시작할 때부터 정신의 고상함과 도덕적 세련됨을 교사로부터 주입받게 되네. 아마 그들은 자신의 삶을 되돌아볼 때에도 취소하고 싶은 경험을 전혀 가지고 있지 않을 거야. 만약 스스로 선택할 수만 있다면, 그들은 자신이 말하거나 행한 모든 것에 관해서 기명 보고서라도 간행하려고 들걸세. 하지만 그들은 불쌍한 피조물이고, 교조주의자의 나약한 후예이며, 그들의 지혜는 부정적이고 메마른 것에 불과하네. 지혜란 누구한테 배울 수 있는 게 아니고, 다만 그 누구도 우리를 위해 대신 수행해주지는 않는 여행을 통해, 그 누구도 우리를 위해 면제해주지는 않는 노력을 통해 우리가 스스로 발견해야 하는 것일세.

왜 그들은 손쉽게 지혜를 배울 수 없을까? 왜 이처럼 고통스러운 여행은 진정한 지혜의 획득에 필수불가결한 것일까? 엘스티르는 구체적으로 명시하지는 않았지만, 한 사람이 경험하는 고통의 정도와 그 결과로 그 사람이 가지게 되는 사고의 깊이와의 관계를 그가 정의했다는 사실만으로 어쩌면 충분하지 않을까? 이것은 마치 정신이 까다로운 기관이다보니, 어려운 사건들로 인해 부득이 그렇게 하지 않을 수 없기 전까지는, 어려운 진실들을 한사코 받아들이기를 거절하는 것만 같다. "행복은 몸에 좋지만, 정신의 강인함을 발달시켜주는 것은 바로 슬픔이다." 이 슬픔은 우리가 더 행복한 시절이라면 회피했을 일종의 정신적 체육 활동을 거치도록 해준다. 실제로 그의 말에 담긴 암시란, 우리가 정신 능력의 발달에 진정한 우선순위를 둔다면, 우리는 만족보다는 오히려 불행한 채로 있는 편이 더 나으리라는, 그리고 플라톤이나 스피노자를 읽는 것보다는 오히려 괴로운 연애를 추구하는 편이 더 나으리라는 것이다.

> 우리가 필요로 하는 여자, 그리고 우리를 고통스럽게 만드는 여자는 우리에게 관심이 있는 천재적인 남자가 할 수 있는 것보다도 훨씬 더 심오하고 더 필수적인 감정의 전 영역을 우리로부터 끌어낸다.

그러니 우리가 축복이나 다름없는 상황에서 여전히 무지한 채로 있는 것은 어쩌면 당연지사이리라. 가령 자동차가 잘 움직인다면, 무슨 이득을 바라고 우리가 굳이 그 기계의 복잡한 내부 작동에 관해서 배워야 할까? 연인이 충성을 맹세한다면, 우리가 왜 굳이 인간의 배신행위의 역학에 관해서 숙고해야 할까? 우리의 모든 만남을 존중해야 한다면, 왜 우리가 사회생활의 굴욕에 관해서 조사하고 싶은 의욕이 생기게 될까? 오직 슬픔 속에 빠졌을 때에야만 비로소 우리는 어려운 진실에 맞서고자 하는 프루스트적인 자극을 받게 된다. 우리가 이불 밑에서 울부짖을 때, 가을바람에 흔들리는 나뭇가지와도 같을 때에야 비로소.

이런 생각은 의사에 대한 프루스트의 의구심을 설명해준다. 프루스트의 지적인 이론에 따르면, 의사는 뭔가 아귀가 맞지 않는 입장에 있다. 왜냐하면 그들은 신체 작용의 이해를 직업으로 삼는 사람들이면서도, 정작 그들의 지식은 일차적으로 자신의 몸에 나타난 고통으로부터 비롯된 것이 아니기 때문이다. 그들은 다만 몇 년간 의과대학에 다녔을 뿐이다.

이러한 입장에 있는 의사들의 고집이야말로 병을 달고 살던 프루스트를 괴롭힌 원인이었다. 그 당시의 의학 지식의 근거가 얼마나 불안정했는지를 고려한다면 이런 고집은 더욱 근거가 없는 것이었다. 어린 시절에만 해도 그는 마르탱 박사라는 사람에게 진찰을 받았는데, 그 의사는 이른바 천식의 영구적인 치료법을 개발했다고 주장하던 인물이었다. 그의 치료법은 장장 두 시간에 걸친 수술을 통해서 코의 발작성 조직을 지지는 것이었다. "너도 이제는 시골을 마음껏 돌아다닐 수 있을 거야." 자신만만하던 마르탱 박사는 이 고통스러운 수술을 한 뒤에 어린 프루스트에게 말했다. "이제 너는 꽃가루 병에 걸릴 수조차 없으니까 말이야." 그러나 활짝 피어난 라일락을 보자마자 프루스트는 매우 격렬하고도 지속적인 천식 발작을 일으키고 졸지에 손발이 보라색으로 변했으며, 이후 평생 동안 두려움을 가지게 되었다.

프루스트의 소설에 등장하는 의사들도 근거 없는 자신감을 북돋아준다는 점에서는 오히려 현실보다 더하다. 작중화자의 할머니가 병에 걸리자, 걱정이 된 가족들은 저명하고도 널리 알려진 의사인 뒤 불봉 박사를 초빙한다. 할머니가 극도의 고통을 느끼고 있음에도 불구하고, 뒤 불봉은 슬쩍 한번 진찰해보고는 자신이 완벽한 해결책을 알아냈다고 결론 내린다.

> "그 날이 되면 완쾌되실 겁니다, 부인. 그런데 그 날은 언제든지 올 수 있습니다—또 그 날이 오늘이라도 당장 오느냐 마느냐는 전적으로 부인께 달려 있습니다—왜냐하면 부인께서는 지금 아무 데도 잘못된 데가 없으니까요, 평소대로의 생활을 재개하시면 된다는 사실을 깨닫기만 하시면 되기 때문이죠. 그러니까 지금까지 줄곧 아무것도 드시지도 않고, 밖에 나가지도 않으셨다고 말씀하시지 않으셨습니까?"

"그런데, 의사 양반, 나는 열이 있어요."

"지금은 전혀 그렇지 않은데요. 게다가, 이런 말씀드리기는 정말 죄송합니다만! 부인께서 잘 모르시나본데, 저희는 체온이 무려 38도나 되는 결핵 환자들한테도 식사를 시키고, 계속 바깥 공기를 마시게 하거든요?"

이 의기양양해하는 의사의 주장을 꺾을 수가 없자, 할머니는 억지로 침대에서 일어나 손자를 데리고는, 맑은 공기를 마시러 고통스럽게 샹젤리제로 향한다. 당연한 이야기이지만 그 산책은 할머니에게 죽도록 괴로울 수밖에 없었다.

그렇다면 누구보다도 확고한 프루스트주의자께서는 과연 의사의 진찰을 받아야 할까? 외과의사의 아들이며 형제인 마르셀은 이 직업에 대해서 어딘가 수상쩍은, 오히려 놀라우리만치 관대한 평결을 내린다.

의학을 믿는 것은 어리석음의 극치라고 할 수 있을 것이다. 물론 의학을 믿지 않는 것이 그보다 더 엄청난 어리석음이 아니었다면 말이다.

그럼에도 불구하고 프루스트의 논리는 위중한 질병으로 종종 괴로워하는 의사를 찾아보라는 지혜를 제안한다.

이제는 프루스트가 겪은 불운의 크기가 그의 생각의 타당성에 의구심이 들게 한다고 생각해서는 안 될 것 같다. 우리는 오히려 실제로 그가 겪은 고통의 정도 그 자체를 통찰을 위한 완벽한 전제조건의 증거로 받아들여야 마땅할 것이다. 가령 프루스트의 연인이 앙티브 해안에서 비행기 사고로 사망했다는, 또는 스탕달이 일련의 괴로우면서도 일방적인 열정을 감내해야 했다는, 또는 니체가 학생들로부터 비웃음을 받던 사회부적응자였다는 이야기를 들은 바로 그 순간, 우리는 고차원의 지적 권위자를 발견했다고 안심할 수 있다. 살아 있다는 것이 무슨 의미인지에 관해서 상당수의 심오한 증언을 남긴 사람들은 만족스런 삶을 살던 사람들이나 열정적인 사람들이 아니었다. 그런 지식은 대개 극도로 비참한 사람의 특권적인 영역이거나, 또는 그런 사람에게 허락된 유일한 축복이기 마련이다.

고통에 대한 낭만적인 숭배를 무비판적으로 받아들이기 전에, 고통 그 자체만으로는 결코 충분했던 적이 없었음을 반드시 덧붙여야겠다. 불행히도 『잃어버린 시간을 찾아서』를 완성하기보다는 연인을 잃는 편이, 『연애론(*De l'amour*)』을 쓰기보다는 보답 없는 욕망을 경험하는 편이, 그리고 『비극의 탄생(*Die Geburt der Tragödie*)』의 저자가 되기보다는 사회적으로 인기가 없는 편이 더 쉬웠던 것이다. 불행한 매독 환자는 많아도 그중 상당수는 『악의 꽃(*Fleurs du mal*)』을 쓰는 대신 총으로 자살했다. 따라서 우리가 고통에 관해서 내놓을 수 있는 가장 위대한 주장은, 고통이 지적이고 창의적인 탐구를 위한 가능성을 열어준다는 것이다. 손쉽게 간과하거나 또는 거절할 수 있는—그리고 종종 그렇게 되는—가능성을 말이다.

우리는 어떻게 양쪽 모두를 하지 않을 수 있을까? 걸작의 창조라는 야심이 전혀 없는 상황이라면, 우리는 어떻게 보다 성공적으로 고통을 체험하는 법을 배울 수 있을까? 비록 철학자들은 전통적으로 행복의 추구에 관심을 기울여왔지만, 사실은 적절하고도 생산적으로 불행해지는 방법을 추구하는 쪽에 훨씬 더 큰 지혜가 놓여 있는 것만 같다. 불행의 끈덕진 반복은 이 문제에 대한 어떤 효과적인 접근방식이야말로 행복을 향한 모든 유토피아적 추구의 가치를 거뜬히 능가한다는 것을 의미한다. 슬픔의 베테랑이던 프루스트는 이 사실을 너무나 잘 알고 있었다.

> 온전한 삶의 기술이란 우리에게 고통을 일으키는 개인들을 이용하는 것이다.

이러한 삶의 기술은 무엇과 관계되어 있을까? 프루스트주의자에게는 현실에 대한 더 나은 이해를 얻는 것이 과제이다. 고통은 놀라운 것이다. 왜 사랑하다가 버림을 받았는지, 왜 초대손님 명부에서 이름이 빠졌는지, 왜 한밤중에 잠을 이루지 못하는지, 또는 왜 봄날의 꽃가루 휘날리는 풀밭을 헤매고 다니는지, 우리는 이해하지 못한다. 그런 불편의 이유를 식별하는 것조차도 우리를 보란 듯이 고통에서 벗어나도록 해주지는 않으며, 다만 회복을 위한 근본적인 토대를 만들어줄 뿐이다. 고통의 이해를 통해서 우리는 유독 우리만이 유일무이하게 저주를 받은 것은 아니라는 사실을 확신하는 한편, 우리의 고통의 한계에 대해서 그리고 그 배후의 씁쓸한 논리에 대해서 자각하게 한다.

슬픔이 생각으로 바뀌는 바로 그 순간, 슬픔은 우리의
가슴에 상처를 입히는 그 능력 가운데 일부를 잃어버린다.

하지만 고통이 생각으로 승화되지 못하는, 즉 우리에게 더 나은 현실 감각을 부여하기는커녕 오히려 우리를 유해한 방향으로 밀어가는 일 역시 너무나도 자주 일어난다. 그곳에서 우리는 새로운 것을 전혀 배우지 못하며, 훨씬 더 많은 환상에 노출되고, 중요한 생각들을—차라리 애당초 고통을 받지 않고서도 내놓을 수 있었을 것보다도—훨씬 덜 내놓게 된다. 프루스트의 소설에는 우리가 **잘못된 고통 체험자**라고 부를 수 있는 이런 사람들이 가득하다. 사랑에 배신당하거나 또는 파티에서 배척당하는 가엾은 영혼들, 지적 불완전의 느낌이나 사회적 열등감으로 고통받는 사람들, 그러나 이런 질환으로부터 아무것도 배우지 못하고, 대신 완고함과 망상, 잔인함과 냉대, 악의와 분노를 야기하는 갖가지 파괴적인 방어 메커니즘에 몰두

함으로써 그런 질환에 반응하는 사람들 말이다.

프루스트의 소설 속에 나오는 이런 불운한 고통 체험자들 가운데 다수의 사례를 소개하더라도 이는 결코 그들에 대한 부당한 대우는 아닐 것이다. 그렇게 함으로써 우리는 그들을 괴롭히고 있는 것 — 즉 그들이 취하는 방어의 프루스트적 부적절성 — 이 무엇인지를 살펴보고, 또한 친절한 치료의 정신에 입각하여 보다 효과적인 대응법을 제안할 것이다.

제 1 번 환자 : 베르뒤랭 부인. 사람들이 모여서 예술과 정치를 논하는 살롱 — 자신은 "작은 일족"이라고 부르는 — 의 여주인인 부르주아 여성. 그녀는 예술에 매우 크게 감동하여, 가령 음악의 아름다움에 압도당했을 때에는 두통을 일으키며, 또 한번은 너무 웃다가 그만 턱이 빠지기도 했다.

문제 : 베르뒤랭 부인은 사교계에서의 지위 상승을 위해서 평생을 바쳤지만, 자신이 그토록 알고자 열망했던 사람들로부터 줄곧 무시당한다는 사실을 깨달았다. 그녀는 최고 귀족 가문들의 초대 손님 명단에 올라 있지도 않았다. 그녀는 게르망트 공작부인의 살롱에서도 환대받지 못할 것이었다. 그녀의 살롱은 오직 자기가 속한 사회계급의 구성원들로만 가득 차 있었다. 그리고 프랑스 공화국 대통령은 엘리제 궁전에서의 점심

식사에 결코 그녀를 초대하지 않을 것이다. 그녀가 생각하기에는 사교계에서 자기보다 딱히 신분이 더 높은 것 같지 않은 샤를 스완조차 대통령의 초대를 받았는데도 말이다.

문제에 대한 대응법: 베르뒤랭 부인이 자신의 상황 때문에 괴로워한다는 외적 징후는 거의 없는 것 같다. 그녀를 초대하기를 거절하는 사람 또는 그녀의 살롱에 오기를 거절하는 사람은 누구든지 간에 단순히 "지루한 인물"에 불과하다고, 그녀는 분명한 확신을 가지고 주장한다. 심지어 대통령 쥘 그레비조차도 지루한 인물인 것이다.

이 말은 그녀의 본심에서 나온 것이 아니다. 왜냐하면 사실 이것이야말로 이른바 유명인사에 관한 베르뒤랭 부인의 생각과는 정반대이기 때문이다. 이 유명인사들은 그녀를 매우 흥분시키지만, 그녀는 그들에게 접근이 불가능하기 때문에, 그녀가 할 수 있는 일이라고는 자신의 실망을 설득력 없는 무관심의 표시로 위장하는 것뿐인 셈이다.

베르뒤랭의 살롱에 온 스완이 그레비 대통령과 점심을 함께 했다는 이야기를 무심코 흘리자, 다른 손님들의 부러움은 손에 잡힐 듯이 분명했다. 이를 일소하기 위해서, 스완은 얼른 그 일을 깎아내리는 대사를 내놓는다.

> "제가 분명히 말씀드리지만, 그 양반의 점심 파티는 그리 즐거울 것이 없었답니다. 아시다시피 워낙 사소한 일에

불과하니까요. 한 식탁에 여덟 명밖에는 못 앉더군요."

다른 사람들은 스완의 말을 단지 겸손의 표시로 인식했지만, 베르뒤랭 부인은 비탄에 빠진 나머지, 자신이 가지지 못한 것을 가리켜 사실은 가질 만한 가치가 없는 것이라고 폄하하는 상대방의 말을 그냥 넘기지 못하고 이렇게 맞장구친다.

"그런 점심식사 자리가 재미없었다는 당신의 말을 나는 충분히 이해해요. 사실은 당신이 그 자리에 참석한 건 매우 친절한 일이었어요.……제가 듣자 하니 대통령은 말뚝처럼 귀머거리에다가 손가락으로 음식을 마구 집어먹는다더군요."

더 나은 해결책 : 베르뒤랭 부인이 그토록 심한 고통을 겪는 이유는 과연 무엇일까? 왜냐하면 그것은 우리에게는 가진 것보다도 가지지 못한 것이 항상 더 많기 때문이며, 우리를 초대하는 사람보다는 초대하지 않는 사람이 항상 더 많기 때문이다. 따라서 우리가 가지지 못한 것을 모두 따분한 것이라고 계속해서 단정해야만 한다면, 그것도 다만 그것을 가지지 못했기 때문에 그렇게 해야 한다면, 무엇이 가치가 있는지에 관한 우리의 판단은 극단적으로 왜곡될 수밖에 없다.

비록 우리가 대통령을 만나고 싶어할지 몰라도, 대통령은 도리어 우리를 만나고 싶어하지 않을 수도 있다고, 또한 이런 세세한 일이 그에 대한 우리의 관심의 수준을 바꿔놓을 원인은 아니라고 생각하는 쪽이 얼마나 훨씬 더 정직한가? 베르뒤랭 부인은 어쩌면 사람들이 사교 서클에서 배척되는 메커니즘을 이해하게 되었을 것이다. 그녀는 자신의 좌절을 가볍게 만드는 법을 배울 수도 있었으리라. 즉 그런 좌절을 솔직하게 고백하고, 심지어 스완을 향해 다음에는 메뉴판에 서명이라도 받아서 가져다달라고, 마치 놀려대는 듯한 한마디를 던짐으로써 말이다. 그런 과정에서 그녀가 나름의 매력을 발휘할 경우, 결국 엘리제 궁전으로의 초대는 실제로 그녀를 향해 다가오는 중이라고 할 수도 있기 때문이다.

제2번 환자: 프랑수아즈. 작중화자의 가족을 위해서 요리를 하는 고용인으로, 아스파라거스와 쇠고기를 넣은 아스픽 요리를 잘 만든다. 그녀는 또한 완고한 성격, 부엌 사람들에게 무자비한 것으로도, 그리고 고용주에 대한 충성심으로도 유명하다.

문제: 그녀는 아는 것이 많지 않다. 프랑수아즈는 정규 교육을 전혀 받지 못했고, 세상에 대한 그녀의 지식은 빈약하기 짝이 없으며, 당시의 정치 및 왕실의 사건에 대해서는 거의 아는 바가 없다.

문제에 대한 대응법 : 프랑수아즈는 마치 자기가 모든 것을 다 아는 듯이 자처하는 습관을 가지게 되었다. 한마디로 그녀는 자칭 만물박사이며, 따라서 자기가 전혀 감을 잡을 수도 없는 어떤 것에 관한 이야기를 듣기만 하면 그야말로 만물박사의 당혹감이 얼굴에 나타나지만, 그런 당혹감은 재빨리 억제되어 그녀가 평소와 같은 침착함을 유지할 수 있게 한다.

> 프랑수아즈는 놀란 모습을 보이려고 하지 않았다. 루돌프 대공은 죽은 것—흔히 그렇다고 추정되었듯이—이 아니라, 팔팔하게 잘만 살아 있다고 누군가가 말할 경우, 그녀는 사실 그런 대공이 이 세상에 존재하는지도 몰랐음에도 불구하고, "그러게요"라고 대답하고 말 것이다. 마치 자신이 줄곧 그 사실을 알고 있었다는 듯이.

정신분석 문헌에는 도서관에 가서 앉아 있기만 하면 기절하는 한 여성의 이야기가 나온다. 책들에 둘러싸여 있으면 그녀는 구토가 나왔으며, 책이 눈 앞에 없어야만 비로소 안도감이 들었다. 이때 예상 가능한 바와는 달리, 그녀는 책을 싫어하지 않았고, 오히려 책이라든지 그 안에 담긴 지식을 지나칠 정도로 원했다. 자신이 무식하다는 것을 너무나도 잘 아는 그녀는 서가에 있는 모든 책을 곧바로 읽고 싶어했다. 하지만 그럴 수는 없었으므로, 그녀는 도서관에 비해 지식이 덜 널려 있는 장소에 있음으로써 견딜 수 없는 자신의 무지로부터 도망칠 필요가 있었다.

박식한 사람이 되기 위한 선결조건은 바로 자신의 무지가 어느 정도인지 알고 체념하고 적응하는 것이다. 적응을 위해서는 이런 무지가 영구적일 필요는 없다고, 또는 이런 무지를 개인적으로—즉 이 무지는 결국 그의 타고난 능력의 반영이라고—받아들일 필요는 없다고 생각해야 한다.

그러나 만물박사는 적절한 수단을 통해서 지식을 획득하는 것에 대한 믿음을 상실한 상황이다. 프랑수아즈 같은 등장인물에게는 이런 믿음의 상실이 그리 놀랄 것도 없다. 왜냐하면 그녀는 평생 동안 놀라울 정도로 교육을 잘 받은 고용주를 위해서 아스파라거스와 쇠고기 아스픽 요리를 만들어왔기 때문이다. 그녀의 고용주는 아침 내내 신문을 정독하고, 집안 곳곳을 거닐면서 라신과 세비네 부인을 인용하기를 좋아한다. 물론 세비네 부인의 단편소설이라면 그녀도 언젠가 읽은 적이 있다고 주장할 수도 있을 것이다.

더 나은 해결책 : 프랑수아즈의 아는 척하는 행동이 지식을 향한 진정한 열망을 왜곡하여 반영한 것이기는 하지만, 도대체 그 사람이 누구냐고 물어볼 때에 필요한 순간적이고도 고통스러운 체면 손상을 그녀가 순순히 받아들이기 전까지, 루돌프 대공의 진짜 상황은 슬프게도 여전히 수수께끼로 남아 있을 것이다.

제 3 번 환자 : 알프레드 블로크. 작중화자의 학교 동창. 지식인에 부르주아이고 유대인이며, 외모는 벨리니의 초상화에 묘사된 술탄 메메드 2세에 비견할 만하다.

문제 : 그는 중요한 순간마다 실수를 저지르는 바람에 망신을 당한다.

문제에 대한 대응법 : 자기보다 못한 사람도 겸손하게 사과할 법한 상황에서도 블로크는 극도의 자기 확신을 가지고 행동하며, 외관상으로는 아무런 치욕이나 부끄러움도 드러내지 않는다.

한번은 작중화자의 가족이 그를 저녁식사에 초대했는데, 그는 무려 한 시간 반이나 늦게 도착했고, 게다가 예상치 못한 소나기 때문에 머리부터 발끝까지 진흙투성이가 되어 있었다. 늦은 것이며 진흙투성이가 된 것에 대해서 사과해야 마땅한 법한데, 블로크는 아무 말도 하지 않고, 대신 깨끗한 옷차림으로 제시간에 맞춰 오는 초대 관습에 대한 자신의 경멸을 표현하는 일장 연설을 시작한다.

"저는 이제껏 단 한번도 대기 요동이나 아니면 이른바 시간이라고 알려진 독단적인 구분이라는 것으로부터, 제아무리 조금이라도, 영향을 받지 않도록 처신했습니다. 혹시나 저보고 아편 파이프나 말레이 단검의 사용을 다시 배우라고

한다면 기꺼이 하겠습니다만, 그처럼 무한히도 더 유독하고 훨씬 더 명백히 부르주아의 도구인 것들, 그러니까 우산과 시계에 관해서라면 저는 전혀 아는 바가 없습니다."

블로크에게 남의 호감을 사려는 의향이 없다는 것은 아니다. 다만 그는 자신이 타인의 마음에 들고자 노력했음에도 불구하고 실패한 상황을 참을 수 없어하는 것 같다. 그렇다면 차라리 무례하게 처신함으로써 최소한 자신의 행동을 제어할 수 있게 되는 것이야말로 얼마나 쉬운 일이었을까? 만약 그가 시간에 맞춰 저녁식사 약속에 참석하지 못했고 게다가 비까지 쫄딱 맞았다면, 도리어 시간과 기상 상태 쪽으로 비난을 돌리고, 자신에게 생긴 그 일들이야말로 사실은 자신이 원했던 것이었다고 주장함으로써, 적어도 그 자신은 성공을 거두는 편이 낫지 않았을까?

더 나은 해결책: 시계, 우산, 사과

제4번 환자: 이 여성은 소설 속에서 잠깐 스치듯이 등장하고 만다. 그녀의 눈동자가 무슨 색깔인지, 그녀의 옷차림이 어떠한지, 그녀의 이름이 정확히 무엇인지에 관해서 우리는 알지 못한다. 그녀는 다만 알베르틴의 친구 앙드레의 어머니로만 알려져 있다.

문제 : 베르뒤랭 부인과 비슷하게, 앙드레의 어머니는 사교계에서의 지위 상승에 관심이 있다. 그녀는 유력인사들로부터 저녁식사에 초대받고자 열망하지만, 실제로 초대받지는 못한다. 하루는 십대인 딸의 친구 알베르틴이 집에 놀러 온다. 이 소녀는 자기 가족이 프랑스 국립은행의 이사 가족과 여러 번 휴가를 함께 보낸 적이 있다고 무심코 말한다. 앙드레의 어머니에게는 이것이야말로 놀라운 소식이었다. 그녀는 이사 가족의 거대한 저택에 초대받는 영광을 한번도 누려본 적이 없었으며, 또한 그랬으면 무척 좋아했을 것이기 때문이다.

문제에 대한 대응법 :

> [앙드레의 어머니는] 매일 저녁 식탁에서, 무관심과 경멸의 분위기를 가장한 채, 알베르틴의 이야기에 매료되었다. 그녀가 그 커다란 저택에 머물 때에 일어난 일들, 다른 손님들의 이름, 그녀가 얼굴이나 이름을 아는 사람들 거의 모두에 대한 이야기들에. 이처럼 간접적인 방식으로 그들을 안다는 생각은……내내 고상하고도 무관심한 어조로, 주름진 입술로, 그 사람들에 관해서 알베르틴에게 질문을 던지던 앙드레의 어머니에게 우울한 기색을 드리우게 되었다. 자칫 그녀는 자신의 사교계 지위의 중요성에 대해서 계속해서 의구심과 불편함을 느끼는 상태로 있을 수도 있었겠지만, 다행히 그녀는 스스로 기운을 차렸고, 집사에게 이렇게 말함

으로써 "삶의 현실"로 안전하게 되돌아왔다. "요리사한테 전해요. 이 완두콩은 충분히 익지 않았다고." 곧이어 그녀는 평온을 되찾았다.

그녀의 평온과 완두콩 모두에 책임이 있는 요리사는 이 소설에서 그 여주인보다 덜 등장한다. 그의 이름은 제라르일까, 아니면 조엘일까? 그는 브르타뉴 출신일까, 아니면 랑그도크 출신일까? 그는 유명한 식당인 투르 다르장에서 부주방장으로 훈련을 받았을까, 아니면 카페 볼테르에서 훈련을 받았을까? 물론 중요한 문제는, 어째서 프랑스 국립은행의 이사가 휴가를 맞아 그 여주인을 저녁식사에 초대하지 않은 것이 이 요리사의 문제가 되어야만 하느냐 여부일 것이다. 이사의 거대한 저택으로 오라는 초청이 없었다고 해서, 왜 무고한 완두콩 한 접시가 비난을 받아야 할까?

게르망트 공작부인도 이와 유사하게 불공정하고도 계몽적이지 못한 방식으로 평정을 찾는다. 공작부인의 남편은 성실하지 못하고, 두 사람의 결혼생활은 냉랭하기 짝이 없다. 그녀는 풀랭이라는 이름의 하인을 데리고 있는데, 이 하인은 어느 젊은 여자와 깊이 사랑하는 사이이다. 그녀도 마침 다른 집에서 하녀로 일하고 있어서, 그녀의 휴일이 풀랭의 휴일과 겹치는 경우는 매우 드물기 때문에, 두 연인은 가끔씩밖에는 만나지 못했다. 오랫동안 기다려온 그런 만남을 얼마 앞둔 상황에서, 드 그루시라는 사람이 공작부인의 집에 와서 저녁식사를 한다. 식사 도중에, 뛰어난 사냥꾼이기도 한 드 그루시는 공작부인에게 자신이 시골 영지에서 사냥한 꿩 여섯 쌍을 보내주겠다고 제안한다. 공작부인은 그에게 고맙다고 말한 다음, 선물 그 자체만 해도 충분히 너그러운 행위이므로, 드 그루시와 그의 고용인들에게 더 이상의 불편을 끼치기보다는, 차라리 자기 하인 풀랭을 시켜서 꿩을 가져오게 하겠다고 고집한다. 그 자리에 있던 다른 손님들은 공작부인의 사려 깊음에 상당히 좋은 인상을 받는다. 하지만 공작부인이 이처럼 "너그럽게" 구는 이유가 단 한 가지뿐임을 그들은 결코 알지 못한다. 즉 그렇게 함으로써 풀랭이 애인과의 약속을 지키지 못하게 하려는 것이었다. 덕분에 공작부인은 자신의 대인관계에서는 이룰 수 없었던 낭만적인 행복의 증거 앞에서 약간은 덜 번민해도 될 것이기 때문이다.

더 나은 해결책: 심부름꾼이고 요리사고 하인이고 완두콩이고 간에 아예 쓰지 마라.

제5번 환자: 샤를 스완. 그는 대통령과의 점심식사에 초대받은 인물이자, 웨일스 공(영국 왕세자)의 친구이며, 가장 우아한 살롱의 단골손님이다. 그는 미남이고, 부유하고, 위트가 있으며, 약간 고지식하고, 사랑에 푹 빠져 있다.

문제 : 스완은 애인 오데트가 이전에 여러 남자들의 정부 노릇을 했으며, 종종 유곽에 드나들기도 했다는 내용을 담은 익명의 편지를 받는다. 마음이 산란해진 스완은 과연 누가 이처럼 상처가 되는 폭로 편지를 보낼 수 있었을지 궁금해하고, 나아가서 이 편지에 수록된 세세한 내용은 오직 자기와 가까운 지인만이 알 수 있는 내용임을 눈치챈다.

문제에 대한 대응법 : 혐의자를 찾기 위해서, 스완은 친구들을 한사람 한사람 떠올려본다. 드 샤를뤼스 씨, 드 롬 씨, 도르상 씨. 하지만 이들 중 누군가가 이 편지를 보냈으리라고는 차마 믿을 수가 없었다. 어느 누구도 의심할 수가 없게 되자, 스완은 보다 비판적으로 생각하기 시작해서, 자기가 아는 모든 사람들이 사실은 그 편지를 썼을 수 있다고 결론을 내린다. 그는 뭐라고 생각해야 할까? 그는 어떻게 친구들을 평가해야 할까? 이 잔인한 편지야말로 스완이 사람들에 대해서 더 깊이 이해할 수 있도록 이끈 초대장이나 다름없었다.

이 익명의 편지는 그가 아는 어떤 인간이 가장 파렴치한 행동을 할 수 있음을 증명해주었다. 그러나 냉담하기보다는 오히려 따뜻한 가슴을 가진 사람, 부르주아라기보다는 오히려 예술가인 사람, 고용인이기보다는 귀족인 사람의 인품이라는, 그 깊이를 헤아릴 수 없는 심연 속에 도대체 어째서 그런 파렴치함이 잠복해 있어야 하는지를 그는 도무지 알 수 없었다. 인간을 판단할 때에는 과연 어떤 기준을 택해야 할까? 어쨌거나, 그런 상황에서 치욕적인 행동을 할 수 있다고 증명되지 않을 법한 사람은 그가 아는 사람들 중에는 아무도 없었다. 그렇다면 그는 이들 모두를 더 이상 만나지 말아야 할까? 그의 마음에는 점점 더 먹구름이 끼게 되었다. 그는 두세 번쯤 양손으로 이마를 문질렀고, 손수건으로 안경을 닦았다.……그리고 그는 일찍이 의심했던 친구들 모두와 악수를 나누었지만, 그들 각자가 어쩌면 그를 절망 속으로 몰아넣으려고 궁리하고 있을지 모른다는 순수하게 의례적인 단서를 붙이는 것을 잊지 않았다.

더 나은 해결책: 스완은 편지로 고통을 받게 된 셈이었지만, 그 고통으로 인해서 더 큰 무엇을 이해하지는 못했다. 어쩌면 감상적인 순진함의 켜를 벗어버렸을 수도 있고, 이제 친구들의 표면적인 행동이 더 어두운 내부를 감추고 있을 수도 있음을 알았을 수도 있지만, 그래도 그는 그 징후는 물론이고 그 기원을 식별할 방법을 전혀 찾아내지 못했다. 그의 마음에는 먹구름이 끼었으며, 그는 안경을 닦았고, 프루스트가 보기에 그는 배신과 질투와 관련된 가장 뛰어난 것을 놓친 셈이었다. 즉 타인의 숨겨진 측면을 탐구하기 위해서 반드시 필요한 지적 동기부여를 제공하는 그 능력을 말이다.

때때로 우리는 사람들이 뭔가를 우리에게 숨기지 않는가 의심하지만, 그것은 어디까지나 우리가 사랑에 빠져서 우리의 탐구를 재촉해야 할 긴급함을 느낀 다음의 이야기이다. 그리고 답변을 찾는 과정에서 우리는 사람들이 과연 어느 정도까지 각자의 실제 삶을 위장하고 숨길 수 있는지를 발견하는 경향이 있다.

> 질투의 위력 가운데 하나는 외적 사실의 현실과 마음의 감정이 그저 끝없는 추측만 가능한 미지의 요소임을, 그리고 과연 어느 정도까지 그러한지를 우리에게 밝혀주는 것이라고 하겠다. 사물이 어떠한지, 또 사람들이 무슨 생각을 하는지를 우리는 정확히 알고 있다고 상상하는데, 이는 단순히 우리가 그런 것들에 관심을 두지 않기 때문이다. 하지만 우리가 알고자 하는 열망을 가지는 동시에, 즉 인간이 질투를 느끼는 동시에, 이는 더 이상 아무것도 구분할 수 없는 만화경(萬華鏡)이 된다.

삶이란 서로 대조적인 것들로 가득 차 있다는 이야기를 스완은 일반적인 진리로 익히 알고 있었는지도 모른다. 그러나 그가 아는 사람들에 대해서 판단할 때, 자신이 미처 알지 못하는 그 사람의 삶의 어떤 부분들 역시 자신이 익히 알고 있는 부분들과 똑같으리라고 그는 믿어 의심치 않는다. 그는 자기 눈에 드러난 것을 토대로 자기 눈에 드러나지 않은 것이 무엇인지를 이해한다. 따라서 그는 오데트에 관해서는 아무것도 이해하지 못한다. 왜냐하면 자신과 함께 있을 때에는 그토록 존경할 만한 여성이 유곽에 종종 나타나는 여성과 똑같은 사람이 라고 받아들이기는 힘들기 때문이다. 이와 유사하게 그는 친구들에 대해서도 전혀 이해하지 못했다. 왜냐하면 점심시간에 호감을 주는 대화를 나누었던 바로 그들이 자기 애인의 과거에 관한 조잡한 폭로로 가득 찬, 상처를 주는 편지를 보냈다는 것을 받아들이기가 힘들기 때문이다.

교훈? 타인이 예기치 못한 그리고 상처가 되는 행동을 했을 경우, 단순히 안경을 닦는 것보다는 더한 뭔가로 반응하라는 것, 다시 말해서 그 행동을 우리의 이해를 확장시킬 수 있는 기회로 바라보라는 것이다. 비록 프루스트가 우리에게 경고한 것처럼, "우리가 다른 사람의 진정한 삶을, 그러니까 보이는 세계 아래에 있는 현실 세계를 발견할 때, 우리는 마치 평범한 외관에도 불구하고 그 안에는 감춰진 보물과 고문실, 또는 해골이 가득 찬 집에 들어갔을 때처럼 상당한 놀라움을 느끼게 된다."

이처럼 불운한 고통의 체험자들에 비하면, 자신의 슬픔에 대한 프루스트의 접근방식은 오히려 존경스러울 정도이다.

비록 천식 때문에 교외에서 시간을 보내는 것은 생명을 위협하는 일이 되고 말았지만, 또한 활짝 핀 라일락만 보아도 몸이 보라색으로 질리게 되었지만, 그는 베르뒤랭 부인의 모범을 따르지는 않았다. 즉 그는 그 꽃이 따분하기 짝이 없다고 트집을 잡거나, 밀폐된 방 안에서 한 해를 보내는 것의 이점을 떠벌이지는 않았다.

비록 그의 지식에는 빈 구석이 현저히 많았지만, 그것을 채우기가 불가능하지는 않았다. "『카라마조프 가의 형제』를 누가 썼더라?" 그는 뤼시앵 도데(당시 스물일곱 살)에게 이렇게 물었다. "보즈웰(Boswelle)의 『존슨의 생애(*Life of Johnson*)』*가 번역되었던가? 그리고 디킨스 작품들 중에서 최고작은 뭐지?(아직 한번도 읽은 적이 없어서.)"

그가 자신의 실망 때문에 공연히 집안 고용인들에게 분풀이를 했다는 증거도 없다. 슬픔을 생각으로 바꾸는 기법을 익힌 까닭에, 자신의 연애생활 상태에도 불구하고, 그가 종종 이용하던 운전기사인 오딜롱 알바레가 훗날 그의 가정부가 된 여자와 결혼했을 때, 프루스트는 특별한 날에 이 한 쌍을 축하하는 전보를 보내는 것으로 대응할 수 있었다. 그것도 가장 짧게 자기 연민을 격발시키고 가장 온화하게 죄의식을 유발시키려고 시도한다. 다음 인용문의 강조 표시를 보라.

> 축하합니다. 더 길게 쓰지는 않겠습니다. **왜냐하면 독감에 걸린 데다가 너무 피곤해서요.** 하지만 여러분과 여러분의 가족의 행복을 진심으로 기원합니다.

---

* '보즈웰(Boswelle)'이 아니라 '보즈웰(Boswell)'이고, 『존슨의 생애(*Life of Johnson*)』가 아니라 『존슨 박사의 생애(*The Life of Dr. Johnson*)』이다. 아마도 프루스트가 이 작품이나 작가에 대해서 정통하지는 않았음을 보여주기 위한 저자의 의도인 듯하다.

교훈? 우리의 만족을 위한 최고의 기회란 바로 우리의 기침, 알레르기, 사교상의 실수, 감정적인 배신 등을 통해서 암호화된 형태로 우리에게 제공되는 지혜를 받아들이는 것임을 인식하라는 것이다. 그리고 완두콩, 따분한 사람, 시간, 날씨를 탓하는 사람들의 배은망덕을 피하라는 것이다.

5
감정을 표현하는 방법

사람들을 가장 짜증나게 하는 것은 무엇일까? 우리는 사람들에 관해서 상당히 많은 것을 알 수 있다. 프루스트는 어떤 사람들이 스스로를 표현하는 방식에 상당히 짜증을 냈다. 뤼시앵 도데의 말에 따르면, 프루스트의 친구 가운데 한 사람은 말을 할 때 영어 표현을 섞어 쓰는 것을 상당히 멋있다고 생각하여, 방에서 나갈 때면 "굿바이" 또는 보다 가볍게 "바이 바이"라고 말하곤 했다. "그 말에 프루스트는 정말로 불쾌해했다." 도데는 말한다. "그는 마치 긴 분필 하나를 칠판에 대고 긁었을 때 따라나오게 마련인, 고통스럽고도 짜증스러운 종류의 표정을 짓곤 했다. '자네 치아를 상하게 하는 것이야말로, 바로 그것이야!' 그는 애처로운 말투로 주장하곤 했다." 프루스트는 또한 지중해를 "그랑드 블뢰(Grande Bleue)", 잉글랜드를 "알비옹(Albion)" 그리고 프랑스 군을 "우리 애들"이라고 지칭하는 사람들을 향해 비슷한 좌절을 표시하곤 했다. 그는 억수 같은 비를 보며 기껏해야 "비가 밧줄처럼 내린다"고 말하고, 추운 날씨에

"날씨가 오리처럼 춥다"고 말하며, 다른 사람들의 난청 문제에 대해서 "귀가 바구니처럼 멀었다"고 말하는 사람들 때문에 고통을 받았다.*

그렇다면 이 구절들은 왜 프루스트에게 그토록 많은 영향을 미쳤을까? 사람들이 말하는 방식은 그의 시대 이후에 적잖이 바뀌었지만, 여기에 언급된 것들이 표현의 빈곤을 보여주는 사례라는 것을 깨닫기는 어렵지 않을 것이다. 물론 프루스트가 몸을 움찔 했다면, 그의 불만은 문법적인 것이라기보다는 오히려 심리학적인 것이었겠지만 말이다. ("이 세상에 나보다 더 구문론을 모르는 사람은 없을 거야." 그는 언젠가 이렇게 한마디했다.) 프랑스어에 영어를 간혹 곁들이고, 잉글랜드 대신에 알비옹이라고 말하고, 지중해 대신에 그랑드 블뢰라고 말하는 것. 1900년경에만 해도, 이는 뭔가 똑똑하고 많이 아는 사람처럼 보이고 싶은 소망을 가졌다는 증거였고, 그러기 위해서 본질적으로 불성실하고 과도하게 공들인 기본 구절들에 의존한다는 증거였다. 가령 영국적인 모든 것을 향한 당대의 유행에 의존함으로써 어떤 인상을 남길 필요에서가 아니라면, 굳이 어딘가를 떠나면서 "바이 바이"라고 말해야 할 이유가 없다는 것이다. "날씨가 오리처럼 춥다"라는 구문은 "바이 바이"가 가진

---

* 이 세 가지 구문들은 대략 우리나라의 "장대비가 내린다", "오줌이 얼어붙게 춥다", "귀가 어둡다"에 해당되며, 프랑스어에서 자주 사용되는 관용적인 표현이다.

허식은 없다. 그러나 이런 것들은 가장 맥 빠지는 구문의 사례이며, 이런 구문의 사용은 어떤 상황의 속성을 일깨우는 것에 대한 관심을 거의 암시하지 않기 때문이다. 고통스럽고도 짜증스럽게 얼굴을 찡그리는 프루스트의 행위는 표현에 대한 보다 정직하고 정확한 접근방식의 옹호인 셈이다.

뤼시앵 도데는 자신이 어떻게 프루스트의 그런 옹호를 처음 느끼게 되었는지 설명한다.

> 하루는 우리가 어느 연주회에서 베토벤의 합창 교향곡을 듣고 나오고 있었는데, 나는 방금 내가 경험했던 감정을 표현해준다고 생각된 몇 가지 어렴풋한 곡조를 흥얼거렸고, 심지어 다음과 같이 강조— 나중에 가서야 비로소 우스꽝스럽다는 사실을 깨닫게 된— 를 곁들이기도 했다. "이거 정말 대단한 부분인데!" 그러자 프루스트는 웃기 시작하더니 말했다. "하지만, 이보게 뤼시앵, 그런 대단함은 자네의 '빰, 빰, 빰'에 실려 전달되는 게 아니야! 그러니 자네는 차라리 그런 대단함이 무엇인지 설명해보려고 시도하는 편이 더 낫겠네!" 그 당시에만 해도 나는 썩 기분이 좋지는 않았지만, 결국에는 잊을 수 없는 교훈을 얻었다.

이것은 사물에 대한 올바른 어휘를 찾아내고자 하는 데에서 얻은 교훈이었다. 그 탐색의 과정은 심각하게 잘못될 수도 있다. 우리는 뭔가를 느끼고 나면, 그 느낌과 가장 근접한 구절을 향해 손을 뻗거나, 또는 의사소통할 내용을 흥얼거릴 수 있지만, 결국 우리로 하여금 그렇게 하도록 유도한 것을 제대로 나타내는 데에는 실패하고 만다. 우리는 베토벤의 9번 교향곡을 듣고 '빰, 빰, 빰' 하고 흥얼거릴 수 있다. 우리는 기자의 피라미드를 보고 이렇게 말할 수 있다. "멋있던데." 이 말은 어떤 경험에 대한 설명으로 요청받아 나온 것이지만, 그 표현의 빈곤은 우리 자신이나 우리의 대화 상대가 살면서 겪은 일들을 진정으로 이해하지 못하도록 한다. 우리는 자신이 가진 인상의 외부에 머물면서, 마치 성에가 낀 창문 너머로 그 인상을 바라보듯 한다. 표면적으로는 그 인상과 관계하면서도, 손쉬운 규정을 벗어난 무엇인가—그것이 무엇이든지 간에—로부터는 멀어지는 것이다.

프루스트에게는 가브리엘 드 라 로슈푸코라는 이름의 친구가 있었다. 젊은 귀족인 그의 선조 중에는 17세기에 짧지만 유명한 책을 쓴 사람도 있었다. 가브리엘은 매력적인 파리의 야경 속에서 시간을 보내고 싶어했는데, 어찌나 그렇게 하고 싶어 했던지 그보다 훨씬 더 빈정거리기 잘하는 동시대인 몇몇은 그를 가리켜 "맥심스*의 라 로슈푸코"라고 부르기도 했다. 하

---

* 1893년의 문을 연 파리의 유명한 식당 겸 술집이다. 창업자인 막생 가이아르(Maxime Gaillard)가 당시의 유행에 따라 영어식으로 '맥심스(Maxim's)'라는 이름을 지었다. 당대 최고의 예술가들이 집결한 사교의 장으로 명성이 높았다.

지만 1904년에 가브리엘은 문학을 위해서 야간 생활을 포기했다. 그 결과로 나온 소설이 『연인과 의사』였으며, 가브리엘은 원고가 완성되자마자 프루스트에게 보내면서 논평과 조언을 요청했다.

"분명히 기억해야 할 것은 자네가 훌륭하고 감동적인 소설을, 복잡하면서도 숙련된 장인의 솜씨로 탁월하고 비극적인 작품을 썼다는 것일세." 프루스트는 이런 찬사로 시작되는 답장을 보냈지만, 막상 기나긴 편지를 다 읽고 난 그 친구는 처음과 약간 다른 인상을 가지게 되었으리라. 이 탁월하고 비극적인 작품에는 몇 가지 문제가 있었는데, 이 소설이 여러 가지 클리셰(cliché, 진부한 표현)로 가득하다는 점도 물론이었다. "자네의 소설에는 몇 점의 훌륭하고 커다란 풍경화가 있다네." 프루스트는 조심해서 길을 가면서 말했다. "하지만 때로는 그 풍경화를 보다 독창적으로 그렸으면 하고 바랄 사람도 있을 걸세. 해질녘에 하늘이 불타는 듯하다는 것은 물론 사실이네만, 그 표현은 너무 자주 이야기되거든. 그리고 달빛이 은은하게 비친다는 표현 역시 약간은 진부하네."

우리는 프루스트가 왜 굳이 이처럼 자주 사용되는 구절에 반대했는지를 물어볼 수도 있다. 어쨌거나 달빛은 은은하게 비치지 않는가? 해질녘에 하늘은 불타는 듯이 보이지 않는가? 이런 클리셰란 애초에 훌륭한 생각이었으며, 그에 걸맞게 인기가 있음이 증명된 것이 아닐까?

클리셰의 문제란, 그것들이 잘못된 생각을 담고 있다는 점이 아니라, 오히려 그것들이 매우 좋은 생각의 피상적인 연결에 불과하다는 점이다. 해질녘에 해는 종종 불타는 듯하고, 달은 은은하게 마련이지만, 만약 우리가 해나 달을 볼 때마다 번번이 그렇다고 말한다면, 결국 우리는 이것이야말로 그 대상에 관해서 이야기되는 최초의 말이 아니라 최후의 말이라고 믿게 될 것이다. 클리셰가 유해하지 않은 경우는, 그것들이 표면만을 스치고 지나갔지만 어떤 상황을 적절하게 묘사하는 것처럼 믿도록 우리에게 영감을 제시했을 때뿐이다. 만약 이것이 문제가 된다면, 그것은 우리가 말하는 방식이 우리가 느끼는 방식과 궁극적으로 연관되어 있기 때문일 것이다. 왜냐하면 우리가 이 세계를 어떻게 **묘사하느냐**는 애초에 우리가 이 세계를 어떻게 **경험하느냐**를 어느 정도는 반영하는 것이 분명하기 때문이다.

가브리엘이 언급한 달은 물론 은은했을 수도 있지만, 달에 대한 표현은 그것말고도 훨씬 더 많았을 것이다. 『연인과 의사』가 출간된 지 8년이 지나서 프루스트의 소설 제1권이 간행되었을 때, 만약 가브리엘이 (다시 맥심스에 가서 동 페리뇽을 주문하는 생활로 돌아가지 않았다면) 굳이 시간을 들여 그 책을 뒤적여보았다면 프루스트도 역시나 달에 관한 이야기를 집어넣었음을, 다만 2,000년 동안 사용되었던 기성품 달 이야기가 아니라 훨씬 더 뛰어나게 달의 현실을 포착하면서도 뭔가 흔치 않은 은유를 집어넣었음을 발견했을 것이다.

> 가끔 오후에 하늘에는 하얀 달이 작은 구름처럼 기어올라왔는데, 그 은밀하고 내보임 없는 모습은 마치 한동안 "무대에 나올" 필요가 없는 어느 여배우가 평상복 차림으로 "객석 앞"으로 가서 한동안 자기 동료들이 출연하는 모습을 지켜보는, 그러나 여전히 배경에 머물면서, 자신에게 시선이 모이는 것을 바라지 않는 것처럼 보였다.

비록 우리가 프루스트의 은유가 가진 미덕을 인식하더라도, 그것은 반드시 우리 스스로 쉽게 떠올릴 만한 종류의 은유는 아니다. 물론 이것이 달에 관한 진정한 인상에 더 가까울지도 모른다. 하지만 달을 관찰하고, 그것에 대해서 말해보라는 요청을 받을 경우, 우리는 신선한 이미지보다는 오히려 진부한 이미지를 떠올리기가 훨씬 더 쉬울 것이다. 우리는 달에 관한 우리의 묘사가 그 임무에 부응하지 못한다는 사실을 잘 아는 한편, 어떻게 하면 그것을 더 향상시킬 수 있을지는 미처 모를 수 있다. 프루스트의 답장에 따르면, 이보다 더 그를 괴롭혔던 사실은 언어적 규약("황금빛 구체", 또는 "하늘의 물체"의 경우처럼)을 따르는 것이 항상 옳다고 믿은 사람들, 그리고 무슨 말을 할 때에는 독창적이 되기보다 오히려 다른 누군가의 말처럼 들리는 것이 우선순위라고 생각한 사람들이 구사하는,

부끄러움도 모르는 클리셰의 사용이었을 것이다.

내 말이 다른 사람의 말처럼 들리기를 바라는 것에는 그 나름의 유혹적인 면이 있다. 우리가 물려받은 말버릇은 우리의 말이 권위 있는 것처럼, 지적인 것처럼, 세속적인 것처럼, 적절하게 감사하는 것처럼, 깊이 감동한 것처럼 들리도록 한다. 특정한 나이에 이르자, 알베르틴은 자신도 다른 사람들과 비슷하게 말하기로 결심한다. 다시 말하면 다른 부르주아 젊은 여성들처럼 말하기로 말이다. 그녀는 그런 여성들 사이에서 일반적인 여러 가지 표현을 사용하기 시작하는데, 그런 표현은 그녀의 숙모인 봉탕 부인에게서 골라낸 것이었다. 그 방식은 그야말로 굴종적이어서, 마치 새끼 검은방울새가 그 부모 검은방울새의 행동을 모방함으로써 어른처럼 행동하는 법을 배운 것과도 유사했다고 프루스트는 주장한다. 그녀는 누군가가 자기한테 하는 말은 무엇이든지 따라하는 버릇을 가지게 되었다. 그렇게 함으로써 관심을 가진 척 그리고 자기만의 의견을 만들어내는 중인 척하려는 것이었다. 가령 어떤 화가의 작품이 훌륭하더라고, 또는 그 사람의 집이 멋지더라고 누군가가 그녀에게 말하면, 그녀는 이렇게 말할 것이다. "아, 그 사람의 그림은 훌륭하지요, 안 그래요?" "아, 그 사람의 집은 멋져요, 안 그래요?" 나아가서 유별난 사람을 만났을 때 그녀는 이렇게 말할 것이다. "그 사람 별종이던데." 누가 카드 게임을 하자고 말하면, 그녀는 이렇게 말할 것이다. "난 버려도 그만인 돈은 없는걸." 한 친구가 그녀를 부당하게 비난하기라도 하면, 그녀는 이렇게 말할 것이다. "너야말로 내 인내의 한계야." 이 모든 표현은 프루스트가 "마치 「성모 마리아 찬가」만큼이나 오래된 부르주아 전통"이라고 부른 것, 그러니까 존경받는 부르주아 처녀가 반드시 배워야 하는 언어 규약을 낳은 전통의 가르침 덕분에 배운 것이었으며, "기도문을 외우거나 절을 하는 법을 익히듯이" 배운 것이었다.

알베르틴의 대화 습관을 흉내낸 대목을 보면, 프루스트가 루이 강드락스에게 특히 짜증을 부렸던 이유가 설명된다.

루이 강드락스는 20세기 초의 문인으로, 당시 『라 레뷰 드 파리(*La Revue de Paris*)』의 문학 담당 편집자였다. 1906년에 그는 조르주 비제의 서한집을 편찬하고 그 서문을 써달라는 요청을 받았다. 이는 큰 영예인 동시에 막중한 책임이 따르는 일이었다. 그 30년 진에 사망한 비제는 세계적인 명성을 얻은 작곡가로, 오페라 「카르멘」과 교향곡 C장조로 후세에 입지를 굳히게 된다. 이 천재의 서한집 서두를 장식하는 글이었으므로, 강드락스에게는 그만한 가치가 있는 서문을 써야 한다는, 충분히 이해할 만한 부담이 있었다.

불행히도 강드락스는 일종의 검은방울새였으며, 가 위풍당당한—자신이 원래 그렇다고 생각한 것보다도 훨씬 더 위풍당당한—소리를 내려는 시도 끝에 그야말로 어마어마한, 거의

조르주 비제

우스꽝스러울 정도의 허식으로 가득한 서문을 쓰게 되었다.

1908년 가을의 어느 날, 침대에 누워 신문을 보던 프루스트는 강드락스가 쓴 서문의 발췌문을 읽었다. 그 산문체가 너무나 짜증스러워, 그는 저조한 기분을 정화시키기 위해서 조르주 비제의 미망인, 즉 자신의 좋은 친구이기도 한 스트로스 부인에게 편지를 한 통 쓰고 말았다. "그가 정말 글을 잘 쓸 수 있었다면, 도대체 왜 그렇게 썼을까요?" 프루스트는 의문을 제기했다. "왜 굳이 '1871년'이라고 하고 나서 '그 어떤 해보다도 더 지독했던 해'라고 덧붙였을까요. 왜 파리는 곧바로 '거대한 도시'로, 들로네는 '거장 화가'로 일컬어지는 것일까요? 왜 감정은 예외 없이 '차분한' 것이며, 온화함은 '미소짓는' 것이며,

루이 강드락스

상실은 '잔인한' 것이며, 제가 차마 기억조차 할 수 없는 다른 훌륭한 구절들이 수없이 들어 있는 것일까요?"

물론 그런 구설들은 훌륭한 것과는 완전히 거리가 멀었으며, 다만 훌륭함의 희화화나 다름없었다. 그런 구절들은 일찍이 고전 저술가들의 손에서는 상당히 인상적이었는지 몰라도, 오직 문학적 위풍에만 관심을 두었던 후대의 저술가들이 훔쳐왔을 때에는 그저 과장스러운 장식에 불과했다.

혹시 강드락스가 자신이 하는 말의 진실성을 걱정했더라면, 그는 1871년이 좋지 않은 해였다는 생각에다가 굳이 그것이 "그 어떤 해보다도 더 지독했던 해"라는 신파조의 주장을 덧대지는 않으려고 노력했을지 모른다. 비록 1871년 초부터 파리는 프러시아 군의 공세에 직면했고, 굶주린 민중은 심지어 파리 식물원(Jardin des Plantes)*의 코끼리들을 잡아먹기까지 했으며, 프러시아 군이 샹젤리제로 행군해왔고, 코뮌이 독재적인 규범을 강제했다고 하더라도, 과연 이런 경험들이 그야말로 과도하고도 요란스러운 이런 구절로 매듭지어져서 제대로 전달될 수 있을까?

그러나 강드락스는 이처럼 훌륭하지만 무의미한 구절을 실수로 쓴 것이 아니었다. 이것이야말로 사람들이 스스로를 어떻게 표현해야 하는지에 관한 그의 생각에서 나온 자연적인 결과였다. 좋은 글쓰기의 우선순위는 선례를 따르는 것, 즉 역사상 가장 저명한 저술가들의 사례를 따르는 것인 반면, 나쁜 글쓰기는 위대한 정신의 소유자에게 경의를 표하기를 회피하고 자신의 취향에 따라서 글을 써도 무방하다는 완고한 믿음으로부터 시작된다고 강드락스는 생각했다. 그가 어디를 가든지 "프랑스어의 보호자"로 자처한 것도 여기에 딱 어울린다. 전통에 의해서 지시를 받는 표현의 규범을 따르려고 하지 않는 후손들의 공격으로부터 프랑스어를 보호해야 할 필요가 있다고 생각한 까닭에, 그는 과거분사가 잘못된 위치에 놓이거나, 또

---

* 1635년에 프랑스 자연사 박물관의 부설기관으로 설립되었고, 그 안에 식물원과 동물원이 모두 있다.

는 간행물에서 잘못 적용된 어휘가 있을 경우에는 공개적으로 불만을 표시하기에 이르렀다.

프루스트는 전통에 관한 이러한 견해에 반대했으며, 스트로스 부인에게도 그 사실을 알렸다.

> 모든 작가에게는 자기만의 언어를 만들어야 할 의무가 있으며, 이는 모든 바이올리니스트에게는 자기만의 "음색"을 만들어야 할 의무가 있는 것과 마찬가지입니다.……그렇다고 해서 글은 못 쓰더라도 독창적인 작가를 좋아하라는 의도로 말씀드리는 것은 아닙니다. 저는 오히려—이것은 아마 저의 약점이겠지만—글을 잘 쓰는 작가를 더 좋아합니다. 그러나 작가가 글을 잘 쓰려면, 그에 앞서서 독창적이어야 하며, 또한 자기만의 언어를 만들어야 합니다. 정확성, 즉 문체의 완벽성도 분명히 있기는 합니다만, 그것은 어디까지나 독창성의 저쪽에, 그것도 그 모든 잘못을 거친 다음에야 있는 것이지, 이쪽에 있는 것은 아닙니다. 이쪽에 정확성—"차분한 감정", "미소짓는 온화함", "그 어떤 해보다도 더 지독했던 해"—은 없습니다. 언어를 보호하는 유일한 방법은 언어를 공격하는 것뿐입니다. 그래요, 그렇습니다, 스트로스 부인!

강드락스는 역사상—그가 그토록 보호하기를 바란 역사상—

의 모든 훌륭한 작가들이 적절한 표현을 확보하기 위해서 선대 작가들이 놓은 갖가지 규칙을 깨뜨렸다는 사실을 간과한 셈이다. 만약 강드락스가 라신의 시대에 살았다면, 이 프랑스어의 보호자께서는 고전 프랑스어의 화신이나 다름없는 이 대작가에게도 글을 잘 쓰지 못한다고 말했을 것이 분명하다. 라신은 그보다 이전의 사람들과는 적잖이 다른 방식으로 글을 썼기 때문이라고, 프루스트는 조롱조로 상상해보았다. 그는 강드락스가 라신의 『앙드로마크(*Andromaque*)』에 나오는 대사들을 어떻게 바꿔놓았을지 궁금해했다.

> 난 당신을 사랑했어요, 이 변덕스러운. 충실했더라면, 내가 어떻게 했을까요?……왜 그를 죽였죠? 그가 뭘 했기에? 무슨 권리로? 누가 당신 그러라고 했죠?*

아름답기는 하지만, 위의 대사들로 말하자면 중요한 문법을

---

* 라신의 희곡 『앙드로마크』는 트로이 전쟁 이후 헥토르의 아내 안드로마케(앙드로마크)가 아킬레우스의 아들 피로스(퓌리스)의 포로가 되어 벌어지는 이야기를 다루고 있다. 안드로마케는 피로스의 위협에 못 이겨 그와 결혼한다. 피로스의 약혼녀인 헤르미오네(에르미온)는 이에 분격한 나머지 "난 당신을 사랑했어요, 이 변덕스러운 [남자여. 만약 당신이 내게] 충실했더라면, 내가 어떻게 했을까요?"라고 따진다. 그리고 격분한 상태에서 자신을 짝사랑하는 오레스테스(오레스트)에게 피로스를 죽여달라고 부탁한다. 그러나 막상 오레스테스가 피로스를 죽이고 돌아오자 헤르미오네는 자신의 행위를 후회하며 "왜 그를 죽였죠? 그가 뭘 했기에? 무슨 권리로? 누가 당신[더러] 그러라고 했죠?" 하고 도리어 따져 묻는다.

위반하지 않았는가? 프루스트는 강드락스가 라신을 질책하는 모습을 그려보았다.

> 나는 당신의 생각을 이해합니다. 당신이 변덕을 부렸을 때부터 내가 당신을 사랑해왔는데, 만약 당신이 충실했다면 그 사랑은 어땠을까 하는 뜻을 말하려는 것이지요. 하지만 표현이 별로 좋지는 않습니다. 차라리 당신은 충실했어야 했다고 말하는 것으로 똑같은 뜻을 잘 표현할 수 있습니다. 프랑스어의 보호자로 공인된 이 사람은 결코 이를 묵과할 수 없습니다.

"저는 당신의 친구를 놀리려는 것은 아닙니다, 부인. 정말입니다." 프루스트는 이렇게 말했지만, 사실 그는 편지가 시작된 이래로 줄곧 강드락스에 대한 조롱을 멈추지 않고 있었다. "저는 그가 얼마나 똑똑하고 학식이 있는지 잘 알고 있습니다. 이것은 다만 '신조'의 문제겠지요. 너무나 회의론자인 이 사람은 문법적 확실성을 가지고 있습니다. 아아, 스트로스 부인, 이 세상에 확실성 따위는 없습니다. 심지어 문법에서조차도 말이죠.……오직 우리의 선택, 우리의 취향, 우리의 불확실성, 우리의 욕망, 우리의 약점에 인상을 남기는 것만이 아름다울 수 있을 뿐입니다.

그리고 개인적인 인상은 단순히 더 아름다운 것일 뿐만 아니라, 그보다 훨씬 더 진정한 것이기도 했다. 사실은 『라 레뷰 드 파리』의 문학 담당 편집자인 사람이 마치 샤토브리앙이나 빅토르 위고의 말처럼 들리는 말을 하려고 노력한다는 것은, 루이 강드락스다운 독특한 뭔가를 포착하고자 하는 관심이 그에게는 기묘하게도 결여되어 있는 것을 암시한다. 이는 알베르틴이라고 불리는 특정한 젊은 여성이 전형적인 부르주아이자 파리지앵인 젊은 여성의 말("난 태워도 그만인 돈은 없는 걸." "너야말로 내 인내의 한계로구나")처럼 들리는 말을 하려고 노력하는 것이나 마찬가지이며, 자신의 정체성을 납작하게 눌러서 사회적 속박이라는 봉투 안에 쏙 들어가게 만드는 일과 연관되어 있다. 프루스트가 제안하는 것처럼, 만약 우리에게 자기만의 언어를 만들어야 할 의무가 있다면, 이것은 바로 우리 스스로에게는 클리셰로부터 자유로운 차원이 있기 때문이며, 그 차원이 생각의 독특한 음색을 훨씬 더 정확하게 전달하기 위해서는 예법을 무시해야 할 필요가 있다고 우리에게 요구하기 때문일 것이다.

언어에 개인적인 인상을 남겨야 할 필요성이 그 어디보다도 더 현저한 곳은 바로 개인적 영역일 것이다. 우리가 어떤 사람을 더 잘 알면 알수록, 그들이 가진 정식 명칭은 더 부적절한 것처럼 여겨지고, 그들의 이름을 뒤틀어 새로운 이름을 만들고자 하는, 그리하여 그들의 특이성에 대한 우리의 자각을 반영하고자 하는 욕망은 더 커진다. 프루스트의 출생증명서에 적힌 이름은 발랑탱 루이 조르주 외젠 마르셀 프루스트(Valentin Louis Georges Eugène Marcel Proust)였지만, 이것은 정말 발음하기 힘들 정도로 긴 이름이었으므로, 그와 가까운 사람들마다 각자의 눈에 비친 바에 근거하여 마르셀에게 더 적합한 이름을 지어 부른 것은 당연했다. 가령 사랑하는 어머니가 보기에 그는 "우리 작은 노랑둥이(mon petit jaunet)" 또는 "우리 작은 카나리아(mon petit serin)", "우리 작은 흙덩어리(mon petit benêt)", "우리 작은 바보(mon petit nigaud)"였다. 그는 또한 "우리 불쌍한 늑대(mon pauvre loup)", "불쌍한 작은 늑대(petit pauvre loup)", "작은 늑대(le petit loup)" 등으로 불렸다. (프루스트 부인은 마르셀의 동생 로베르를 "우리 또다른 늑대[mon autre loup]"라고 불렀는데, 이 표현은 가족의 우선순위에 관해 적잖이 시사하는 바가 있다.) 친구인 레날도 한은 프루스트를 "분슈트(Buncht)"라고 불렀다. (그리고 레날도 자신은 "부니불스[Bunibuls]"였다.) 친구인 앙투안 비베스코는 프루스트를 "르크랑(Lecram)"*이라고 불렀고, 그가 너무 친근하게 굴 때에는 "두꺼비(le Flagorneur)" 또는 충분히 솔직하지 않을 때에는 "우울한 사람(le Saturnien)"이라고 불렀다. 집에서 그는 가정부가 자신을 "미주(Missou)"라고 불러주기를 바랐고, 자신은 그녀를 "플루플루(Plouplou)"라고 불렀다.

* '마르셀(Marcel)'의 철자를 거꾸로 쓴 것이다.

미주, 분슈트 그리고 작은 노랑둥이가 어떤 관계의 새로운 차원을 포착하기 위해서 구성 가능한 새로운 단어와 구절의 방식을 보여주는 애정의 상징이었다고 한다면, 프루스트의 이름을 다른 사람의 이름과 헛갈린 것은 마치 인간 종의 다양성에 걸맞도록 어휘를 확장하는 것에 대한 사람들의 마뜩찮음을 보여주는 슬픈 상징처럼 보인다. 프루스트를 잘 알지 못하던 사람들은 그의 이름을 보다 개인적으로 만드는 대신에, 오히려 그에게 또다른 이름을 부여하는 절망적인 경향이 있었다. 또다른 이름이란 당대의 훨씬 더 유명한 작가 마르셀 프레보(Marcel Prévost)였다. "나는 전혀 알려져 있지 않다." 프루스트는 1912년에 이렇게 적었다. "「르 피가로」에서 어떤 기사를 보고 내게 편지를 쓴 독자들이 있을 경우, 물론 그런 일도 드물기는 하지만, 그 편지는 결국 마르셀 프레보에게 가게 마련이다. 왜냐하면 내 이름은 마치 잘못 인쇄된 그의 이름처럼 보이기 때문이다."

단어 하나를 이용하여 두 개의 서로 다른 대상(즉 『잃어버린 시간을 찾아서』의 저자와 『반[半]처녀[*Les Demi-vierges*]』의 저자)을 묘사한다는 것은 이 세계의 진정한 다양성에 대한 무시를 암시하며, 이는 클리셰 사용자에 의해서 증명된 사실에 비견할 만하다. 호우를 항상 "비가 밧줄처럼 내린다"라는 구문으로만 묘사하는 사람은 소나기의 진정한 다양성을 간과했다는 비난을 받을 만하다. 마찬가지로 'P'자로 시작되어 't'자로 끝나는 이름의 모든 작가들을 '프레보 씨(Monsieur Prévost)'라고 부르는 사람들 역시 문학의 진정한 다양성을 간과했다는 비난을 받을 만하다.

따라서 클리셰를 이용하여 말하는 것에 문제의 소지가 있다면, 이것은 세상 그 자체에는 훨씬 더 넓은 범위의 강우와 달과 햇빛과 감정이 포함되어 있는 반면, 이를 포착하거나 우리에게 기대하도록 가르치는 기존의 표현들은 이보다 훨씬 더 적기 때문일 것이다.

프루스트의 소설에는 표준적이지 않은 방식으로 행동하는 사람들이 가득하다. 가령 가족생활에 대한 전통적인 믿음에 따르면, 가족을 사랑하는 나이 많은 고모는 가족에 대해서 호의적인 몽상을 떠올릴 것이라고 여겨진다. 그러나 프루스트의 소설 속 레오니 고모는 가족을 대단히 사랑하지만, 그들을 가장 끔찍한 시나리오에 등장시켜서 즐거움을 얻는 행위를 그치지 않는다. 갖가지 상상의 질환을 핑계로 침대에 누워 있는 동안, 그녀는 삶에 너무나 지루함을 느끼는 까닭에 뭔가 흥미진진한 일이 자신에게 일어나기를 갈망하며, 심지어 그 일이 뭔가 끔찍한 것이어도 좋다고 생각할 정도이다. 그녀가 상상할 수 있는 가장 흥미진진한 일은, 큰 불이 나서 집을 몽땅 태우고, 돌 하나까지 남김없이 무너지며, 온가족이 죽는다고 생각하는 것, 그러나 정작 자신은 그 불을 피해 도망칠 시간이 넉

넉하다고 생각하는 것이었다. 그러고 나면 그녀는 몇 년 동안이나 가족을 위해 애정 어린 애도를 할 것이며, 병들었지만 용감하게, 죽어가지만 꼿꼿하게, 장례식을 거행하기 위해 침대에서 일어남으로써 마을 전체를 깜짝 놀라게 할 것이었다.

레오니 고모는 분명 자신이 그런 "부자연스러운" 생각을 떠올리고 있었음을 시인하느니, 차라리 고문을 받으며 죽는 것을 선택했을 것이다. 그럼에도 불구하고 이런 생각들은 얼마든지 정상적인 것이 될 수 있다. 다만 어디까지나 드물게만 논의된다면 말이다.

알베르틴은 그나마 비교적 정상적인 생각의 소유자이다. 그런데 그녀는 어느 날 아침 작중화자의 방 안으로 걸어 들어왔을 때, 그를 향한 애정이 용솟음치는 것을 느낀다. 그녀는 그가 얼마나 똑똑한지 모르겠다고 말하며, 그의 곁을 떠나느니 차라리 죽겠다고 맹세한다. 왜 갑자기 그런 애정의 분출을 느꼈느냐고 우리가 알베르틴에게 묻는다면, 알베르틴이 연인의 지적인 또는 영적인 자질을 이유로 들어 대답하는 모습을 누구나 쉽게 상상할 수 있다. 그리고 이것은 애정이 생겨나는 방식에 대한 지배적인 사회적 해석이기 때문에 우리는 물론 그녀의 말을 믿는 쪽으로 마음이 기운다.

그러나 프루스트가 조용히 우리에게 알려준 것처럼, 알베르틴이 연인에게 그토록 깊은 애정을 느낀 까닭은 단지 그가 아침에 수염을 너무나 깨끗이 깎았기 때문이었으며, 그녀가 매끄러운 피부를 좋아하기 때문이었다. 이는 곧 그의 지적 수준은 그녀의 특정한 열의를 설명하는 데에 거의 도움이 되지 않음을 암시한다. 만약 그가 두번 다시 면도를 하지 않겠다고 할 경우, 그녀는 내일이라도 당장 그의 곁을 떠날 것이다.

이것은 부적절한 생각이다. 우리는 사랑이 최소한 이보다는 더 심오한 원천에서 일어나는 것이라고 생각하기를 좋아한다. 알베르틴은 자신이 매우 바짝 깎은 수염 때문에 사랑을 느낀 적이 있다는 사실을 완강히 부인할 것이고, 심지어 그런 의견을 내놓은 우리를 변태라고 비난하면서, 화제를 다른 쪽으로 돌리려고 할 것이다. 이는 아쉬운 일이다. 우리의 작용에 대한 클리셰적인 설명을 대체할 수 있는 것은 변태의 이미지가 아니라, 오히려 정상적인 것에 관한 보다 넓은 개념이기 때문이다. 자신의 반응은 다만 사랑의 감정이 놀라우리 만큼 다양한 기원을 가질 수 있다는 사실을 예시했음에 불과하다는 사실을, 그리고 어떤 기원은 다른 기원보다 더 타당하다는 사실을 만약 알베르틴이 받아들일 수만 있다면, 그녀는 자기 관계의 기원을 차분하게 평가하고, 자신의 정서생활에서 좋은 면도가 담당했으면 하고 바라는 역할이 무엇인지를 정의내릴 것이다.

레오니 고모와 알베르틴 양쪽에 관한 묘사에서, 프루스트는 사람이 어떻게 작용하는지에 관한 정통적인 설명과는 맞아떨어지지 않는 인간의 행동, 그러나 결국에 가서는 그것이 도전

한 바 있었던 기존의 행동보다도 훨씬 더 진실한 그림으로 판정되게 마련인 인간의 행동을 우리에게 제공했다.

이 과정의 구조는 비록 간접적으로나마 왜 프루스트가 인상주의 화가들의 이야기에 그토록 매료되었는지에 대해서 시사하는 바가 있을 것이다.

1872년, 그러니까 프루스트가 태어난 이듬해에 클로드 모네는 「인상, 일출」이라는 제목의 유화를 전시했다. 이 그림은 동틀 녘의 르아브르 항구를 묘사한 것으로, 감상자는 짙은 아침 안개와 매우 고르지 못한 연속적인 붓놀림 사이로 줄줄이 늘어선 크레인, 연기를 내뿜는 굴뚝, 건물 같은 바닷가 산업 지구의 윤곽을 알아볼 수 있었다.

이 유화를 본 대부분의 사람들은 당혹스럽고 혼란스럽게 바라보았으며, 당대의 비평가들은 유난히 분통을 터뜨렸다. 비평가들은 그 창조자는 물론이고 그가 속한 느슨한 집단의 화가들을 "인상주의자(impressionniste, impressionist)"라고 경멸적인 어조로 지칭하면서, 회화의 기술적인 측면에 대한 모네의 제어 능력이 워낙 제한적인 까닭에 유치한 물감 뒤범벅밖에는 만들어낼 수 없었으며, 르아브르의 일출 광경과는 닮은 구석이 거의 없는 그림이 나오게 되었다고 지적했다.

그로부터 불과 몇 년 뒤에 나온 미술계 주류파의 판단과 비교해보면 이보다 더 견해차가 극명할 수는 없다. 이때에 가서는 인상주의자들이 붓을 제대로 사용할 줄을 아는 것은 물론이고, 심지어 그들의 기법이야말로 보다 재능이 덜한 동시대인들이 간과하고 넘어갔던 시각적 현실의 한 차원을 포착하는 데에는 그야말로 탁월했다고 간주했다. 이런 극적인 재평가가 이루어진 원인은 무엇으로 설명할 수 있을까? 어째서 모네의 르아브르는 한때 엄청난 물감의 뒤범벅으로 보였다가, 나중에는 영국해협을 마주보는 항구의 놀라운 재현으로 여겨진 것일까?

이에 대한 프루스트의 답변은 우리 모두가 가진 습관에 관한 생각으로 시작된다.

우리가 느끼기에는 현실 그 자체와는 너무나 다른 표

현의 한 형태, 그럼에도 불구하고 약간 시간이 흐르고 나면 오히려 현실 그 자체로 간주되어야 마땅한 것에 순응하는 습관.

이 견해에 따르면, 현실에 관한 우리의 생각은 실제 현실과는 일치하지 않는데, 이 생각이 종종 부적절한, 또는 오도된 보고에 의해서 형성되기 때문이다. 우리가 이 세계에 관한 클리셰적인 묘사로 둘러싸여 있는 까닭에, 모네의 「인상, 일출」에 대한 우리의 첫 반응은 르아브르 항구는 전혀 저렇게 생기지 않았다는 훼방과 불평일 것이다. 이는 레오니 고모와 알베르틴의 행동에 대한 우리의 첫 반응이, 그런 처신은 "현실" 속에 가능한 근거를 완전히 결여하고 있다고 평가하는 것과 마찬가지이다. 만약 모네가 이 시나리오에서 영웅이라면, 이것은 그가 전통적인 그리고 어떤 면에서는 제한적인 르아브르의 재현으로부터 스스로를 자유롭게 만들었고, 그렇게 함으로써 이 풍경에 대한 자기만의, 오염되지 않은 인상에 보다 가까이 다가갔기 때문일 것이다.

인상주의 화가에 대한 오마주로 프루스트는 자신의 소설에 이런 화가를 한 사람 집어넣었다. 이 작중인물 엘스티르는 르누아르, 드가, 마네의 특성을 공유하는 인물이다. 발베크의 해변 휴양지에서 프루스트의 작중화자는 엘스티르의 작업실을 방문해서 여러 점의 유화를 구경하는데, 그 작품들은 모네의 르아브르와 마찬가지로 사물이 어떻게 보이는지에 관한 전통적인 이해에 도전하는 것들이다. 엘스티르의 바다 풍경화에서는 바다와 하늘 사이의 경계가 없어져서 하늘이 바다처럼, 바다가 하늘처럼 보인다. 카르케튀 항구를 묘사한 그림에서, 바다로 나가는 배는 마치 마을 한가운데를 지나가는 것만 같고, 바위 사이에서 새우를 채취하는 여자들은 마치 배와 물결 위에 돌출된 해안 동굴에 들어가 있는 것 같다. 또 배를 탄 일군의 휴양객은 마치 소형 마차를 타고 햇빛이 비치는 들판을 지나 올라갔다가 그늘진 밭을 지나 내려갔다가 하는 것처럼 보인다.

엘스티르는 초현실주의에 손을 댄 것이 아니다. 만약 그의 작품이 유별난 듯이 보인다면, 그 이유는 주위를 둘러보았을 때 우리가 본다고 아는 대상이 아니라, 우리가 실제로 보는 대상을 그리려고 그가 노력했기 때문일 것이다. 우리는 배가 마을 한가운데를 통과해서 바다로 나가지 않는다는 것을 알지만, 간혹 특정한 각도에서 특정한 빛을 통해서 어느 마을을 배경 삼아 움직이는 배를 볼 경우에는 정말 그런 일이 벌어지는 것처럼 보일 때도 있다. 우리는 바다와 하늘 사이에 경계가 있음을 알고 있지만, 때로는 어떤 하늘색 띠가 사실은 바다의 일부분인지 하늘의 일부분인지 구분하기가 어려우며, 그런 혼동은 우리의 이성이 첫눈에 보았을 때는 놓쳤던 두 가지 요소 간의 구분을 재정립하자마자 사라진다. 엘스티르의 업적은 원래의 혼란에 천착했다는 점 그리고 우리가 아는 것에 의해서 무효

화되기 이전의 시각적 인상을 그리도록 원칙을 세웠다는 점이었다.

프루스트는 회화가 인상주의에서 그 극치에 이르렀다고, 또는 그 운동이 이전의 어떤 미술 유파도 이루지 못했던 방식으로 당당하게 "현실"을 포착했다고 암시하는 것은 아니었다. 회화에 대한 그의 음미는 이보다 더 넓은 범위에 걸쳐 있었지만, 엘스티르의 작품은 모든 성공적인 예술작품에 현존한다고 주장할 수 있는 것이 무엇인지를 특히 명료하게 보여주고 있다. 그것은 바로 현실의 왜곡된, 또는 간과된 측면을 우리의 시선에 복원해주는 능력이다. 프루스트는 이를 다음과 같이 표현했다.

> 우리의 허영, 우리의 열정, 우리의 모방 정신, 우리의 추상적 지성, 우리의 습관은 오래 전부터 줄곧 작용해왔으며, 예술의 과제란 이런 것들의 작용을 취소하는 것, 우리로 하여금 이제껏 왔던 방향으로 돌아가게 만드는 것, 진정으로 존재하는 것들이 우리 사이에 알려지지 않은 채 놓여 있는 깊이로 돌아가게 만드는 것이다.

그리고 우리 사이에 알려지지 않은 채 놓여 있는 것들 중에는 마을 사이로 지나가는 배라든지, 순간적으로나마 하늘과 구분되지 않는 바다, 사랑하는 가족이 큰 화재로 사망하리라는 상상, 매끈한 피부와의 접촉으로 발화되는 강렬한 사랑의 감정처럼 상당히 놀라운 것들이 포함된다.

교훈? 삶이란 클리셰적인 삶보다도 더욱 낯선 실체가 될 수 있다는 것, 검은방울새는 종종 그 부모와는 다른 방식으로 무엇인가를 해야 마땅하다는 것, 그리고 사랑하는 사람을 플루플루, 미주 또는 불쌍한 작은 늑대라고 부르는 데에는 무엇인가 설득력이 있는 이유가 있다는 것이다.

6
좋은 친구가 되는 방법

프루스트의 친구들은 그를 어떻게 생각했을까? 그는 친구가 상당히 많았고, 그의 사후에 상당수는 그를 알고 지내면서 경험한 것들을 책으로 출판했다. 이들의 평가는 더 이상 좋을 수가 없을 정도였다. 이들은 한 목소리로 프루스트야말로 교우관계의 모범이었으며, 우정의 화신이었다고 주장했다.

그들은 우리에게 다음과 같이 보고하고 있다.

그는 너그러웠다

"나는 아직도 모피코트로 몸을 감싸고, 심지어 봄철에도 그런 옷차림으로, 라뤼 식당의 어느 식탁에 앉아 있던 그의 모습이 눈에 선하다. 그리고 나는 아직도 친구를 위해서 자신이 대신 가장 호화로운 저녁식사를 주문하려고 할 때, 그의 섬세한 손이 움직이던 모습이 선하다. 웨이터의 지나친 제안을 받아들이고, 당신에게 샴페인을 권하고, 식당으로 들어오던 길에 본 포도송이와 이국적인 과일을 권하던……그는 당신에게 이렇게 말한다. 우리의 우정을 증명하기 위해서는 그냥 호의를 받아들이는 것 이상의 방법이 없다고."— 조르주 드 로리

그는 인심이 후했다

"식당에만 가면 그리고 다른 어디서든 기회만 생기면, 마르셀은 어마어마한 팁을 내놓았다. 두번 다시 가지 않을, 어느 작은 기차역의 간이식당에서도 마찬가지였다."— 조르주 드 로리

그는 200퍼센트의 서비스 요금을 덧붙이기를 좋아했다

"가령 저녁식사가 10프랑이라면, 그는 20프랑을 웨이터에게 팁으로 주었다."— 페르낭 그레그

그는 단순히 과도하기만 한 것이 아니었다

"프루스트의 너그러움에 대한 전설이 그의 선함에 대한 전설을 손상시켜서는 안 될 것이다."— 폴 모랑

그는 오직 자신에 관해서만 이야기하지는 않았다

"그는 남의 말을 들어주기로는 최고였다. 절친한 사람들 사이에서도 겸손하고 공손하게 굴려고 늘 주의했기 때문에, 그는 자신을 앞세우지 않았고, 대화의 주제로 내세우지도 않았다. 그는 대화의 주제를 다른 사람의 생각 속에서 찾았다. 가끔 그

는 스포츠와 자동차에 관해 이야기했고, 정보에 대해 애처로울 정도의 열망을 드러냈다. 당신이 그에게 관심을 가지게 하려고 애쓰는 대신, 그는 당신에게 관심을 가졌다."— 조르주 드 로리

그는 호기심이 많았다

"마르셀은 친구들에게 열정적으로 관심을 보였다. 그보다 이기주의 또는 자기중심주의가 덜한 사람은 본 적이 없다.…… 그는 항상 다른 사람들을 즐겁게 해주고 싶어했다. 그는 다른 사람들이 웃는 모습을 보면 기뻐하며 자기도 웃었다."— 월터 베리

그는 무엇이 중요한지 잊지 않았다

"단 한번도, 마지막 순간까지도, 그토록 심혈을 기울이던 작품이나 또는 자신의 고통에도 불구하고, 그는 친구를 잊지 않았다. 왜냐하면 그는 자신의 모든 시를 자기 책에 집어넣지 않았으며, 그에 상응하는 만큼을 자기 삶에 집어넣었기 때문이다."
— 월터 베리

그는 겸손했다

"어찌나 겸손한지! 당신은 모든 것에 대해 양해를 구했습니다. 거기 나타난 것, 말하는 것, 생각하는 것, 당신의 눈부실 만큼 두서없는 생각을 표현하는 것, 심지어 당신의 비할 데 없는 칭

찬을 남발하는 것에 대해서까지도."— 안나 드 노아유

그는 뛰어난 이야기꾼이었다

"누구도 이제 되었으니 그만하라고 할 수가 없었다. 프루스트의 대화는 눈부셨고 매혹적이었다."— 마르셀 플랑테비뉴

그의 집에서는 아무도 따분해하는 일이 없었다

"저녁식사 내내 그는 자기 접시를 들고 손님 한사람 한사람에게 다가가곤 했다. 이 사람 옆에 앉아서 수프를 먹었고, 저 사람 옆에 앉아서 생선 한 마리 또는 반 마리를 먹었고, 그런 식으로 식사가 끝날 때까지 계속했다. 과일을 먹을 때쯤이면 그가 한 바퀴 다 돌았으리라고 상상할 수 있다. 이것은 모두를 향한 친절의 그리고 선의의 증명이었다. 혹시나 누군가가 불편한 기미가 보인다면 그는 마음이 괴로울 것이기 때문이었다. 그리고 그는 양쪽 모두가 개인적 공손함의 태도를 보이는 행위인 동시에, 평소와 같은 자신의 명민함을 이용하여 모두가 유쾌한 분위기에 있도록 보장하는 행위라고 생각했다. 실제로 그 결과는 탁월했고, 그의 집에서는 아무도 지루해지는 일이 없었다.— 가브리엘 드 라 로슈푸코

이처럼 너그러운 평결을 고려해볼 때, 프루스트가 실제로는 우정에 관해서 극도로 신랄한 견해를 주장했다는 사실은 놀라울 수밖에 없다. 실제로 그는 자신의 우정이 가진 가치에 관해

서, 또한 사실상 다른 모두의 우정에 관해서도 유별나게 제한적인 개념을 가지고 있었다. 눈부신 대화와 디너파티에도 불구하고, 그는 이렇게 생각했다.

나는 장의자와도 충분히 친구가 될 수 있을 것이다

"한 시간 동안 친구와의 대화를 위해서 한 시간 동안 일을 포기한 예술가는 자신이 차마 존재하지도 않는 뭔가를 위해 현실을 희생시켰음을 알고 있다. (우리의 친구가 친구인 것은 오직 일생 동안 우리와 함께 여행하는 유쾌한 어리석음의 견지에서뿐이며, 비록 우리가 이런 어리석음에 스스로를 기꺼이 순응시키는 것은 사실이지만, 그것은 가구가 살아 있다고 믿어 의심치 않는 까닭에 가구에 대고 말을 거는 어떤 사람의 망상보다도 더 타당하지 않음을 우리는 마음속 깊은 곳에서 잘 알고 있는 것이다.)"

대화는 쓸모없는 활동이다

"대화, 이것은 우정의 표현 양식이라고 할 수 있지만, 실상은 얻을 만한 가치가 있는 것은 우리에게 전혀 주지 않는 피상적인 여담에 불과하다. 우리가 평생 동안 이야기를 한다고 해도, 어쩌면 단 일분의 공허함을 무한히 반복하는 것에 지나지 않을 수도 있다."

우정은 피상적인 노력이다

"……즉 진실하고 의사소통이 불가능한 우리 자아의 유일한 부분을 희생시키는 대신 피상적인 자아를 만드는 쪽으로 우리를 몰고 간다."

그리고 우정이란 결국 이런 것에 불과하다

"……우리가 치유 불가능할 정도로 혼자는 아니라고 믿게 만들려고 하는 거짓말."

이것이 그가 무정한 사람이었다는 의미는 아니다. 그가 인간을 혐오했다는 의미도 아니다. 그가 친구들을 보고 싶은 충동을 한번도 느끼지 않았다는 의미도 아니다. (그는 이 충동을 "사람들을 보고 싶은 갈망, 남자와 여자 모두를 엄습하며, 가족과 친구와 절연된 채로 격리병동에 들어간 환자에게는 자기 병실의 창문 너머로 몸을 던지고자 하는 마음까지도 심어주는 것"이라고 표현했다.)

그러나 프루스트는 우정을 비호하는 예찬 위주의 주장들 모두에 실제로 도전하고 있었다. 이런 주장들 중에서도 주요한 것은 친구들이 우리의 가장 깊은 자아를 표현하는 기회를 우리에게 제공한다는 것이었다. 그리고 우리가 그들과 나누는 대화는 진정으로 우리가 무엇을 생각하고 있는지를 말할 수 있는—더 나아가서 아무런 신비적 암시 없이도—우리가 있는 그대로의 모습이 될 수 있는 특권적인 장이라는 것이었다.

친구들의 도량에 대한 쓰라린 실망 때문에 그가 이런 주장을 불신한 것은 아니었다. 프루스트의 회의주의는 가령 가브리엘 드 라 로슈푸코 같은 지적으로 게으른 사람—프루스트는 반쯤 먹다 만 생선 접시를 손에 들고 한 바퀴 도는 사이에 그를 즐겁게 해줄 필요가 있었다—이 그의 저녁 식탁에 참석했다는 사실과는 아무런 관계가 없었다. 문제는 이보다 더 보편적인 것이었다. 그것은 우정이라는 관념 속에 내재해 있었으며, 만약 그가 자기 생각을 자기 세대의 가장 심오한 정신의 소유자와 공유할 기회가 있었더라도 여전히 존재했을 것이다. 가령 그가 제임스 조이스의 천재성을 가진 어느 작가와 대화를 나눌 기회가 있었더라도 말이다.

사실 프루스트에게는 실제로 그럴 기회가 있었다. 1922년에 두 작가는 스트라빈스키의 「여우 르나르(*Le Renard*)」의 공연 첫날밤을 축하하며 스트라빈스키, 디아길레프 그리고 러시아 발레단의 단원들을 위해서 리츠 호텔에서 열린 어느 정찬에 참석했다. 프루스트는 저녁 내내 털코트를 입고 있었으며, 두 사람이 소개를 받은 뒤에 벌어진 일에 관해서는 훗날 조이스가 한 친구에게 다음과 같이 말한 바 있다.

우리의 대화는 "아니요"라는 말로만 이루어졌네. 프루스트는 나더러 아무개 공작을 아느냐고 묻더군. 내가 그랬지. "아니요." 여주인은 프루스트에게 『율리시스(*Ulysses*)』의 이런저런 대목을 읽어보았는지 물어보더군. 그러자 프루스트가 말했지. "아니요." 이런 식이었지.

저녁식사 후에 프루스트는 주최자인 바이올렛과 시드니 시프 부부와 함께 택시에 올랐고, 조이스도 이들을 따라 택시에 올랐다. 조이스의 첫 번째 행동은 창문을 여는 것이었고, 두 번째 행동은 담배에 불을 붙이는 것이었는데, 양쪽 모두 프루스트의 입장에서는 그야말로 생명을 위협하는 일이 아닐 수 없었다. 동승한 내내 조이스는 한마디 말도 없이 프루스트를 빤히 바라보았던 반면, 프루스트는 계속해서 이야기를 하느라 조이스에게 한마디도 건네지 않았다. 프루스트의 아파트가 있는 아믈랭 거리에 도착하자, 프루스트는 시드니 시프를 옆으로 데리고 가서 말했다. "조이스 씨께 이 택시로 집까지 모셔다 드려도 괜찮겠느냐고 여쭤봐주세요." 택시는 부탁받은 대로 했다. 두 사람은 이후 두번 다시 만나지 못했다.

이 이야기에 어딘가 이치에 닿지 않는 측면이 있다면, 그것은 이 두 작가가 서로 무슨 이야기를 할 수 있었는지를 우리 자신이 알고 있기 때문이리라. "아니요"라는 막다른 길의 결말로 끝난 대화로 말하자면 많은 사람들에게는 그리 놀라운 우연까지는 아니겠지만, 『율리시스』와 『잃어버린 시간을 찾아서』의 작가들이 똑같은 리츠 호텔의 샹들리에 아래 나란히 앉아 있으면서 서로에게 할 수 있는 말이라고는 그것이 전부였다는 점은 그보다 더 놀랍고도 훨씬 더 유감스러운 일일 수밖에 없다.

그러나 만약 그날 저녁이 보다 성공적으로, 그러니까 기대할 수 있었던 것만큼 충분히 성공적으로 펼쳐졌다면 어떠했을지 상상해보자.

프루스트 : [털코트를 걸친 채로 미국식 바다가재 요리를 슬그머니 나이프로 찌르면서] 조이스 씨, 혹시 클레르몽 톤네르 공작을 아십니까?
조이스 : 부탁이니, appelez-moi, James(저를 그냥 '제임스'라고 불러주세요). Le Duc!(그 공작 말인가요!). 저도 잘 아는 훌륭한 친구지요. 제가 이곳에서 리머릭까지 갔을 때 만났던 사람들 중에서도 가장 친절한 분이었죠.
프루스트 : 정말인가요? 우리에게 의견이 일치하는 점이 있다니 기쁘군요. [이 공통점을 가진 지인을 발견한 데에 희색이 만면하여] 물론 저는 아직 리머릭에는 못 가봤지만 말입니다.
바이올렛 시프 : [만찬 주최자다운 섬세함을 보이며, 프루스트 쪽으로 몸을 숙이면서] 마르셀, 혹시 제임스가 쓴 두꺼운 책을 아시나요?

프루스트 : 『율리시스』요? naturellement(당연하죠). 새로운 세기의 걸작을 읽지 않은 사람이 어디 있겠습니까? [조이스는 겸손하게 얼굴을 붉히지만, 기쁜 기색을 결코 감출 수가 없다.]

바이올렛 시프 : 혹시 그 책에서 기억나는 구절이라도 있으세요?

프루스트 : 부인, 저는 그 책을 모조리 기억할 수 있습니다. 가령 주인공이 도서관에 들어가는 장면이 있죠. 제 anglais(영어) 억양 때문에 죄송합니다만, 차마 참을 수가 없군요. [암송하기 시작한다.] "점잖게, 그들을 위로하기 위해서, 퀘이커 사서가 가르랑거리며……."*

그러나 두 사람의 대화가 위와 같이 잘 진행되었다고 해도, 두 사람이 나중에 활기차게 택시를 타고 집까지 돌아와서 새벽녘까지 음악과 소설에 관한 생각을 나누었다고 해도, 그들의 대화와 작품, 잡담과 글쓰기 사이에는 여전히 중대한 불일치가 있었을 것이다. 『율리시스』와 『잃어버린 시간을 찾아서』는 그들의 대화로부터 비롯된 작품이 아니기 때문이다. 물론 이 두 편의 소설은 두 사람이 내놓을 수 있었던 발언 중에서도 가장 심오하고도 지속적인 발언에 속했지만 말이다. 이 점은 대화의 한계를 부각시켜준 셈이다. 특히 대화를 우리의 가장 깊은 자

---

* 『율리시스』의 제9장 "스킬라와 카립디스"의 맨 첫 줄이다.

아를 표현하는 장으로 보았을 때에 더욱 그렇다.

이러한 한계는 무엇으로 설명될까? 왜 어떤 사람은 『잃어버린 시간을 찾아서』를 쓰기는커녕 잡담조차도 나눌 수가 없는 것일까? 부분적으로는 정신의 기능, 간헐성(間歇性) 기관으로서의 그 상태 때문이니, 그로 인해서 줄거리가 끊어지거나 산만해지는 경향이 영원무궁하게 나타나기 때문이다. 우리의 정신은 게으름이나 평범함의 범위 사이에서만 중요한 생각을 산출할 수 있는데, 그런 범위 내에서 우리는 실제로 "우리 자신"이 아니며, 그 범위에서 우리는 거기에 없다고 말하는 것도 결코 과장은 아닐 것이다. 마치 공허하고 어린애 같은 표정으로 지나가는 구름을 응시하는 것이나 마찬가지일 것이다. 왜냐하면 대화의 리듬은 휴지기를 용인하지 않으며, 다른 사람들의 존재는 지속적인 반응을 요구하기 때문에, 우리는 우리가 한 말의 공허함을, 그리고 우리가 가지지 못한 잃어버린 기회를 후회하게 되는 것이다.

이와는 대조적으로 책은 우리의 산발적인 정신의 증류물을, 그 가장 생생한 표명의 기록을, 영감을 주는 순간들—원래는 몇 년간에 걸쳐서 야기되었을 것이며, 멍한 응시의 기나긴 범위에 의해서 나뉘었을 순간들—의 농축물을 제공한다. 이런 관점에서 보면, 어떤 사람이 평소에 즐겨 보던 책의 저자를 만난다는 것은 필연적으로 실망스러울 것이다. 그런 만남은 그

저자가 시간의 한계 내에 존재함을 밝혀주고, 아울러 자신 스스로도 그 한계에 종속됨을 발견하게 되기 때문이다.

더 나아가서 대화는 우리의 원래 발언을 수정할 수 있는 여지를 거의 주지 않는데, 이것은 최소한 한번이라도 실제로 말을 하기 전까지는 정작 무슨 말을 하려고 했는지를 알지 못하는 우리의 경향에는 들어맞지 않는다. 반면 글쓰기는 이런 경향에 잘 들어맞으며, 그중 상당 부분은 다시 쓴 것이고, 그 와중에 원래의 생각들—노골적이고 모호한 실마리들—은 시간이 흐르면서 풍부해지고 미묘한 차이가 덧붙여진다. 따라서 그런 생각들은 그 자체가 요구하는 논리와 미적 질서에 따라 지면 위에 모습을 드러낼 수도 있다. 이는 대화에 의한 왜곡으로부터의 고통과는 반대이다. 게다가 대화에서는 가장 인내심이 많은 동반자조차 격분시키는 사태가 벌어지지 않도록 사전에 할 수 있는 수정이나 추가에 분명한 한계가 있다.

프루스트는 글을 쓰기 시작했을 때까지만 해도 자신이 쓰려고 했던 것의 본질을 깨닫지 못한 것으로 유명하다. 『잃어버린 시간을 찾아서』의 제1권이 1913년에 간행되었을 때, 이 작품이 그렇게 어마어마한 분량이 되리라고는 누구도 생각하지 못했다.

프루스트는 이 작품이 3부작(『스완네 가는 길』, 『게르망트네

가는 길』, 『되찾은 시간』)이 될 것이라고 생각했으며, 더군다나 뒤의 두 편은 한 권으로 엮어 간행하기를 바랐다.

하지만 제1차 세계대전으로 인해서 그의 계획은 변경이 불가피해졌다. 후속 권들의 간행이 4년이나 연기되었으며, 그 기간 동안에 프루스트는 말하고 싶은 새로운 것들을 상당수 발견했고, 그것들을 말하기 위해서는 앞으로도 3권이 더 필요하다는 것을 깨달았기 때문이다. 원래의 50만 단어가 100만 하고도 25만 단어 이상으로 확대된 것이다.

변한 것은 이 소설의 전반적인 형태뿐만이 아니었다. 각각의 페이지와 수많은 문장들이 더 자라났거나, 처음의 표현에서 인쇄된 형태로 되는 과정에서 변경되었다. 제1권의 절반가량은 무려 네 번이나 다시 쓴 것이었다. 내용을 다시 들여다볼 때마다, 프루스트는 최초의 시도에서 거듭 불완전성을 발견했다. 단어 또는 문장의 일부분이 삭제되었다. 일찍이 그가 완벽하다고 판단했던 요점들은 그가 들여다보자마자 다시 써달라고 또는 새로운 이미지나 은유를 이용하여 잘 다듬거나 더 발전시켜달라고 울부짖는 듯했다. 그리하여 원래의 발언을 끝없이 향상시키려는 정신의 결과로, 원고는 난장판이 되었다.

출판사에는 불운하게도, 프루스트의 수정은 그가 휘갈겨 쓴 원고를 이용하여 조판을 끝낸 다음까지도 그치지 않았다. 그의 휘갈겨 쓴 글씨를 우아하고 통일된 활자로 변모시킨 출판

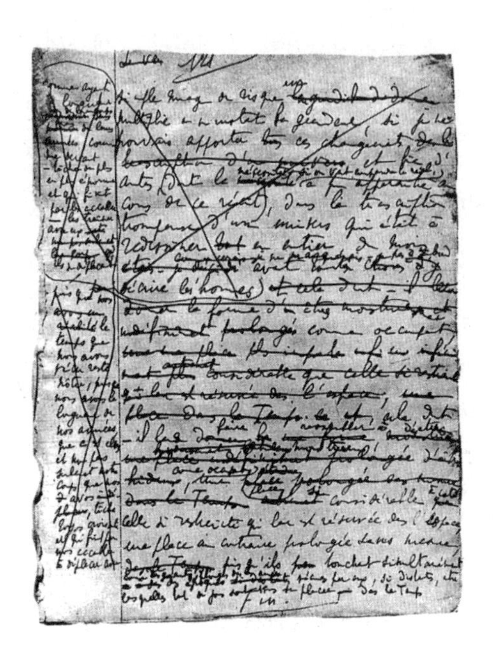

사의 교정쇄는 여전히 더 많은 오류와 누락을 드러내는 데 일조할 뿐이었고, 프루스트는 판독이 불가능한 말 풍선을 이용해서 수정하곤 했으며, 이용 가능한 흰 여백을 모조리 이용했고, 심지어 때로는 수정 내용이 교정쇄 가장자리에 풀로 붙인 종잇조각까지 흘러넘치곤 했다.

비록 출판사는 격분했을지 몰라도, 이 행위는 책을 더 좋게 만드는 데에 일조하기는 했다.* 다시 말해서 이 소설은 프루스

* 지금과 달리 활판인쇄를 하던 그 당시에는 식자공이 일일이 활자를 심어서 책을 조판했기 때문에, 거기 들어가는 시간과 비용이 만만치 않았다. 따라서

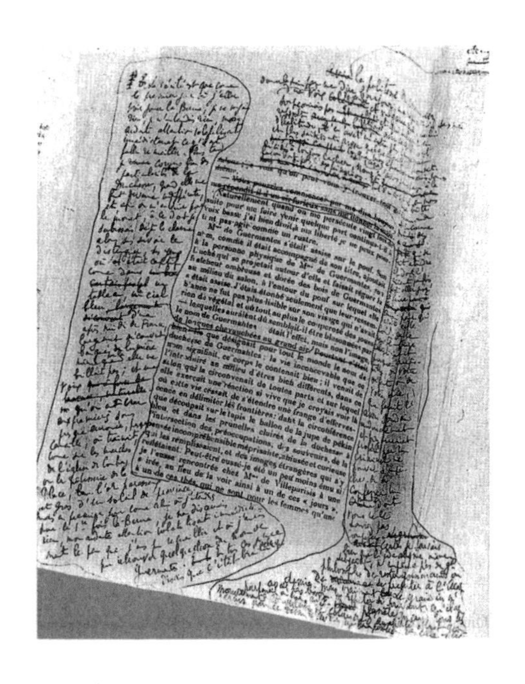

트 한 사람(그 어떤 대화 상대자라도 만족할 수밖에 없었던)이 아니라, 그 이상의 노력의 산물일 수 있다는 의미이다. 즉 이 소설은 그보다 더욱 비판적이며 능숙한 일련의 저자들의 작품이다. (어림잡아도 3명이다. 원고를 쓴 프루스트 1 + 원고를 다시 읽은 프루스트 2 + 교정쇄를 수정한 프루스트 3) 퇴고의

조판 이후에는 혹시 중대한 오류가 있을 때에만 가급적 최소한도의 수정만을 하는 것이 일반적이었다. 따라서 프루스트처럼 할 경우에는 조판을 새로 해야 했으므로, 출판사로서는 그야말로 분통이 터질 노릇이었을 것이다. 프루스트에 버금가는 당대의 대작가인 제임스 조이스 역시 조판 이후에 갖가지 수정을 하는 바람에, 『율리시스』를 펴낸 셰익스피어 앤드 컴퍼니의 실비아 비치도 적잖이 당혹스러워한 바 있었다. 조이스는 훗날 『율리시스』의 내용 가운데 3분의 1은 교정지에 추가해서 쓴 것이라고 회고한 바 있다.

과정에 관한, 또는 간행된 버전에서 창작의 물질적 상태에 관한 흔적이란 당연히 전혀 없으며, 오직 지속적이고 제어되고 흠 없는 하나의 목소리만 있다. 따라서 다음과 같은 사실에 관해서는 아무것도 밝혀지지 않는다. 어디서 문장을 다시 써야 했는지, 어디서 천식이 발작해서 방해를 받았는지, 어디서 은유가 변경되어야 했는지, 어디서 요점이 명료해져야 했는지, 어느 행 사이에서 저자는 잠을 자고, 아침을 먹고, 감사 편지를 써야 했는지를 말이다. 물론 속이려고 하는 생각은 없었으며, 다만 작품의 원래 개념에 충실하게 머물려고 했을 뿐이다. 천식 발작이나 아침식사 같은 사건은 비록 저자의 삶의 일부분이기는 했지만, 작품의 구상 속에서는 아무런 자리도 차지할 수 없다. 프루스트는 이렇게 보았기 때문이다.

> 책이란 우리의 습관 속에서, 사회 속에서, 우리의 악덕 속에서 우리가 보여주는 자아와는 또다른 자아의 산물이다.

복잡한 생각을 풍부하고도 정확한 언어로 표현할 수 있는 장으로서의 그 한계에도 불구하고, 우정은 여전히 다음과 같은 근거에 의존할 수 있다. 즉 우리의 가장 친밀하고 정직한 생각을 사람들과 소통할 수 있는, 그리고 특별히 그때만큼은 우리의 마음속에 무엇이 있는지를 정확하게 밝혀줄 수 있는 기회를 우정이 우리에게 제공한다는 근거에 의존한다는 것이다.

비록 호소력 있는 개념이기는 하지만, 그런 정직성의 가능성은 다음 두 가지에 크게 의존하는 듯 보인다.

첫 번째: 우리의 마음에 얼마나 많이 있는가? 즉 우리는 친구들에 관해서 얼마나 많은 생각들을 가지고 있는가? 비록 진실하기는 하지만 잠재적으로는 상처를 줄 수도 있는, 그리고 정직하기는 하지만 자칫 불친절할 수도 있는 생각들을.

두 번째: 우리가 이처럼 정직한 생각들을 감히 친구들에게 표현할 경우, 그들 쪽에서 서슴지 않고 우정을 깨뜨리려고 할 가능성에 관한 우리의 평가. 이 평가는 한편으로는 우리가 얼마나 사랑할 만한 대상일지에 대한 우리의 생각에 근거하여, 그리고 또 한편으로는 우리의 자질이 충분할지—만약 우리가 친구의 약혼자나 서정시를 용인하지 않는다는 사실을 밝힘으로써 순간적으로 그들을 짜증나게 하더라도, 그들과 여전히 친구로 머물러 있을 수 있으리라고 보장할 만큼 우리의 자질이 충분할지—여부에 근거하여 이루어진다.

불행히도 양쪽의 표준 모두에 근거하면, 프루스트는 정직한 우정을 즐길 만큼 좋은 자리에 있지 못했다. 우선 그는 사람들에 대해서 진실한, 그러나 불친절한 생각들을 너무나도 많이 가지고 있었다. 전하는 바에 따르면, 프루스트가 1918년에 어느 손금쟁이를 만났을 때, 그녀는 그의 손을 흘끗 한번 보고,

그의 얼굴을 잠시 쳐다보더니, 이렇게 잘라 말했다고 한다. "제가 뭘 해드렸으면 좋겠습니까, 선생님? 오히려 선생님께서 제 성격을 읽으셔야 할 것 같은데요." 하지만 다른 사람에 대한 이 기적적인 이해는 유쾌한 결론으로 이어지지는 않았다. "나는 진정으로 친절한 사람이 얼마나 드문지를 깨닫고 무한한 슬픔을 느꼈다." 이렇게 말하면서, 그는 대부분의 사람들이 뭔가 잘못되어 있다고 판단했다.

> 이 세상에서 가장 완벽한 사람조차도 우리에게 충격을 주고, 우리를 분노하게 할 만한 어떤 결점이 있다. 어떤 사람은 보기 드문 지적 능력을 가지고 있고, 만사를 가장 고상한 시각에서 바라보며, 누구에 관해서도 나쁜 말을 하지 않는다. 그런데 만약 당신이 보내야 할 매우 중요한 편지를 그가 대신 부쳐주겠다고 해놓고 자기 주머니에 넣고 완전히 잊어버렸다고 하자. 당신이 중요한 약속을 놓치게 하고서도, 그는 당신에게 아무런 변명조차 내놓지 않고 오히려 미소를 지을 수도 있다. 왜냐하면 자신은 변명이 필요한 때를 결코 알지 못한다는 사실에 자부심을 가지고 있기 때문이다. 또 어떤 사람은 그의 품행이 워낙 세련되고, 온화하고, 섬세하기 때문에, 당신이 듣고서 기뻐하지 않을 이야기는 당신에게 아무것도 하지 않지만, 당신은 그가 뭔가를 억누르고 있고, 마음속에 계속 묻어두고 있으며, 거기서 그것은 신랄한, 다른, 상당히 상이한 의견으로 바뀐다는 것을 느낀다.

뤼시앵 도데는 프루스트가 다음과 같은 능력이 있다는 것을 느꼈다.

> 그다지 부러울 것도 없는 예언 능력이었는데, 그는 인간의 마음에서 온갖 쩨쩨함—종종 감춰진—을 발견했으며, 그 사실에 경악해 마지않았다. 가장 눈에 잘 띄지 않는 거짓말, 마음속의 다른 생각, 비밀, 거짓된 청렴성, 뭔가 숨은 동기가 있는 친절한 말, 편의상 약간 변형된 진실, 한마디로 말해서 사랑에서 우리를 걱정시키는 것들, 우정에서 우리를 슬프게 만드는 것들, 다른 사람들과 우리의 관계를 진부하게 만드는 것들 모두가 프루스트에게는 지속적인 놀라움, 슬픔, 또는 아이러니의 대상이었다.

정직한 우정의 이유를 고려해보는 한, 프루스트가 다른 사람들의 잘못에 대한 이처럼 예민한 자각을, 다른 사람들이 자신을 좋아할 가능성에 관한 의구심("아! 나 자신을 공해로 만드는 것, 그것이야말로 항상 내 악몽이었다")과 조합시킨 것, 그리고 자신의 보다 부정적인 생각을 친구들에게 표현하고 나서도 여전히 친구들을 가질 수 있는 가능성에 관한 유별나게도 강력한 의구심과 조합시킨 것은 매우 유감스러운 일이었다. 앞에서 진단했던 그의 낮은 자존감에 관한 입장("내가 스스로의 가치를 더 높이 매길 수만 있다면! 아아! 불가능한 일이다!") 때문에, 그는 친구를 한 명이라도 가지기 위해서는 자신이 과도하게 친근해져야 할 필요가 있다는 잘못된 생각을 가지게 되었다. 비록 우정을 옹호하는 보다 고상한 주장들 모두에 찬동하지 않았음에도 불구하고, 그는 애정을 확보하는 데에 여전히 깊이 관심을 기울였다. ("내가 정말로 슬플 때에 나의 유일한 위안은 사랑하고 또 사랑받는 것뿐이다.") 프루스트는 "우정을 망치는 생각들"이라는 표제 아래에 일상적인 감정적 편집증 환자라면 누구에게나 익숙한 일련의 불안감을 고백했다. "그들은 나를 어떻게 생각했을까?" "우리는 서투르지 않았을까?" "그들이 우리를 좋아했을까?" 물론 이런 것도 있었다. "다른 누군가에게 밀려서 잊혀질지도 모른다는 두려움."

이것은 프루스트가 어떤 만남에서든 남들이 자기를 좋아하고, 기억하고, 많이 생각하게끔 관심을 확보하는 것을 최우선으로 삼았음을 의미한다. "그는 혀끝 칭찬으로 주인과 여주인을 아찔하게 만들었을 뿐만 아니라, 꽃이며 교묘한 선물을 준비하느라 애썼다." 그의 친구인 자크 에밀 블랑슈의 보고에는 이 우선순위가 무엇과 관계되어 있었는지를 일별하게 해준다. 너무나 강력해서 손금쟁이조차 일을 멈추게 할 정도였던 그의 위협적인 심리학적 통찰은 다른 손님들을 이기기 위해서 적절한 단어, 미소, 또는 꽃을 찾아내는 쪽으로도 전적으로 겨냥될 수 있었다. 그리고 이는 제대로 먹혀들었다. 그는 친구를 만드는 기술에 통달하여 수많은 친구를 얻었으며, 그들은 그를 사랑했고, 그에게 헌신했으며, 그의 사후에 찬사일변도의 저서를 한 무더기 내놓았는데, 제목은 대략 이러했다. 『내 친구 마르셀 프루스트』(모리스 뒤플레), 『마르셀 프루스트와의 우정』(페르낭 그레그), 『친구에게 보낸 편지』(마리 노들링어).

그가 우정에 바친 노력과 전략적 지능을 고려할 때, 이는 놀랄 일도 아니다. 사람들이 종종 간주하는, 특히 친구들이 많지 않은 사람들이 그렇게 간주하게 마련인, 우정이란 텅 빈 영역이며, 그 안에서는 우리가 말하고 싶어하는 것들이 손쉽게도 다른 사람들의 관심사와 일치하게 마련이다. 이보다는 덜 낙관적이었던 프루스트는 불일치의 가능성을 인식했고, 자신의 마음에 무슨 생각이 있는지를 이야기해서 당신을 지루하게 만드는 위험을 감수하기보다는, 차라리 자신이 항상 질문을 던지는 쪽이 되어서 당신의 마음에 무슨 생각이 있는지를 자신에게 털어놓게 만들어야 한다고 결론을 내렸다.

그 이외의 다른 일을 하는 것은 나쁜 대화 태도일 것이었다. “대화 중에 다른 사람들을 즐겁게 만들려고 하지 않고, 오히려 이기적이게도 자기가 관심 있는 부분들을 설명하는 사람들은 재치가 없는 셈이다.” 대화에서 동반자를 즐겁게 만들려면 자기를 포기해야 한다. “우리가 잡담을 할 때, 그때는 더 이상 우리가 말하는 것이 아니다.……그때에 우리는 다른 사람과 유사한 모습으로 변모하는 것이며, 그들과 다른 우리 자신이 아닌 것이다.”

이것은 프루스트의 친구인 조르주 드 로리스—뛰어난 자동차 경주 선수이며 테니스 선수—가 프루스트와 함께 종종 스포츠와 자동차에 관해서 이야기를 나누었다고 감격스레 보고할 수 있었던 이유를 설명해준다. 물론 프루스트는 양쪽 모두에 관심이 거의 없었지만, 르노 자동차의 크랭크축 쪽에 더 관심을 가진 사람과 대화를 나누면서 굳이 퐁파두르 부인의 어린 시절 쪽으로 화제를 돌리려고 고집하는 일은, 그의 논리대로라면 우정의 본질을 잘못 이해한 것이기 때문이었다.

우정이란 한쪽이 관심을 가지고 있는 내용을 이기적으로 설명하는 것이 아니었다. 우정은 일차적으로 온화함과 애정을 위한 것이었으며, 이것이야말로 지성에 호소하는 사람인 프루스트가 정작 명백히 "지적인" 우정에는 놀라우리만치 거의 관심을 두지 않았던 이유였다. 1920년 여름에 그는 시드니 시프로부터 편지를 한 통 받았는데, 이 친구는 바로 2년 전에 조이스와의 불운한 만남을 주선한 인물이었다. 시드니는 아내 바이올렛과 함께 영국의 어느 해변 휴양지에 와 있었는데, 날씨는 매우 화창했고, 바이올렛이 원기 왕성한 젊은이들을 한 무리 초청해서 어울리고 있었는데, 그는 프루스트에게 이 젊은이들이 얼마나 천박한지 점점 절망적인 기분이 든다고 썼다. "나는 너무나도 지루하다네." 그는 프루스트에게 썼다. "왜냐하면 나는 항상 젊은이들과 함께 있고 싶지는 않기 때문이지. 나는 그들의 순진함 때문에 오히려 고통스럽기까지 하다네. 그런 순진함을 혹시 내가 타락시키는, 또는 최소한 훼손시키는 것은 아닌지 두렵기 때문이지. 때로는 나도 인간에게 관심이 있기는 하지만, 그들이 충분히 지적이지 못한 까닭에 나는 그들을 좋아하지 않는다네."

파리에서 침대 위에 은둔하고 있던 프루스트는 누군가가 몇몇 젊은이들과 함께 바닷가에서 휴가를 보낸다는 상황에 만족하지 못한다는, 그것도 그 젊은이들의 죄라고는 데카르트를 읽지 않았다는 것뿐인데도 그렇다는 사실을 선뜻 인정할 수 없었던 것이다. "제 경우에는 지적인 일은 어디까지나 제 내면에서만 하기 때문에, 일단 다른 사람들과 함께 있게 되면 그들이 친절하고, 성실하고, 기타 등등인 한에는, 그들이 똑똑하다는 것이 오히려 제게는 다소 부적절하게 생각됩니다."

프루스트가 진정으로 지적인 대화를 나눌 경우에도, 그의 우선순위는 여전히 (간혹 어떤 사람들이 하는 것처럼) 개인적이고 지적인 걱정을 은밀하게 소개하는 것보다는 다른 사람들에게 스스로를 헌신하는 것이었다. 그의 친구인 마르셀 플랑테비뉴는 여러 권의 회고담을 펴냈고, 그중에서도 『마르셀 프루스트와 함께』라는 책에서는 프루스트의 지적 공손함에 관해서 언급한 바 있다. 그에 따르면 프루스트는 자기 말이 지루하거나, 따라가기 어렵거나, 심지어 지나치게 단정적인 투가 되지 않도록 최대한 주의했다고 한다. 프루스트는 종종 "어쩌면" 또는 "아마도" 또는 "그렇게 생각 안 하세요?"라는 구절을 이용하여 자기 문장을 끊곤 했다. 플랑테비뉴가 보기에 이것은 사람들을 즐겁게 해주려는 프루스트의 열망을 반영한 것이었다. "그들이 좋아하지 않을 이야기를 그들에게 말하는 것은 잘못이겠지." 그는 이런 생각을 밑에 깔고 있었다. 플랑테비뉴는 불평을 한 것이 아니었다. 이런 주저함은 반가운 것이었고, 특히 프루스트의 기분이 좋지 않은 날에는 더욱 그러했다.

> 이런 '아마도'라는 표현으로 말하자면, 비관주의적인 날에 프루스트가 내놓는 어떤 놀라운 선언의 맥락에서 마주하게 될 경우에는 매우 안심이 되는 것이었다. 오히려 이런 표현이 없을 경우, 그의 선언은 그야말로 지나치게도 파괴적인 인상을 주었다. 그런 생각들은 다음과 같았다. "우정이란 것은 존재하지 않아." 그리고 "사랑이란 덫이고, 오직 우리에게 고통을 줌으로써 그 스스로를 우리에게 드러내는 거야."

그렇게 생각하지 않는가?

프루스트의 태도가 제아무리 매력적이라도, 그런 태도는 과도하게 예의 바르다고 묘사될 수도 있었고, 이로 인해서 프루스트의 친구들 중에서도 보다 냉소적인 이들은 그의 사교 습관의 특이성을 묘사하기 위한 조롱조의 용어를 만들어내기도 했다. 페르낭 그레그는 이렇게 보고한다.

우리끼리 만들어낸 동사로 **프루스트화하다**라는 것이 있었다. 이는 약간은 지나치게 의식적으로 친절한 태도를, 아울러 속된 말로 표현하면 끝도 없이 유쾌한 겉치레를 가리키는 것이다.

프루스트의 프루스트화하기의 표적들 중에서도 대표적인 인물은 로르 헤이먼이라는 중년 여성으로, 한때 오를레앙 공작, 그리스 국왕, 에곤 폰 퓌르스텐베르크 대공 그리고 나중에는 프루스트의 종조부 루이 베유의 애인이었을 정도로 유명한 고급 창부였다. 프루스트는 10대 후반에 로르를 처음 만난 이래로 줄곧 프루스트화하기를 실천했다. 그는 찬사가 뚝뚝 떨어지는 편지를 공들여 써보내는가 하면, 초콜릿, 장신구, 꽃 등을 함께 보냈다. 그 선물들이 어찌나 값비싸던지 그의 아버지가 낭비를 한다며 훈계할 정도였다.

"나의 친구, 나의 기쁨에게." 로르에게 보내는 편지는 이처럼 전형적인 서두로 시작되었고, 꽃가게에서 구입한 작은 선물 속에 동봉되었다. "국화 열다섯 송이입니다. 제가 주문한 대로 줄기가 상당히 길었으면 좋겠군요." 줄기가 그렇게 길지 않을 경우를 대비하여, 그리고 줄기가 긴 식물의 묶음보다도 더 커다란, 또는 더 오래가는 사랑의 상징을 로르가 필요로 할 경우를 대비하여, 그는 그녀가 관능적인 지성과 섬세한 우아함을 가진 피조물이라고, 성스러운 미인이며 모든 남자를 헌신적인 숭배자로 바꿀 수 있는 여신이라고 장담했다. 이런 편

지가 다음과 같은 애정 넘치는 안부와 실제적인 제안으로 마무리되는 것은 자연스러워 보인다. "저는 이 세기를 로르 헤이먼의 세기라고 부르자고 제안하는 바입니다." 로르는 그의 친구가 되었다.

이 페이지의 그녀의 사진은 그녀의 집 문간에 프루스트가 보낸 국화가 배달되었을 무렵에 폴 나다르가 찍은 것이다.

프루스트화하기의 표적 중에서도 대표적인 또다른 인물은 시인이자 소설가인 안나 드 노아유이다. 비록 그녀가 펴낸 6권의 시집은 오늘날 충분히 잊혀져도 괜찮을 만한 수준이었지만, 프루스트는 그녀를 보들레르에 비견할 만한 천재로 칭송했다. 1905년 6월에 그녀가 창작소설 『지배(*La Domination*)』를 보내자, 프루스트는 그녀가 하나의 행성 전체를, "인류의 주시 대상이 된 하나의 경이로운 행성"을 낳았다고 말했다. 그녀는 우주의 창조자일 뿐만 아니라, 신화적인 외모를 가진 여성이기도 했다. "나의 아테나가 그의 아테나보다 훨씬 더 아름답고, 더 대단한 천재성을 가졌고, 더 많이 알기 때문에 나는 율리시스를 부러워할 이유가 전혀 없습니다." 프루스트는 그녀에게 다짐했다. 몇 년 뒤에 그녀의 시집 『황홀(*Les Éblouissements*)』의 서평을 「르 피가로」에 기고하면서, 프루스트는 안나가 빅토르 위고의 이미지만큼이나 장대한 이미지를 만들었다고, 그녀의 작품은 눈부신 성공이며, 문학적 인상주의의 걸작이라고 썼다. 자신의 요점을 독자에게 증명하기 위해서 그는 안나의 시 가운데 몇 행을 인용하기까지 했다.

> 눈에 보이지 않는 싹에서 시작하여,
> 연약한 새는 세상 꼭대기까지 자란다.
> Tandis que détaché d'une invisible fronde,
> Un doux oiseau jaillit jusqu'au sommet du monde.

"이보다 더 화려하고 더 완벽한 이미지를 알고 계시는지?" 그는 물었다. 바로 이 대목에서 독자들이 이렇게 중얼거렸다고 해도 무리는 아니었으리라. "그야 물론이지." 그러면서 독자들은 이 서평가가 도대체 왜 이 시에 도취했는지 궁금하게 여겼을 것이다.

그렇다면 그는 비범한 위선자였을까? 이 말에는 결국 선의와 친절의 겉모습 아래에 불길하고도 계산적인 의제가 놓여 있으며, 로르 헤이먼과 안나 드 노아유에 대한 프루스트의 진짜 감정이 그의 터무니없는 주장과는 어울리지 않을 수 있고, 어쩌면 그들을 향한 예찬은 오히려 조롱에 가까울 수도 있음을 암시한다.

이런 불일치는 오히려 덜 극적일 수도 있다. 그가 자신의 프루스트화하기 중에서도 오직 극소수만을 진실로 생각한 것은 의문의 여지가 없다. 그럼에도 불구하고 그런 행위를 고취시킨, 그리고 그런 행위의 배후에 놓여 있는 메시지에서 그는 성실하게 자신을 지켰다. "나는 당신을 좋아하고, 당신도 나를 좋아해주었으면 합니다." 열다섯 송이의 줄기가 긴 국화, 경이로운 행성, 헌신적인 숭배자, 아테나, 여신, 화려한 이미지는 남들의 애정을 확보하기 위해서 자신의 존재에 덧붙일 필요가 있다고 프루스트가 생각했던 바에 불과했다. 그가 스스로의 자질에 관해 앞에서 언급했던 허약한 판정에 비추어볼 때에는 그러했던 것이다. ("앙투안[그의 집사]이 그 자신에 관해서 생각하는 것보다, 나는 나 자신을 더 낮추어 평가하는 것이 분명하다.")

사실 프루스트의 사교적 공손함의 과장에 현혹된 나머지, 이것이 모든 우정이 요구하는 어느 정도의 불성실—가령 자신의 시집이나 갓난아기를 자랑스레 보여주는 친구에게 건네는 상냥하지만 공허한 말이란 항상 존재하는 필수요건이게 마련이다—과 똑같다고 오인되어서는 곤란하다. 그런 공손함을 위선이라고 부른다면, 우리가 근본적으로 어떤 악의적인 의도를 감추기 위해서가 아니라, 다만 우리의 좋아하는 감정을 확증하기 위해서—각자의 시나 아이를 향한 사람들의 애착은 참으로 강렬한 까닭에, 이를 향한 열망과 예찬이 없을 경우에는 곧바로 의구심이 생기게 마련이다—국지적인 방식으로 거짓말을 해왔음을 간과하는 셈이 될 것이다. 우리가 그들을 좋아한다는 사실을 믿기 위해서 그들이 우리로부터 들을 필요가 있는 말과 우리가 그들을 좋아하면서도 여전히 그들에게 느낄 수 있는 부정적인 생각의 정도 사이에는 간극이 있는 듯하다. 우리는 시에 서투른 동시에 지각력이 있는, 또는 거만한 성향이 있는 동시에 매력적인, 입 냄새로 괴로움을 겪으면서도 다정한 누군가를 생각할 수 있다는 것을 안다. 하지만 다른 사람들이 감수성을 가진 한, 양쪽의 화합을 위험에 빠트리는 법이 없이 방정식의 마이너스 쪽을 언급할 수 있는 경우는 드물 수밖에 없다. 우리는 보통 우리 자신에 관한 험담이 어떤 악의에 의해서 촉발되었다고 믿으며, 또한 그런 자신을 향한 악의의 수준은 우리가 지난번에 마지막으로 험담했던 사람—한편으로는 그 사람의 습관을 조롱했으면서도, 또 한편으로는 그 사람에 대한 애정에 아무런 변화가 없었다—과의 관계 속에서 우리 자신이 느꼈던 악의보다 훨씬 더 크다고 (또는 더 치명적이라고) 믿게 마련이다.

프루스트는 언젠가 우정을 독서에 비유한 적이 있는데, 양쪽의 활동 모두 다른 사람들과의 소통과 연관되어 있기 때문이라고 했다. 하지만 그는 독서 쪽에 핵심적인 이익이 있다고 덧붙였다.

> 독서에서는, 우정이 갑자기 그 원래의 순수성을 되찾게 마련이다. 책을 상대로 해서는 거짓된 친절 따위가 있을 수 없다. 만약 우리가 이런 친구들과 저녁 시간을 보낸다면, 그것은 우리가 진정으로 그러고 싶어서일 것이다.

이에 반해 삶에서 우리는 혹시 초대를 거절할 경우에는 가치 있는 우정이 잘못될지도 모른다는 두려움에 더러 마음에도 없는 저녁을 함께 하기도 한다. 이것은 친구들의 보증할 수 없는, 그러나 불가피한 감수성에 대한 자각으로 인해서 우리에게 강요된 위선적인 식사이다. 이에 비하면 우리는 책을 상대로 할 때에 얼마나 훨씬 더 정직한가? 최소한 거기서는 우리가 원할 때에 그것들로 눈을 돌릴 수 있고, 필요하다고 생각하자마자 지루한 표정을 짓거나, 대화를 건너뛸 수 있으니 말이다. 만약 우리가 몰리에르와 함께 저녁을 보낼 기회를 얻는다면, 이 희극의 천재조차도 우리가 간혹 한번씩 가짜 미소를 짓게 만들 수밖에 없을 것이며, 이것이 바로 프루스트가 살아 있는 희곡 작가보다는 차라리 종이책과의 소통을 선호한다고 표현한 이유이다. 최소한 책의 형태라면 다음과 같은 장점이 있기 때문이다.

> 우리는 몰리에르가 하는 말이 어디까지나 우리가 생각하기에도 재미있을 때에만 웃을 수 있다. 그가 우리를 지루하게 만들 경우라도, 우리는 지루한 표정이 들통날까봐 두려워하지 않아도 되며, 일단 그를 충분히 즐겼다는 확신이 서면 마치 그가 천재도 유명인사도 아닌 것처럼 냉큼 원래의 자리에 꽂아둘 수도 있다.

모든 우정에 명백히 요구되는 어느 정도의 불성실에 우리는 어떻게 대응해야 할까? 우정이라는 하나의 우산 아래에서 습관적으로 상충되는 두 가지 계획—애정을 지키기 위한 계획과 우리 자신을 정직하게 표현하기 위한 계획—에 우리는 어떻게 대응해야 할까? 프루스트로 말하자면 유별나게 정직하면서도 유별나게 다감한 사람이었기 때문에, 그는 이 두 가지의 합동 계획을 극단으로까지 밀고 나가서, 우정에 대한 자신의 독특한 접근방식에 도달했다. 그 접근방식이란 애정의 추구와 진실의 추구가 가끔씩만 양립 불가능한 것이 아니라, 아예 근본적으로 양립 불가능하다고 판단한 것이었다. 이는 우정이 무엇인지에 대해서 훨씬 더 좁은 개념을 택한다는 의미였다. 즉 우정이란 로르와 유쾌한 대화를 나누는 것인 한편,

몰리에르에게는 그가 지루하다고 말하지 않는 것이었으며, 안나 드 노아유에게는 그녀가 시를 못 쓴다고 말하지 않는 것이었다. 어떤 사람은 이 좁은 개념을 택함으로써 프루스트의 친구가 훨씬 더 적어졌으리라고 상상할 수도 있겠지만, 역설적으로 이처럼 극단적인 구분은 그를 더 나은, 더 충성스러운, 더 매력적인 친구로, 아울러 더 정직하고 심오하며 나아가서 감정에 휘둘리지 않는 사고자로 만들어주었다.

이런 구분이 프루스트의 행동에 어떤 영향을 주었는지에 대한 사례는 한때 그의 급우였으며 동료 작가인 페르낭 그레그와의 우정에서 볼 수 있다. 프루스트가 최초의 단편집을 간행했던 무렵, 페르낭 그레그는 문학 일간지인 『라 레뷰 드 파리』에서 영향력을 가진 위치에 있었다. 『기쁨과 나날(*Les plaisirs et les jours*)』에는 물론 여러 가지 결점이 있었지만, 동창생이 자기 책에 대해서 좋은 말을 해주기를 바라는 것은 결코 지나친 기대라고는 할 수 없었다. 하지만 그레그를 향한 그 기대는 너무 지나쳤던 것으로 드러났다. 그는 『라 레뷰 드 파리』의 독자들에게 프루스트의 글에 관해서는 언급조차 하지 않았다. 그는 짧은 서평을 실을 공간을 마련했지만, 거기서도 오직 그 책에 수록되기는 했지만 프루스트와는 전혀 관계가 없었던 삽화와 서문 그리고 피아노 악보에 관한 이야기만 하고는, 프루스트가 작품 간행을 위해서 동원한 연줄에 대한 조롱조의 험담을 덧붙이기만 했다.*

그레그와 같은 행동을 한 친구가 자신의 책을, 그것도 아주 신통치 않은 책을 하나 써서 당신에게 한 권 보내면서 의견을 물어보았다면, 당신은 과연 어떻게 했을까? 프루스트는 불과 몇 주일 뒤에 바로 이런 질문에 직면하게 되었다. 페르낭이 그에게 『유년기의 집』이라는 제목의 시집—이에 비하면 안나 드 노아유의 작품은 진정으로 보들레르의 작품에 비견될 만한 수준이었다—을 보냈다. 프루스트는 이 기회를 이용하여 그레그의 행동을 되갚아줄 수도, 즉 그의 시에 관해 사실대로 이야기하면서, 앞으로는 본업에나 충실하라고 충고할 수도 있었을 것이다. 그러나 우리는 프루스트의 방식이 그렇지 않음을 알고 있으며, 그리하여 그가 너그러운 축하 편지를 썼던 것을 발견하게 된다. "내가 읽은 것은 정말 아름답게 느껴지더군." 프루스트는 페르낭에게 말했다. "자네가 내 책에 대해 심한 말을 한 것은 알고 있네. 하지만 자네가 내 책을 나쁘게 생각해서 그런 것이 아니었음은 의심의 여지가 없지. 그와 똑같은 이유로, 자네의 책이 좋다는 사실을 알았으니, 나는 기꺼이 자네에게 그렇다고 말하며 다른 사람에게도 그렇다고 말하겠네."

우리가 친구들에게 실제로 부친 편지보다도 더 흥미로운 것이 있다면, 그것은 아마도 일단 쓰고서 막상 부치지 않은 편지일

* 문제의 삽화는 마들렌 르메르, 서문은 아나톨 프랑스, 악보는 레날도 한에게 얻은 것이었다. 특히 프루스트는 당대의 저명한 소설가 아나톨 프랑스의 서문을 얻기 위해서 카이야베 부인의 연줄을 이용했다.

것이다. 프루스트의 사후에 발견된 문서들 중에는 그레그에게 실제로 보낸 편지 이전에 썼던 또다른 편지가 한 통 있었다. 거기에는 훨씬 더 비열한, 훨씬 덜 용인될 만한, 그러나 훨씬 더 진실한 내용이 담겨 있었다. 그 편지에서 프루스트는 『유년기의 집』을 보내준 데 대해서 그레그에게 감사의 뜻을 전한 다음, 이 시적 결과물의 내용보다는 오히려 그 분량을 칭찬하는 데에 이야기를 국한시키고, 나아가서 그레그의 오만함과 불신과 어린애 같은 영혼이라는 상처가 될 만한 언급으로까지 넘어갔다.

프루스트는 왜 이 편지를 보내지 않았을까? 비록 불만이라는 것은 반드시 그 원인 제공자와 직접 논의해야 마땅하다는 것이 지배적인 견해이기는 하지만, 그로 인해서 생기는 전형적으로 불만족스러운 결과 때문에, 우리는 아마도 재고(再考)를 촉구받게 되는 것은 아닐까? 가령 프루스트는 그레그를 식당으로 초대해서 그에게 포도 중에서 가장 좋은 것을 대접하고, 덤으로 웨이터의 손에 500프랑의 팁을 쥐어주고, 친구를 향해 가장 점잖은 목소리로 자네는 조금 지나치게 오만한 것 같다고, 신뢰에 약간 문제가 있다고, 그리고 자네의 영혼은 어딘가 어린애 같다고 말할 수도 있다. 그러면 그의 친구는 얼굴을 붉히고, 포도는 옆으로 밀어두고, 화가 난 듯 식당에서 걸어나감으로써, 그저 후한 보답을 받은 웨이터만 놀라게 했을 것이다. 오만한 그레그와 불필요하게 소원해지는 것말고, 이런 행동으로 과연 무엇을 성취할 수 있을까? 게다가 프루스트가 애초에 이런 성격의 소유자와 친구가 된 까닭이 단지 자신의 손금쟁이다운 통찰을 그와 공유하고자 하는 마음 때문은 아니지 않았을까?

대신 이 곤란한 생각들은 다른 곳에서는 더욱 잘 개진되었다. 바로 그 원인 제공자들에게는 지나치게 상처를 줄 수 있어서 그들과 공유하기에는 곤란한 분석들을 위해서 고안된, 개인적인 공간에서 말이다. 끝내 부치지 않은 편지 역시 그런 공간이라고 할 수 있다. 소설 역시 또다른 그런 공간이라고 할 수 있다.

『잃어버린 시간을 찾아서』는 이처럼 끝내 부치지 않은 유별나게 긴 편지로, 또는 평생에 걸친 프루스트화하기에 관한 일화로, 또는 아테나, 사치스러운 선물, 줄기가 긴 국화의 이면으로, 또는 차마 말할 수 없는 말의 표현이 마침내 허락되는 장소로 간주될 수도 있다. 예술가를 가리켜 "사람들이 언급하지 말아야 마땅한 바로 그것을 말하는 피조물"이라고 묘사한 까닭에, 이 소설은 프루스트에게 그 모두에 대해서 언급할 수 있는 기회를 제공한 셈이다. 로르 헤이먼은 나름의 매혹적인 측면이 있었을지도 모르지만, 그녀는 또한 그보다는 가치가 덜한 측면도 있었을 것이며, 이는 작중인물 오데트 드 크레시의 표상 속으로 전이되었다. 페르낭 그레그는 실제 삶에서는 프루스트로부터의 훈계를 피했는지 몰라도, 그를 부분적으로나마 모델로 삼은 알프레드 블로크에 관한 프루스트의 비난이 가득한 초상을 통해서 은밀한 훈계를 받기는 했다.

프루스트로서는 불운하게도, 정직하고자 하는 동시에 친구를 유지하고자 했던 그의 노력은 그의 소설을 실화소설로 읽은 파리 사교계 사람들의 천박한 주장에 의해서 적잖이 손상되고 말았다. "이 책의 등장인물들에 대한 열쇠 격인 실존인물은 전혀 없다." 프루스트는 이렇게 주장했지만, 그럼에도 불구하고 열쇠 격인 실존인물들은 크게 불쾌감을 표출했다. 그런 사람들 중에는 노르푸아에게서 자신의 일부분을 발견한 카미유 바레르, 샤를뤼스 남작에게서 자신의 일부분을 발견한 로베르 데 몽테스큐, 로베르 드 생루와 라셸의 연애담에서 자신과 루이자 드 모르낭과의 연애담을 찾아낸 달뷔페라 공작, 오데트 드 크레시에게서 자신의 특성을 발견한 로르 등이 있었다. 비록 프루스트가 로르에게 달려가서 오데트는 "당신과는 정반대"라고 확신시키기는 했지만, 양쪽의 주소마저도 똑같았던 상황에서 그녀가 그의 말을 믿기 힘들어했던 것은 놀랄 일이 아니다. 프루스트 당시의 파리 전화번호부에 그녀의 주소는 "헤이먼(로르 부인), 라페루즈 가(rue Lapérouse) 3번지"로 나와 있었고, 소설에서 오데트의 주소는 "작은 호텔, 라 페루즈 가(rue La Pérouse), 개선문 뒤"라고 되어 있었다. 유일한 차이라고는 띄어쓰기뿐인 듯하다.

이런 약간의 문제들에도 불구하고, 우정에 속한 것과 보내지 않은 편지 또는 소설에 속하는 것과의 구분은 여전히 지켜졌다. (비록 거리 이름을 슬쩍 바꾸는 것과 편지를 잘 감춰두는 것이 전제이기는 했지만.)

이것은 심지어 우정이라는 이름으로 옹호되었을 수도 있다. 프루스트는 "우정을 비웃는 사람들은……세상에서 가장 훌륭한 친구가 될 수 있다"고 제안했다. 이는 어쩌면 그런 우정을 비웃는 사람들이야말로 보다 현실적인 기대를 가지고 그 유대에 접근하기 때문이리라. 그들은 자신에 대해서 장황하게 말하려고 하지 않는데, 그 주제가 중요하지 않다고 생각해서가 아니라, 다만 그 주제야말로 너무 중요한 까닭에 대화라는 우연적이고 쏜살같고 궁극적으로 피상적인 매체의 손아귀에 놓기에는 부적절하다는 사실을 인식하기 때문이다. 이는 그들이 질문에 답변하기보다는 질문을 던지는 것에 대해서, 우정을 다른 사람들에게 훈계하는 영역이 아니라 다른 사람들에 관해서 배우는 영역으로 바라보는 데에 대해서 아무런 분개도 느끼지 않음을 의미한다. 더 나아가서 그들은 다른 사람의 감수성을 음미하기 때문에, 그들은 그 결과로 인한 거짓된 친절—가령 나이 들어가는 전직 고급 창부의 외모에 관한 장밋빛 해석, 의도는 좋았지만 범속한 시집에 관한 너그러운 서평—의 필요를 어느 정도까지는 받아들인다.

진실과 애정 모두를 호전적으로 추구하는 대신, 그들은 양립 불가능한 것을 식별하고, 그들의 계획을 나눈다. 가령 국화와 소설 간에, 로르 헤이먼과 오데트 드 크레시 간에, 실제로 보낸 편지와 결국 감춰두었지만 그래도 쓸 필요는 있었던 또 다른 편지 간에, 현명한 구분을 한다.

7
눈을 뜨는 방법

프루스트는 언젠가 에세이 한 편을 썼는데, 거기서 그는 우울하고 부러움도 많고 불만도 많은 한 젊은이의 얼굴에 미소를 되찾아주기 위해서 나선다. 그는 이 젊은이가 어느 날 아버지의 아파트에서 점심식사를 마친 뒤에 식탁에 앉아서 자기 주위를 기운 없이 둘러보는 모습을 그렸다. 젊은이는 식탁보 위에 놓여 있는 나이프 하나, 설익은 데다 맛까지 없었던 커틀릿의 나머지, 반쯤 뒤집힌 식탁보를 본다. 그는 식당 저 끝에서 어머니가 뜨개질을 하고 있는 모습을, 그리고 집에서 키우는 고양이가 찬장 꼭대기에 올라가서 특별한 때를 위해서 보관해둔 브랜디 병 옆에서 몸을 둥글게 말고 있는 것을 본다. 이 광경의 범속함은 아름답고 값진 물건에 대한 그 젊은이의 취향—그러나 차마 그런 물건을 살 돈은 없는—과 대조될 것이다. 프루스트는 이 젊은 심미가(審美家)가 부르주아의 집 내부를 바라보며 느낄 혐오감을, 그리고 그가 이 광경을 일찍이 자신이 미술관과 성당에서 본 경이와 어떻게 비교할지를 상상해본다. 그는 집을 적절하게 꾸밀 만큼 충분한 돈을 가진 은행가들을 부러워한다. 그런 사람들의 집은 모든 것이 아름답고, 하나의 예술작품일 것이며, 벽난로의 석탄 집게에서부터 문고리까지도 그러할 것이었다.

자신의 집의 우울함으로부터 벗어나기 위해서—가령 네덜란드나 이탈리아로 향하는 다음 열차를 타지 못할 경우—이 젊은이는 아파트를 나와서 루브르에 가게 될 것이다. 이곳이라면 최소한 경이로운 것들에 의해서 그의 눈을 호사시킬 수 있기 때문이다. 베로네세가 그린 웅장한 궁전, 클로드가 그린 항구 풍경, 반다이크가 그린 군주의 생활을 봄으로써 말이다.

그의 불운을 딱하게 여긴 프루스트는 이 젊은이의 삶에 급격한 변화를 만들기로 제안했는데, 바로 그의 미술관 여정에 약간의 변경을 가하는 것이었다. 그가 클로드와 베로네세의 그림이 걸려 있는 전시실로 달려가게 내버려두는 대신, 프루스트는 그를 미술관에서도 전혀 다른 구역으로 이끌어보자고 제안한다. 바로 장 바티스트 샤르댕의 작품이 있는 곳으로.

이것은 어쩌면 기묘한 선택으로 보일 수 있다. 샤르댕은 항구나 군주나 궁전의 그림은 별로 그린 적이 없기 때문이다. 대신 그는 과일 그릇, 주전자, 커피 주전자, 빵 덩어리, 나이프, 와인이 담긴 유리잔, 납작한 고기조각 같은 것들을 즐겨 묘사했다. 그는 주방기구 그리기를 좋아했으며, 예쁜 초콜릿 단지뿐만

아니라 심지어 소금 그릇과 체까지도 좋아했다. 사람을 그릴 때에도 샤르댕의 그림 속 인물은 영웅적인 일을 하는 것과는 거리가 멀었다. 어떤 사람은 책을 읽고, 또 어떤 사람은 카드로 집을 만들고 있으며, 어떤 여자는 시장에서 빵 두 덩어리를 사서 막 집에 들어온 참이고, 어떤 어머니는 바느질을 하다가 한 실수를 딸에게 보여주고 있다.

그러나 그 대상의 일상적인 성격에도 불구하고, 샤르댕의 그림은 비범할 정도로 유혹적이고 무엇인가를 환기시키는 데에 성공했다. 그가 그린 복숭아는 분홍색에 통통한 것이 마치 케루빔(천사)을 연상시킨다. 굴 한 접시, 또는 레몬 한 조각은 대식과 육욕을 나타내는 유혹적인 상징이다. 배가 갈린 채 갈고리에 매달려 있는 한 마리의 홍어는 그놈이 살아 있는 동안에 무시무시한 포식자 노릇을 했던 바다를 환기시킨다. 그놈의

몸 안, 검붉은 피로 채색된 파란 신경과 하얀 근육은 마치 여러 색깔로 장식한 성당의 회중석 같다. 이런 사물들 사이에도 물론 조화가 있다. 어느 화폭에는 난로 앞 깔개 한 장과 바늘통 하나, 털실 한 타래의 불그스레한 색깔 사이에 거의 우정이라고 할 만한 것이 있다. 이 그림은 하나의 세계로 통하는 창문이다. 즉각 알아볼 수 있을 만큼 친숙한 우리 자신의 세계이지만, 또한 평소와는 달리 놀라우리만치 유혹적인 세계이기도 하다.

프루스트는 자신이 상상한 젊은이가 샤르댕과의 만남 이후에 영적 변모를 겪게 되리라고 기대하게 된다.

> 자신이 범속함이라고 불렀던 것에 관한 이처럼 풍부한 묘사—즉 자신이 무미건조하다고 여겼던 삶에 관한 이처럼 식욕을 돋우는 묘사, 또한 자신이 하찮다고 생각했던 자연이 만든 이처럼 위대한 예술—에 그가 일단 현혹되면, 나는 그에게 이렇게 말해야 마땅할 것이다. 자네, 행복한가?

어째서 그는 행복해야 하는가? 왜냐하면 이전까지만 해도 궁전이며 군주의 삶에만 수반된다고 생각했던 매력 가운데 상당 부분은, 그가 지금 살아가고 있는 것과 같은 종류의 환경에서도 찾아볼 수 있다는 것을 샤르댕은 보여주었기 때문이다. 그는 더 이상 심미적인 영역으로부터 배제되었다는 생각에 고통

받지 않으며, 더 이상 금으로 도금된 석탄 집게와 다이아몬드로 장식된 문고리를 소유한 똑똑한 은행가들을 부러워하지 않을 것이다. 그는 금속이며 도기로 된 주방기구도 충분히 매력적일 수 있으며, 흔한 도자기도 귀금속 못지않게 아름다울 수 있음을 알게 될 것이다. 샤르댕의 작품을 보고 난 이후로는 부모님의 아파트에서 가장 누추한 방도 그를 즐겁게 해줄 수 있는 힘을 가지게 될 것이라고 프루스트는 약속한다.

> 부엌에 들어가 거닐 때면, 당신은 이렇게 혼잣말을 하게 될 것이다. 이건 참 흥미롭군, 이건 참 멋지군, 이건 참 아름답군. 마치 샤르댕의 그림처럼 말이야.

이 에세이를 쓰기 시작하면서, 프루스트는 예술 잡지인 『레뷰 에브도마데르(*Revue Hebdomadaire*)』의 편집자인 피에르 멩구에가 이 에세이의 내용에 관심을 가지게 하려고 했다.

> 제가 최근에 쓴 것들 중에서 약간 자만 섞인 표현을 사용해도 된다면, 예술철학에 관한 작은 연구가 하나 있습니다. 거기서 저는 우리가 어떻게 위대한 화가들을 통해서 외부 세계에 대한 지식과 사랑에 입문할 수 있는지, 또 어째서 그들이 "우리를 눈뜨게 하는 사람들", 즉 이 세계를 향해 눈뜨게 해주는 사람들인지를 보여주려고 시도했습니다. 이 연구에서 저는 샤르댕의 작품을 사례로 삼았으며, 저는 그의

작품이 우리의 삶에 미치는 영향을, 즉 그의 작품이 우리를 정물(still life)의 삶(life) 속으로 입문시킴으로써, 우리의 가장 수수한 순간을 매력과 지혜로 덧칠한다는 점을 보여주려고 했습니다. 이러한 저의 연구가 『레뷰 에브도마데르』의 독자들의 관심을 끌 수 있으리라고 생각하십니까?

어쩌면 진짜 관심을 끌었을 수도 있다. 그러나 그 편집자는 관심을 끌 수 없으리라고 생각했기 때문에, 결국 두 사람은 사실 여부를 확인할 수 없었다. 이 짧은 글을 거절한 것이야말로 충분히 이해할 만한 간과라고 하겠다. 당시는 1895년이었으므로, 멩구에는 자신에게 연락해온 프루스트가 훗날의 대작가 프루스트가 되리라는 사실을 꿈에도 몰랐다. 더군다나 이 에세이의 교훈은 사실 우스꽝스러움과 그리 멀지 않았다. 거기서 한 발 더 나아가면, 결국 마지막 레몬 한 조각을 비롯한 세상의 모든 것이 아름답기 그지없다고, 즉 우리 자신이 처한 상황 이외에 다른 어떤 상황을 부러워할 이유라고는 없다고, 즉 헛간만 해도 충분히 훌륭하며, 저택이나 에메랄드라고 해도 이 빠진 접시보다 딱히 더 나을 것은 없다고 주장하는 셈이 되는 것이다.

그러나 프루스트는 우리를 향해서 세상 모든 것에 똑같은 가치를 부여하라고 재촉한 것이 아니라, 어쩌면 더욱 흥미롭게도, 우리를 향해서 이 세상의 모든 것에 그 정확한 가치를 귀속시키라고, 따라서 이른바 좋은 삶에 관한 특정한 개념 — 자칫 어떤 환경에 대한 불공정한 태만과 또다른 환경에 대한 오도된 열성을 야기할 위험을 가진 개념 — 을 수정하라고 독려한 셈이라고 할 수 있다. 만약 피에르 멩구에가 프루스트의 원고를 거절하지 않았다면, 『레뷰 에브도마데르』의 독자들은 아름다움에 관한 각자의 개념을 재평가할 기회를 얻게 되어 유익했을 것이며, 나아가서 소금 그릇과 도자기, 사과와의 새로운 관계 그리고 어쩌면 더 가치 있는 관계 속으로 진입하게 되었을 것이다.

왜 그들은 이전까지는 이와 같은 관계를 맺지 못했을까? 왜 그들은 식기와 과일을 음미하지 못했을까? 어찌 보면 그런 질문은 불필요한 듯하다. 즉 우리가 어떤 사물의 아름다움에는 반하는 한편, 또다른 사물의 아름다움에는 냉담한 것은 그냥 자연스러워 보인다. 시각적으로 호소하는 것에 대한 우리의 선택 배후에는 어떠한 의식적 반추나 결정도 없다. 우리는 궁전을 보고는 감동하지만 식탁을 보고는 감동하지 않는다는, 또한 도자기 예술품을 보고는 감동하지만 도자기 그릇을 보고는 감동하지 않는다는, 구아바를 보고는 감동하지만 사과를 보고는 감동하지 않는다는 사실을 우리는 단지 아는 것이다.

그러나 심미적 판단을 야기하는 그러한 즉시성이 우리를 속임으로써 마치 그런 판단의 기원이 전적으로 자연스럽고, 또는 그런 판단의 평결이 변경 불가능하다고 간주하게끔 만들어서는 안 된다. 멩구에에게 보낸 프루스트의 편지는 이를 상당 부분 암시하고 있다. 위대한 화가들이야말로 우리의 눈을 뜨게 하는 사람들이라고 말함으로써, 프루스트는 그와 동시에 아름다움에 관한 우리의 감각이 변경 불가능하지는 않으며, 따라서 각자의 화폭을 통해서 일찍이 간과되었던 심미적 특성의 음미를 우리에게 주입하는 화가들에 의해서 민감해질 수 있음을 암시한 것이었다. 만약 잔뜩 불만을 가진 그 젊은이가 자기 집의 식기나 과일에 대해서 생각하지 못했다면, 이것은 부분적으로나마 그런 대상들의 매력의 핵심을 일찌감치 그에게 보여주었어야 했을 이미지들에 친숙하지 못했기 때문일 것이다.

위대한 화가는 우리의 눈을 뜨게 해주는 힘을 가지고 있다. 바로 그들 자신의 눈이 시각적 경험의 국면들에 대한 특이한 수용성을 가졌기 때문이다. 가령 숟가락 끝에 나타나는 빛의 움직임, 식탁보 섬유질의 부드러움, 복숭아의 벨벳 같은 껍질, 노인의 피부의 분홍빛 색조 등이 그런 국면들이며, 이런 특성들은 또다시 아름다움에 관한 우리의 인상에 영감을 제공한다. 우리는 예술의 역사를 가리켜, 우리의 주목을 받을 만한 가치가 있는 서로 다른 요소들을 지목하는 일에 종사한 천재들의 연쇄, 또는 각자의 어마어마한 기술적 숙련을 이용하여 대략 "델프트의 저 뒷골목은 정말 아름답지 않아?" 또는 "파리 근교의 센 강은 정말 멋지지 않아?" 등에 해당되는 말을 남긴 화가들의 연쇄라고 풍자할 수도 있을 것이다. 그리고 샤르댕은 불만 가득한 몇몇 젊은이들을 비롯한 세상 사람들을 향해서 다음과 같이 말한 셈이라고 할 수도 있을 것이다. "로마의 평원, 베네치아의 장관 그리고 말을 탄 샤를 1세의 위풍당당한 표정만 보려고 들지 말고, 찬장 위에 놓인 그릇, 자네 집 부엌에 있는 죽은 생선, 식당에 놓인 바삭바삭한 빵덩어리도 좀 보란 말이야."

무엇인가를 다시 한번 바라봄으로써 야기될 수 있는 행복이야말로 프루스트의 치료 개념에서 핵심적이라고 할 수 있었다. 이는 우리의 불만이 각자의 삶에 본래적으로 결여되었던 무엇인가의 결과가 아니라, 다만 우리가 각자의 삶을 적절하게 바라보기에 실패한 결과일 가능성이 과연 어느 정도까지인지를 밝혀준다. 딱딱한 빵덩어리의 아름다움에 대한 음미가 가령 어떤 성(城)에 관한 우리의 관심을 저해하지는 않지만, 우리가 빵을 음미하는 데에 실패한다는 사실은 우리의 음미 능력 전반에 대해서 불가피한 의문을 제기한다. 불만이 가득한 젊은이가 자기 아파트에서 볼 수 있었던 것, 그리고 샤르댕이 그와 유사한 실내에서 인식할 수 있었던 것, 이 두 가지 사이에는 단순한 취득이나 소유 과정과는 정반대되는 특정한 방식의 보는 방법에 관한 강조가 개재되어 있다.

1895년에 쓴 샤르댕과 관련된 에세이에 등장하는 젊은이로 말하면, 단지 현실에 눈을 뜨지 못했기 때문에 불행해진 프루스트의 작중인물들 중에서도 최후의 인물은 아니다. 그는 이때로부터 대략 18년쯤 뒤에 등장한 또다른 불만이 가득한 프루스트의 작중인물과 중요한 유사성을 공유한다. 샤르댕 관련 에세이의 젊은이와 『잃어버린 시간을 찾아서』의 작중화자는 양쪽 모두 우울증으로 고통을 받으며, 흥미라고는 전혀 없는 세계에서 살다가, 문득 자신의 세계에 관한 비전에 의해서 구출된다. 그 비전은 세계를 그 진실한 색깔, 그러면서도 예상 외로 영광스러운 색깔 속에 제시하고, 또한 바로 그때까지만 해도 그들이 적절하게 눈을 뜨는 데에 실패했음을 그들에게 상기시킨다. 유일한 차이가 있다면, 이 영광스러운 비전 가운데 하나는 루브르의 전시실에서 유래했고, 또 하나는 빵집에서 유래했다는 것뿐이다.

빵을 설명하기 위해서, 프루스트는 어느 겨울날 오후 작중화자가 자기 집에 앉아 있는 모습을 묘사한다. 그는 감기로 고생하는데다가, 따분한 하루를 보내며 낙담한 상태로, 내일 역시 마찬가지로 따분한 또 하루가 자신을 기다리고 있으리라는 전망뿐이었다. 이때 어머니가 방으로 들어와서는 라임 꽃차라도 한잔 마시겠느냐고 물어본다. 그는 어머니의 제안을 거절했다가, 곧이어 특별한 이유 없이 마음을 바꾼다. 차에 곁들여 먹으려고, 어머니는 마들렌—마치 가리비의 홈이 파인 껍질에 넣어 만든 것처럼 보이는 납작하고 통통한 케이크—을 하나 가져온다. 낙담한 그리고 류머티즘으로 고생하는 작중화자는 마들렌 한 조각을 떼어내 차 안에 떨어뜨리고 한 모금을 마신다. 바로 그 순간, 어떤 기적과 같은 일이 벌어진다.

> 부스러기와 뒤섞인 그 따뜻한 액체가 내 입천장에 닿자 곧 내 몸에 전율이 흘렀는데, 나는 움직임을 멈추고, 내게 벌어진 이 놀라운 일에 정신을 집중했다. 정묘한 기쁨이 내 감각을 침범했다. 뭔가 고립되고 분리된 것이. 그러나 그 기원에 관한 암시는 전혀 없었다. 이제 나는 삶의 흥망에도 무관심해졌고, 그 재난에도 무덤덤해졌으며, 그 짧음이 환상처럼 느껴졌고……나는 이제 더 이상 평범하고 우연적이고 죽을 운명이라고 느끼지 않게 되었다.

이 마들렌은 도대체 어떤 종류의 것이었을까? 그것은 레오니 고모가 자신의 차에 담갔다가 어린 시절의 작중화자에게 건네주었던 것과 결코 다르지 않았다. 시골 마을 콩브레에 있는 레오니 고모 댁에서 온 가족이 휴가를 보낼 때, 일요일 아침마다 그가 고모 침실로 아침 인사를 드리러 찾아갈 때면 있었던 일이었다. 작중화자의 삶 대부분과 마찬가지로, 어린 시절은 그때 이후로 그의 머릿속에서 오히려 희미해지고 말았고, 그 시절에 관해서 실제로 기억하는 것은 특별한 매력이나 재미를 가지지 않았다. 이는 그 시절이 매력이라는 것을 완전히 결여했다는 뜻이다. 그러나 사실은 단지 그때 벌어진 일을 그가 잊어버리고 있었을 뿐인지도 모른다. 바로 그런 실수를 이 마들렌이 이제 그에게 상기시킨 것이다. 생리 기능의 변덕으로 인해서, 어린 시절 이후로는 그의 입술에 닿은 적이 없었던, 따라서 이후의 연상에 의해서 변질되지도 않은 채로 남아 있던 케이크 하나가, 졸지에 그를 풍부하고도 친밀한 기억의 흐름 속으로 들어서게 해준 것이다. 새로 발견한 경이감을 품은 채, 그는 레오니 고모가 예전에 살던 낡은 회색 집을, 콩브레 마을과 그 주변을, 그가 심부름을 하려고 뛰어다니던 거리를, 교구 교회를, 시골길을, 고모의 정원에 피어난 꽃들과 비본 강 위에 떠 있는 수련을 회상한다. 그 와중에 그는 이 기억의 가치를 인식한다. 그 기억으로부터 영감을 받아 그가 결국 서술하게 된 소설은 어떤 면에서 완전하고 확장되었으면서도 제어된 "프루스트적 순간"이며, 감수성과 관능적 즉시성이라는 면에서 이 순간과도 유사했다.

만약 마들렌과 관련된 사건이 작중화자를 독려했다면, 그것은 지금껏 그토록 범속했던 것은 그의 삶이 아니라, 다만 기억 속에 간직한 그의 삶의 이미지였음을 깨닫도록 도와주었기 때문일 것이다. 이것이야말로 프루스트의 핵심적인 구분이며, 샤르댕에 관한 에세이에 나오는 젊은이가 그랬듯이, 그에게도 타당한 치료 효과가 있다.

> 비록 어떤 순간에는 우리에게 매우 아름다운 것 같더라도, 삶이 그토록 하찮은 것으로 판단될 수 있는 이유는, 우리가 보통 삶의 증거 자체에 근거하는 것이 아니라, 삶에 관해서 아무것도 보존하지 않는 전혀 다른 이미지에 근거해서 판단을 내리기 때문이다. 따라서 우리는 삶을 깔보는 듯이 판단한다.

이 빈약한 이미지는, 어떤 광경을 그 당시에 적절하게 기억 속에 저장하지 못함으로써 그 광경의 현실성 가운데 어떤 것을 이후에는 기억하지 못하는 우리의 실패로부터 생긴다. 프루스트는 우리가 자발적이고도 지적으로 우리의 기억을 환기시키려고 할 때보다는 오히려 마들렌이나 오랫동안 잊고 있었던 냄새, 낡은 장갑 한 짝에 의해서 기억이 무의식적으로 일깨워졌을 때, 바로 그때에 우리의 과거에 관한 생생한 이미지가 되살아날 가능성이 더 크다고 주장한다.

> 자발적인 기억, 지력과 눈의 기억은 단지 부정확한 모조품에 불과하며, 이는 미숙한 화가의 봄 그림이 봄 풍경과 비슷하지 않은 것만큼이나 전혀 비슷하지 않았다.……따라서 우리가 삶이 아름답다고 믿지 않는 이유는 우리가 삶을 회고할 수 없기 때문이다. 그러나 만약 우리가 오랫동안 잊고 있었던 어떤 냄새를 맡게 될 경우, 우리는 갑자기 그것에 빠지게 된다. 이와 유사하게 우리가 죽은 사람들을 더 이상 사랑하지 않는다고 생각하는 이유는 우리가 그들을 기억하지 않기 때문이다. 그러나 만약 우연히도 낡은 장갑 한 짝을 마주치게 되면, 우리는 눈물을 터트린다.

사망하기 몇 년 전에 프루스트는 루브르(정작 그는 벌써 15년째 발을 들여놓지 않은)에 있는 프랑스 그림들 가운데서 가장 좋아하는 여덟 작품을 적어달라는 내용의 설문지를 받았다. 그는 망설이듯 이렇게 답변했다. 와토의 「시테라 섬의 순례」, 아니면 「무관심」. 샤르댕의 회화 세 작품, 즉 자화상, 그의 아내의 초상화 그리고 「정물」. 마네의 「올랭피아」. 르누아르의 한 작품, 아니면 코로의 「단테의 나룻배」. 코로의 「샤르트르 성당」. 밀레의 「봄」.

이리하여 우리는 훌륭한 프루스트적 봄 풍경 그림이 무엇인지에 대한 생각을 알게 되었다. 짐작컨대 그는 무의식적 기억이 과거의 실제 특성을 환기시킨 것과 마찬가지로, 이런 그림이 봄의 실제 특성을 환기시킬 수 있다고 판단했을 것이다. 그렇다면 훌륭한 화가는 화폭 속에 무엇을 집어넣고, 무관심한 화가는 무엇을 집어넣지 않는 것일까? 이것이야말로 자발적인 기억과 무의식적인 기억을 구분 짓는 차이가 무엇이냐고 물어보는 또다른 방식이리라. 이에 대한 한 가지 답변은, 그 차이가 그리 크지는 않다는, 또는 최소한 극히 적다는 것이다. 비록 여전히 뚜렷한 차이가 있기는 하지만, 사실 봄 풍경 그림들 중에서도 서투른 것과 훌륭한 것은 놀라울 만큼 서로 닮았다. 서투른 화가도 알고 보면 탁월한 데생 화가여서 구름을 훌륭하게, 싹트는 잎사귀를 교묘하게, 뿌리를 충실하게 그리지만, 그럼에도 불구하고 봄의 특별한 매력을 담아내는 그런 미묘한 요소를 자유자재로 부리는 능력만큼은 결여할 수 있다는 것이다. 가령 그들은 어떤 나무에 만발한 꽃의 가장자리에 있는 분홍빛의 경계를, 또는 어느 벌판을 가로지르는 폭풍과 햇빛 사이의 대조를, 나무껍질의 우툴두툴한 특성을, 시골길 길섶에 피어난 꽃의 약하면서도 수줍은 모습을 묘사하지 못하고, 따라서 우리가 그런 것들을 인식하지 못하게 하는 것이다. 이런 모습이야말로 의심의 여지없이 작은 세부사항이지만, 결국 봄철에 대한 우리의 감각 그리고 우리의 열정은 오직 거기에 근거를 두고 있다.

이와 유사하게, 무의식적인 기억과 자발적인 기억을 구분하는 것은 극미한 일인 동시에 중대한 일이다. 그 전설적인 차와 마들렌을 맛보기 전까지의 작중화자에게도 유년기의 기억이 전혀 없었던 것은 아니다. 물론 그는 어린 시절 휴가를 보낸 곳이 프랑스의 어디인지(콩브레인지 아니면 클레르몽페랑인지?), 그 강의 이름이 무엇인지(비본인지 아니면 바론인지?), 그가 머물렀던 친척집이 누구네 집인지(레오니 고모인지 아니면 릴리 고모인지?) 여부에 관해서는 이미 잊어버렸지만 말이다. 하지만 이런 기억들은 생명이 없다. 훌륭한 화가의 붓질에 상응하는 것을 결여했기 때문이다. 가령 오후 중반쯤에 콩브레의 중앙 광장을 가로질러 떨어지는 빛에 대한 자각, 레오니 고모의 침실에서 나는 냄새, 비본 강둑에서 느낀 공기 중의 습기, 정원 종이 울리는 소리, 점심 때 먹을 싱싱한 아스파라거스의 향기 같은 것들이 그것이다. 이런 세부사항들은 마들렌이 단순한 회고의 순간보다는 음미의 순간을 환기시킨다고 서술해야 더욱 정확함을 암시한다.

왜 우리는 사물을 보다 완전하게 음미하지 않을까? 문제는 단순한 부주의나 게으름에만 국한되지 않는다. 문제는 또한 우리를 이끌고 영감을 줄 수 있을 정도로 우리 자신의 세계에 충분히 가까운 아름다움의 이미지를 만날 기회가 불충분하다는 사실로부터도 비롯된다. 프루스트의 에세이에 나오는 젊은이가 불만이 가득한 이유는 그가 오직 베로네세, 클로드, 반다이크밖에는 모르기 때문이다. 이 화가들은 그의 세계와 유사한 세계를 묘사하지 않았으며, 예술사에 관한 그의 지식은 미처 샤르댕을 포함시키지 못했다. 그 젊은이가 자기 집 부엌에 흥미를 느끼기 위해서는 이 화가가 절실히 필요한데도 말이다. 이러한 생략은 뭔가 상징하는 바가 있다. 우리를 세계에 눈뜨게 하려고 어떤 위대한 화가가 제아무리 노력한다고 해도, 별로 도움이 되지 않는 수많은 이미지들에 우리가 에워싸이는 것까지는 방지해주지 못한다. 비록 그런 이미지들이 어떤 사악한 의도는 없으며, 오히려 종종 뛰어난 예술성을 가지고 있기는 하더라도, 그럼에도 불구하고 우리의 삶과 아름다움의 영역 사이에는 절망적인 간극이 있음을 암시하는 효과를 가진다.

프루스트의 작중화자는 어린 시절 바닷가에 가고픈 열망을 품게 된다. 노르망디에 가면 얼마나 아름다울지, 특히 그가 언젠가 들은 적이 있는 발베크라는 휴양지에 가면 얼마나 아름다울지를 상상해본다. 하지만 그는 마치 중세의 고딕 시대에 관한 어떤 책에서 나온 것처럼 보이는, 위험할 정도로 구시대적인 해변의 이미지에 속박되어 있다. 그는 거대한 안개로 덮인 해안과 그곳을 덮치는 격노한 바다를 그려본다. 그는 거칠고 비바람에 시달린 절벽 위의 외딴 교회를, 그 교회의 종탑에서 메아리치는 바닷새의 울음소리를, 귀가 먹먹해지는 바람소리를 그려본다. 그 지역 사람들에 관해서, 그는 저 당당한 고대

의 신화적인 부족 키메르인—영원한 어둠이 깃든 신비의 땅에 살고 있다고 호메로스가 묘사했던 민족—의 후예들이 살고 있는 노르망디를 상상한다.

바닷가의 아름다움에 관한 이런 이미지는 작중화자가 여행 도중에 겪은 어려움을 설명한다. 발베크에 도착했을 때, 그는 전형적인 20세기 초의 해변 휴양지를 발견했기 때문이다. 그곳에는 식당과 상점과 자동차와 자전거를 탄 사람들이 수두룩했다. 헤엄을 치러 가거나, 양산을 쓰고 해안 산책로를 따라 걷는 사람들이 있었다. 커다란 호텔, 호화로운 로비와 엘리베이터, 사환이 있었으며, 커다란 식당의 판유리 창문 너머로는 너무나 잔잔한 바다가 찬란한 햇빛을 쪼이고 있었다.

그러나 중세의 고딕을 동경한 작중화자에게는 이 가운데 어떤 것도 찬란하지 않았다. 그는 그 험한 절벽, 그 울어대는 바닷새, 그 휘몰아치는 바람을 너무나도 고대했기 때문이다.

이러한 실망은 주변에 관한 우리의 음미에서 이미지의 절대적인 중요성을, 아울러 잘못된 이미지를 가지고 집을 떠날 때의 위험성을 보여준다. 절벽이라든지 울어대는 바닷새에 관한 그림은 매력적일 수 있지만, 우리의 휴가 목적지의 현실과 그 그림 사이에 무려 600년의 시간차가 있을 경우에는 자칫 문제가 생길 수 있다.

비록 작중화자는 자신의 주변과 아름다움에 관한 자신의 내적인 개념 사이에서 특히나 극단적인 간극을 경험하지만, 어느 정도의 어긋남이야말로 현대의 삶의 특성이라는 것도 충분히 논의의 여지가 있다. 기술적이고 건축적인 변화의 속도 때문에, 이 세계는 아직 적절한 이미지로 변모된 적이 없었던 풍경과 대상으로 가득할 가능성이 있으며, 따라서 우리에게 또다른 세계, 즉 지금은 잃어버린 세계에 대한 향수를 느끼게 할 수 있다. 그런 세계는 본질적으로 더 아름답지는 않지만, 얼핏 보기에는 마치 그런 것 같은데, 왜냐하면 우리를 눈뜨게 해준 사람들에 의해서 이미 널리 묘사되었기 때문이다. 여기에는 자칫 현대의 삶에 대한 총체적인 혐오가 만들어질 위험이 있다. 현대의 삶은 물론 나름의 매력이 있지만, 그것이 무엇인지 우리가 확인하는 데에 도움을 줄 만한 지극히 중요한 이미지는 없을 수도 있기 때문이다.

작중화자와 그의 휴가를 위해서는 무척이나 다행스럽게도, 마침 화가인 엘스티르 역시 발베크에 와 있었다. 그는 옛날 책의 이미지에 의존하기보다는 자기만의 이미지를 만들 준비가 된 사람이었다. 그는 면직 드레스를 입은 여자들을, 바다에 떠 있는 요트들을, 항구와 해변 풍경과 근처의 경마장과 같은 그 지역의 풍경을 그리고 있었다. 나아가 그는 작중화자를 자기 작업실로 초대한다. 경마장의 그림 앞에 선 작중화자는 자신이 단 한번도 그곳에 가보고 싶은 유혹을 느끼지 못했음을 소심하게나마 시인하고 마는데, 그에게 아름다움이란 오직 폭풍우 치는 바다와 울어대는 바닷새에만 있었음을 고려해보면 그리 놀라운 일도 아니었다. 하지만 엘스티르는 작중화자가 줄곧 서두르고 있었음을 지적하면서, 이 젊은이가 그림을 다시 한 번 들여다볼 수 있도록 도와준다. 화가는 이 젊은이가 경마 기수들 중 한 사람에게 주의를 돌리게 만드는데, 방목장에 앉아 있는 그 사람은, 우울한 잿빛 얼굴에 밝은 색 상의 차림으로, 뒷발로 일어선 말 한 마리의 고삐를 잡아당기고 있었다. 곧이어 화가는 경마대회를 바라보는 여성들이 얼마나 우아한지를 지적하는데, 그들은 각자의 마차를 타고 와서, 쌍안경을 들고 자리에서 일어나 있었고, 그들을 내리쬐는 햇빛은 특별한 종류, 거의 네덜란드풍의 색조였다. 그 색조는 물의 차가움도 느낄 수 있을 정도였다.

작중화자는 단순히 경마장뿐만 아니라 바닷가 역시 가급적 피하고 있었다. 바다를 바라볼 때면 그는 바다 위를 지나가는 현대식 배를 가리려고 눈앞에 손가락을 가져다대곤 했다. 그래야만 기억도 하지 못할 정도로 아득한 예전 상태 그대로의 바다를 보고자 하는, 또는 최소한 이 바다를 역사 초기의 그리스 바다보다 더 나중의 모습으로는 보이지 않게 하려는 그의 시도가 어긋나지 않기 때문이었다. 다시 한번 엘스티르는 그를 이런 특이한 버릇에서 구제하여, 요트의 아름다움으로 주의를 돌리게 한다. 그는 요트의 한결같은 표면을 지적한다. 그 표면은 단순하고 번쩍이고 회색이며, 푸르스름한 아지랑이 속에서 바다를 반사하는 사랑스러운 크림색의 부드러움을 띤다. 그는 갑판에 있는 여자들에 관해서도 이야기한다. 그들이 입은 매력적인 흰색 면이나 리넨 옷은 햇빛 속에서 바다의 푸름과 대조되어, 활짝 펼친 돛처럼 눈부시게 하얗다.

엘스티르와 그의 화폭과의 만남 이후, 작중화자는 중요한 몇 세기를 지나 바닷가의 아름다움에 관한 그의 이미지를 업데이트할, 그리하여 휴가를 위험에서 구제할 기회를 얻게 된다.

> 현대의 화가에게는, 잘 차려입은 여자들이 바다의 경기장의 푸른빛 속에서 그 빛을 쬐고 있는 모습이 보이는 레가타(요트경기)며 경마대회가, 가령 베로네세나 카르파치오가 그토록 즐겨 묘사한 축제만큼이나 흥미롭다는 사실을 나는 깨달았다.

이 사건은 아름다움이 수동적으로 마주치는 어떤 것이라기보다는, 오히려 능동적으로 발견해야 하는 어떤 것임을 다시 한 번 강조한다. 아름다움은 우리에게 특정한 세부사항을 파악할 것을, 가령 면 드레스의 흰색 또는 요트의 선체에 나타난 바다의 반사 또는 경마 기수의 상의와 그의 얼굴색 사이의 대비 등을 식별할 것을 요구한다. 또한 이 사건은 우리가 우울에 얼마나 취약한지를 강조한다. 가령 이 세상의 수많은 엘스티르들이 휴가를 가지 않기로 결정했을 때, 또는 미리 준비해둔 이미지가 다 떨어졌을 때, 또는 예술에 관한 우리의 지식이 기껏해야 카르파치오(1450–1525)와 베로네세(1528–1588) 이후로 연장되지 않았을 때, 또는 200마력의 선시커가 계류장에서 달려나가는 모습이 우리 눈에 보일 때 말이다. 이 보트야말로 정말 매력적이지 않은 수상 교통수단의 사례일 것이다. 여기서 또다시 고속 모터보트에 대한 우리의 반대는 다름이 아니라 아름다움에 대한 고대의 이미지에 완고하게 집착함으로써 비롯된 것, 그리고 심지어 베로네세나 카르파치오라고 하더라도, 만약 그들이 우리 입장에 놓였다면 수행하지 않을 수 없었을 적극적인 음미 과정에 대한 저항에서 비롯된 것일 수 있다.

우리 주위를 둘러싼 이미지들은 종종 단순히 시대에 뒤떨어졌을 뿐만 아니라, 전혀 도움이 되지 않게 지나치게 과시적일 수도 있다. 이 세계를 적절하게 평가하라며 우리를 재촉할 때, 프루스트는 수수한 풍경의 가치를 반복적으로 우리에게 상기시킨다. 샤르댕은 소금 그릇과 주전자의 아름다움에 우리가 눈을 뜨게 해주었다. 마들렌은 일반적인 부르주아의 어린 시절에 관한 기억을 상기시킴으로써 작중화자를 기쁘게 해주었다. 엘스티르는 면 드레스와 항구보다 더 웅장한 것은 그리지 않는다. 프루스트가 보기에 이런 수수함은 아름다움의 특징이다.

> 진정한 아름다움은 실제로 지나치게 낭만적인 상상의 기대에 답하기가 불가능한 어떤 것이다.……그 아름다움에 대한 실망은 그것이 애초에 인류 대중에게서 나타났기 때문

에 생긴 것이 아니다! 가령 한 여자가 걸작 미술품을 보러 가면서, 연재소설을 읽거나 점쟁이를 만나거나 애인을 기다리는 것처럼 신나는 기분이었을 수 있다. 하지만 그녀가 본 그림은, 그리 밝지도 않은 방 안에서, 한 남자가 창문 옆에 앉아 뭔가 심사숙고하는 것뿐이었다. 그녀는 마치 눈에 보이지 않는 어떤 통로에서, 혹시 다른 뭔가가 더 나타나지 않을까 싶어서 잠시 기다려본다. 비록 위선이 그녀의 입을 봉한다고 하더라도, 그녀는 마음 깊은 곳에서 이렇게 말할 것이다. "뭐야, 렘브란트의 「철학자」가 겨우 이거란 말이야?"

무릇 철학자라면 과묵하고 섬세하고 침착하게 마련이다. 이 모두는 친숙하고도 민주적이고도 속물적이지 않은, 훌륭한 삶의 한 가지 모습이다. 이런 삶은 부르주아 정도의 봉급을 버는 사람이 충분히 영위할 수 있는 것인 한편, 사치스럽고 위압적이고 귀족적인 것은 전혀 없다.

감동적인 주장이기는 하지만, 이는 프루스트 자신이 오히려 허식에 대한 취향을 가졌다는, 그리고 샤르댕이나 렘브란트의 「철학자」의 정신과는 정반대되는 방식으로 종종 행동했다는 증거와 나란히 두기에는 어딘가 좀 불편해 보인다. 이에 대한 고발은 대략 다음과 같이 이어진다.

그의 주소록에는 귀족 특유의 공들여 지은 이름들이 들어 있었

다 : 비록 부르주아 집안에서 자랐지만, 프루스트는 귀족적인 사람들을 많이 사귀었는데, 이는 단순한 우연의 범위를 넘어설 정도였다. 그런 친구들의 이름은 다음과 같았다. 클레르몽 톤네르 공작, 가브리엘 드 라 로슈푸코 백작, 로베르 드 몽테스큐 페젱사크 백작, 에드몽 드 폴리냐크 대공, 베르트랑 드 살리냐크 페넬롱 백작, 콩스탄탱 드 브랑코방 공작, 카라망 시메 공작부인.

그는 항상 리츠 호텔에 갔다 : 그의 집에서도 식사가 잘 마련되었으며, 건강에 좋은 식사를 준비하는 데에 숙련된 가정부도 한 사람 두었고, 만찬을 열어도 될 만한 식당도 있었지만, 프루스트는 종종 외식을 했고, 방돔 광장에 있는 리츠 호텔을 즐겨 찾았다. 그곳에서 친구들을 위해 사치스러운 식사를 주문하고, 계산서에 식비의 200퍼센트에 해당되는 팁을 얹어주고, 길쭉한 유리잔에 담긴 샴페인을 마셨다.

그는 수많은 파티에 참석했다 : 사실은 워낙 많이 참석하다 보니, 앙드레 지드도 처음에는 갈리마르에 들어온 그의 소설 원고를 거절하기에 이르렀다. 여기에는 근거가 충분한 문학적인 이유가 있었다. 바로 지드가 생각하기에 그의 원고는 광적인 사교계 인사의 작품에 불과해 보였던 것이다. 그는 훗날 이렇게 설명했다. "제 눈에 당신은 X, Y, Z 부인의 집에 종종 들르는 사람으로, 또한 「르 피가로」에 기고하는 사람으로 계속 남아 있었습니다. 제가 생각하기에 당신—솔직히 말씀드려도 될까요?—은……속물, 딜레탕트, 사교계 인사였습니다."

프루스트는 이에 대해서 정직한 답변을 내놓을 준비가 되어 있었다. 그것은 엄연한 사실이었다. 그는 한때나마 과시적인 삶에 이끌렸고, X, Y, Z 부인의 집에 종종 들르려고 노력했으며, 마침 그 자리에 있었던 귀족과 친구가 되려고 시도했다. (프루스트가 살던 당시에 귀족들의 비범한 매력은 오늘날 영화배우의 매력에 비견될 것이다. 혹시 자신은 이제껏 한번도 공작에게 관심을 기울인 적이 없었다는 사실에 근거하여, 미덕에 관한 독단적인 감각을 손쉽게 얻는 사람들이 있을까 해서 하는 말이다.)

그러나 중요한 것은 이 이야기의 결말이다. 즉 프루스트는 그 매력을 발견하고는 곧 실망했다. 그는 Y 부인의 파티에 참석했으며, Z 부인에게 꽃을 보냈고, 콩스탕탱 드 브랑코방 공작의 비위를 맞추었으며, 그런 다음에야 자신이 거짓말을 하고 있음을 깨달았다. 귀족을 추구하고 싶어하는 열망을 주입시켰던 바로 그 매력의 이미지가 귀족적인 삶의 현실과는 맞지 않았던 것이다. 그는 차라리 집에 머무르는 편이 더 나음을, 자기 가정부에게 말하는 것도 카라망 시메 공작부인에게 말하는 것만큼이나 행복할 수 있음을 인식했다.

프루스트의 작중화자 역시 이와 유사한 희망과 실망의 궤적을 경험한다. 그는 게르망트 공작과 공작부인의 아우라에 이끌리는 것으로 시작해서, 그들이야말로 어떤 우월한 인종에 속하고, 그들에게 주입되는 그 고풍스러운 이름의 시(詩)는 프랑스에서도 가장 유서 깊고 가장 귀족적인 가문에까지 거슬러올라가며, 그 시기로 말하자면 워낙 옛날이어서 파리와 샤르트르 성당조차도 아직 건설되지 않았을 때라고 상상한다. 그는 게르망트 부부가 메로빙거 시대의 수수께끼에 에워싸여 있다고 상상한다. 그는 그들을 보면서 중세시대의 태피스트리에 묘사된 숲에서의 사냥 풍경을 떠올리고, 그들이 마치 여느 인간과는 다른 물질로 이루어진 것 같다고, 스테인드글라스 창문에 묘사된 형체와도 같은 존재라고 생각한다. 그는 꽃과 개울과 샘이 가득한 공작부인의 호화로운 장원에서 공작부인과 함께 송어낚시를 하며 하루를 보내면 얼마나 멋질까를 꿈꾼다.

그러다가 그는 게르망트 부부를 직접 만날 기회를 얻고, 그로 인해서 지금까지 품었던 이미지는 산산조각난다. 여느 사람과 전혀 다른 물질로 이루어지기는커녕, 게르망트 부부는 다른 여느 사람과 상당히 닮았으며, 그저 여느 사람보다도 덜 발달된 취향과 의견을 가졌다는 점이 다를 뿐이었다. 공작은 야비하고 잔인하고 상스러운 남자였다. 그의 아내는 성실하기보다는, 열심히 날카롭고 위트가 넘치게 보이려고 노력했다. 그리고 이들 부부와 함께 식탁에 앉은 손님들—이전까지만 해도 그는 이들이 생트샤펠에 있는 사도들과 같을 것이라고 상상했었는데—은 오직 남의 험담이며 잡담을 늘어놓는 것에만 관심을 보였다.

귀족과의 이런 불운한 만남으로부터, 어쩌면 우리는 저명인사를 향한 탐색을 포기하라는 촉구를 받게 될지도 모른다. 막상 직접 만나보면, 그들은 다만 천박한 게으름뱅이로 판명될 따름이기 때문이다. 우리 무리에 잘 적응하기 위해서라도, 보다 우월한 계급에 있는 사람들과 사귀려고 하는 속물적인 열망은 포기되어야 한다.

그러나 이와는 전혀 다른 결론을 이끌어낼 수도 있다. 사람에 대한 판별을 완전히 그만두는 것이 아니라, 오히려 더 잘 하면 되는 것이다. 세련된 귀족의 이미지는 거짓이 아니며, 다만 충분히 복잡하지가 않아서 위험스러운 것뿐이다. 물론 이 세상에는 전반적으로 우월한 사람들이 분명히 있지만, 각자의 성(姓)을 근거로 그런 사람들을 매우 편리하게 찾아낼 수 있다고 간주하는 것은 지나치게 낙관적이다. 속물은 이런 사실을 믿으려고 들지 않으며, 구성원 하나하나가 틀림없이 특정한 자질을 보여주는 물샐 틈 없이 단단한 계급이 존재한다고 믿어 의심치 않는다. 이런 기대에 부응할 수 있는 소수의 귀족도 있기는 하겠지만, 그보다 훨씬 더 많은 귀족들은 게르망트 공작과 같은 특유의 매력적인 자질을 가진 데에 불과할 것이다. 왜냐하면 미덕이나 세련같이 예측 불가능하게 배치된 어떤 것을 골라내기 위한 그물로 사용하기에는 "귀족"이라는 범주 자체가 지나치게 성글기 때문이다. 어떤 사람은 작중화자가 게르망트 공작에게 품었던 기대에 부응할 만한 자질을 가졌음에도 불구하고, 실제로는 전기기술자나 요리사나 변호사처럼 전혀 의외의 외양을 하고 나타날 수도 있기 때문이다.

프루스트가 결국 인식한 것도 바로 이런 의외성이었다. 말년에 세르 부인이라는 사람이 편지를 보내서 다짜고짜 당신은 속물이냐고 물었을 때, 그는 이렇게 대답했다.

> 만약, 그저 습관적으로 계속 찾아와서 내 소식을 물어보는 매우 보기 드문 친구들 가운데, 지금도 때때로 오가는 그들 가운데, 대공이나 공작이 있다면, 그들 대부분은 다른 친구들의 모습으로 꾸미고 있으니, 그중 한 사람은 급사이며 또 한 사람은 운전수입니다.……둘 중에 누구 하나를 고른다는 것은 어렵습니다. 급사는 공작보다 더 많은 교육을 받았으며, 더 훌륭한 프랑스어를 말합니다만, 그들은 에티켓에 더 까다롭고, 덜 단순하며, 더 예민합니다. 결국 둘 중에 누구 한 사람을 고를 수는 없습니다. 운전수가 더 기품이 있습니다.

이 이야기는 세르 부인을 위해서 과장된 것일 수도 있지만, 그 교훈은 명백하다. 즉 교육이나 자기표현 능력 같은 자질들은 간단한 경로를 따르지 않는다는, 따라서 눈에 보이는 범주에 근거하여 사람을 평가할 수는 없다는 것이다. 샤르댕이 서글픈 젊은이에게 그려 보여주었던 것처럼, 사랑스러운 프랑스어를 말하는 급사는 세련됨이라는 것이 편리하게도 그 이미지에 속박되어 있지는 않음을 프루스트에게 (또는 다만 세르 부인에게) 상기시키는 데에 기여한다.

그럼에도 불구하고 단순한 이미지는 모호함이 없다는 점에서 매력적이다. 샤르댕의 그림을 보기 전까지만 해도, 그 서글픈 젊은이는 최소한 부르주아의 실내가 궁전에 비해서는 열등하다고 믿을 수 있었으며, 따라서 궁전과 행복 사이에 간단한 방정식을 만들 수 있었다. 귀족을 만나기 전까지만 해도, 프루스트는 최소한 모두 우월한 존재로만 이루어진 계급이 존재한다고 믿어 의심치 않을 수 있었고, 그들을 만나는 것이야말로 성취된 사교생활을 획득하는 것과 마찬가지라고 여길 수 있었다. 이에 비해서 사치스러운 부르주아의 부엌, 따분한 공작들, 심지어 공작보다 더 기품 있는 운전수들을 계산에 넣기는 얼마나 더 어렵겠는가? 간단한 이미지들은 확실성을 부여한다. 가령 그런 이미지들은 경제적 지출이야말로 즐거움을 보증한다고 우리에게 확신시킨다.

가만히 보면, 바다의 풍경과 그 소리가 정말로 즐길 만

> 한 것인지 의구심을 품다가도, 이런 풍경과 소리를 즐길 수 있게 해주는 호텔 방에 들어가서 하루에 100프랑씩 내기로 동의했을 경우에는, 이런 풍경과 소리가 정말 즐길 만한 것이라고 확신하게 되는—아울러 그들의 완벽한 초연한 취향은 보기 드문 자질이라고 확신하게 되는—사람들이 있다.

이와 유사하게, 어떤 사람이 똑똑한지 여부에 의구심을 품다가도, 일단 그 사람이 똑똑한 사람에 관한 지배적인 이미지에 들어맞는 것을 보게 되고, 그 사람의 교육 수준과 사실적 지식과 대학 학위를 알게 되자마자 재빨리 그 점을 확신하게 되는 사람들이 있다.

그런 사람은 프루스트의 가정부가 백치였는지 여부를 판정하는 데에도 아무런 어려움을 겪지 않을 것이다. 그녀는 나폴레옹과 보나파르트가 다른 사람이라고 생각했으며, 프루스트가 그렇지 않다고 말했을 때에도 무려 일주일 동안이나 그의 말을 믿지 않았다. ("나는 그녀에게 철자법을 가르칠 수가 없었으며, 그녀는 내 책을 심지어 반 페이지도 읽을 만한 인내심이 없었지만, 그래도 그녀에게는 비범한 재능이 가득했다.") 그렇다고 교육이란 아무런 가치가 없다는, 그리고 캄포 포르미오 조약에서 워털루 전투에 이르는 유럽 역사의 중요성은 사악한 학문적 음모의 결과라는 식의 마찬가지로 속물적인—비록 더 뒤틀리기는 했지만—주장을 제안하는 것은 아니다. 다만 황제를 식별하고 철자를 제대로 쓰는 능력 그 자체만으로는 지성(知性)처럼 규정하기 어려운 어떤 것의 존재를 단언하기가 충분하지 않다는 것이다.

알베르틴은 한번도 미술사 강의를 들은 적이 없었다. 프루스트의 소설에서 여름날 오후에, 그녀는 어느 호텔 베란다에 앉아서 캉브레메르 부인과 부인의 며느리 그리고 이들의 친구인 어느 법정변호사와 이야기를 나누고 있었다. 갑자기 저 바다에서 물 위에 떠 있던 갈매기 한 떼가 시끄럽게 하늘로 날아올랐다.

"저는 저 새들이 좋아요. 암스테르담에서 봤거든요." 알베르틴이 말했다. "저 새들은 바다 냄새가 나요. 심지어 포석 사이에서도 소금기를 느끼는 공기 냄새를 맡고 날아오죠."

"아, 그럼 네덜란드에 가보신 적이 있군요. 혹시 베르메르들(the Vermeers)은 아세요?" 드 캉브레메르 부인이 물었다. 알베르틴은 불운하게도 그들을 모른다고 대답한다. 바로 이때 프루스트는 알베르틴의 더 불운한 믿음을 우리에게 이야기해준다. 그녀는 베르메르들이 레이크스 미술관에 있는 그림들이 아니라 네덜란드 사람들의 이름이라고 믿었던 것이다.

다행히도 상대방은 미술사에 대한 그녀의 지식의 공백을 감지하지 못하고 지나간다. 드 캉브레메르 부인이라면 그 사실을 발견하자마자 공포에 질렸으리라고 누구나 상상이 가능하겠지만 말이다. 미술에 대해서 정확히 대답할 수 있는 자신의 능력에 신경과민이 된 까닭에, 드 캉브레메르 부인 같은 미술적 속물에게는 미술에 대한 인식을 과장하는 것이 중요해진다. 사회적 속물도 상당 부분 마찬가지여서, 다른 사람들을 독립적으로 판단하기가 불가능하고, 직위나 평판이야말로 명성에 대한 유일한 지침이 된다. 미술적 속물도 마찬가지여서, 정보를 미술적 음미의 표시로 간주하고 거기에만 지독하게 집착하게 된다. 가령 알베르틴은 그저 암스테르담으로 또 한 번 여행을, 그저 문화적으로 자각한 여행을 다녀오기만 하면 자신이 놓친 것을 쉽게 발견할 수 있을 텐데도 말이다. 어쩌면 그녀는 캉브레메르 부인보다 베르메르를 더 잘 음미할 수 있을지도 모른다. 왜냐하면 캉브레메르 부인처럼 미술을 향한 과장된 존경이 들어 있지 않은 그녀의 순진함 속에는 진지해지려고 하는 마음이 최소한이나마 잠재할 것이기 때문이다. 캉브레메르 부인의 과장된 존경은 아이러니컬하게도 저명한 화가의 유화를, 마치 만나 뵙는 것이 영광일 법한 어느 네덜란드인 가문 사람들이라도 되는 듯이 대우하는 것으로 귀결된다.

교훈? 찬장에 들어 있는 빵도 아름다움에 관한 우리의 개념이 놓일 장소가 되는 것을 부정해서는 안 된다는 것, 또한 봄이라는 계절이 아니라 화가를 탓해야 마땅하고, 기억하는 내용보다는 기억력 자체를 비난해야 마땅하다는 것, 또한 드 살리냐크 페넬롱 드 클레르몽 백작을 소개받을 때에는 우리의 기대를 어느 정도 접어두어야 하며, 그다지 공들여 지은 이름이 아닌 이름을 가진 사람들을 만날 때에는 철자법의 실수와 프랑스 제정에 관한 대체역사(代替歷史, alternative history)에 집착하는 일을 피해야 한다는 것이다.

8
사랑 안에서 행복을 얻는 방법

Q(질문) : 프루스트는 진정으로 연애 문제에 관한 조언을 해줄 만한 사람이었을까?

A(대답) : 아마 그랬을 것이다. 비록 증거로는 그렇지 않지만. 그는 앙드레 지드에게 보낸 편지에서 자신의 자질을 그려 보였다.

> 비록 나 혼자만의 힘으로는 무엇을 얻기도 불가능하고, 최소한 병에서 벗어나는 것도 불가능하지만, 나는 매우 종종 다른 사람들에게 행복을 가져다줌으로써 그들을 고통으로부터 구제하는 힘을 부여받았습니다. (그리고 이것이야말로 분명히 나의 유일한 재능입니다.) 나는 적들뿐만 아니라 연인들까지 화해시켰습니다. 나는 환자도 치료했습니다만, 반면에 나 자신의 질환은 더욱 깊어지게 만들고 말았습니다. 나는 게으른 사람도 일하게 만들었습니다만, 반면에 나 자신은 여전히 게으르게 남아 있었습니다.……다른 사람을 위

한 이런 성공의 기회를 내게 부여한 자질들(나는 잰 체하지 않고 이를 당신에게 말씀드리니, 다른 측면에서 나는 나 자신에 대해서 매우 야박한 견해를 가지고 있기 때문입니다)과 아울러, 약간의 외교술, 나 자신을 잊고 친구들의 안위에 전적으로 집중하는 능력으로 말하자면, 한 사람에게 들어 있는 경우가 그리 흔치 않은 자질들입니다.……나는 책을 쓰는 내내, 만약 스완이 나를 알았더라면, 그래서 나를 이용할 수 있었더라면, 내가 오데트를 다시 그에게 데려올 수 있는 방법을 알려줄 수 있었을 것이라고 생각했습니다.

Q : 스완과 오데트?

A : 물론 개별 작중인물의 불운을 인간의 만족에 관한 저자의 전반적인 예측과 동일하게 생각할 필요는 없다. 소설 속에 갇힌 이 불행한 작중인물이야말로, 결국 그 소설을 읽음으로써 치료의 은혜를 받을 수 없는 유일한 사람이기도 하다.

Q : 그는 사랑이 영원히 지속될 수 있다고 생각했을까?

A : 음, 아니다. 그러나 영원히 지속될 수 없다는 한계가 유독 사랑에만 있는 것은 아니다. 그런 한계는 항상 주변에 있는 어떤 것, 또는 어떤 사람과 음미 가능한 관계를 유지하는 것이 일반적으로 어렵다는 데에도 있다.

Q : 어려움이라니, 어떤 종류의 어려움을 말하는 것일까?

A : 가령 감정과 무관한 사물인 전화를 예로 들어보자. 벨은 이 물건을 1876년에 만들었다. 1900년에 이르러 프랑스에는 3만 대의 전화가 있었다. 프루스트도 재빨리 한 대를 장만했다. (전화번호는 29205였다.) 그는 "극장 전화"라고 부르던 서비스를 특히 좋아했는데, 이것을 이용해서 파리 지역의 오페라와 연극의 생중계를 들을 수 있었기 때문이다.

어쩌면 그는 자기 전화를 음미하고 있었을지도 모른다. 하지만 그는 다른 모든 사람들이 얼마나 빨리 각자의 전화를 당연한 듯이 간주하게 되었는지를 기록했다. 1907년이라는 비교적 이른 시기에, 그는 이 기계에 관해서 이렇게 썼다.

> 일찍이 초자연적인 장치였으며 그 기적 앞에서 한때 우리는 놀란 채 서 있었지만, 지금은 이것에 관해서 아무런 생각도 품지 않고 재단사에게 지시하기 위해서, 또는 아이스크림을 주문하기 위해서 사용한다.

그리고 만약 제과점이 통화중이거나 재단사와의 연결 중에 잡음이 날 경우, 우리는 이처럼 정교한 욕망조차 좌절시킬 정도로 진보한 기술에 감탄하기보다는, 오히려 어린애 같은 배은망덕한 태도로 반응하는 경향이 있다.

> 우리는 신적인 힘을 가지고 놀면서도 그 수수께끼 앞에서 두려워할 줄 모르는 어린애의 입장에서 다만 전화가 "편

리하다"는 사실을 발견한 까닭에, 나아가 우리는 버릇없는 어린애의 입장에서 전화가 "편리하지 않다"는 사실을 발견한 까닭에, 「르 피가로」를 우리의 불평으로 채운다.

벨의 발명과 프랑스인의 전화 음미 상태에 관한 프루스트의 서글픈 고찰 사이에는 겨우 31년의 시차만 있을 뿐이다. 한때의 기술적 경이가 더 이상은 감탄하는 시선을 끌지 못하고, 집집마다 있는 물건으로 바뀌어, 간혹 초콜릿 아이스크림의 주문 지연이라는 사소한 불편을 겪을 때 우리가 서슴지 않고 비난하는 대상이 되기까지는 겨우 30년이 조금 더 걸렸다.

이것은 인간—상대적으로 보잘것없는 존재—이 영원한 또는 최소한 평생 동안 지속되는 다른 인간에 대한 음미를 추구하는 데에서 직면하는 문제들을 충분히 명료하게 지적한다.

Q : 그렇다면 평범한 인간은 얼마나 오랫동안 타인들로부터 음미될 수 있을까?

A : 완전한 음미? 대개는 15분 정도로 짧다. 프루스트의 작중화자는 어린 시절에 아름답고 쾌활한 질베르트—그는 샹젤리제에서 노는 그녀를 만났다—와 사귀기를 열망했다. 마침내 그의 소원은 성취된다. 질베르트는 그의 친구가 되었으며, 그를 자기 집에 정기적으로 초대해서 차를 마셨다. 거기서 그녀는 그에게 케이크를 잘라주었고, 그에게 부족한 것은 없는지 보살펴주었고, 그를 대단한 애정으로 대했다.

그는 행복했지만, 너무나 금세, 자신이 마땅히 행복해야 하는 것만큼 행복하지는 않게 되었다. 왜냐하면 질베르트의 집에 가서 차를 마신다는 생각은 너무나도 오랫동안 마치 흐릿하면서도 공상적인 꿈과도 비슷했었는데, 막상 그녀의 집 거실에서 15분 동안 차를 마시고 나자, 이제는 그가 그녀를 알기 전의 시간, 즉 그녀가 그에게 케이크를 잘라주고, 애정을 품고 그를 대하기 이전의 시간이 점차 공상적이면서도 흐릿해지기 시작했기 때문이다.

그에 따르는 결과는 지금 그가 누리는 호의에 대한 일종의 망각이 될 수밖에 없다. 그는 그런 호의에 고마워해야 할 이유가 있음을 금세 잊어버릴 것이다. 이제 질베르트가 없었던 삶에 관한 그의 기억은 희미해질 것이고, 거기서 맛보아야 할 것에 관한 증거도 이와 함께 희미해질 것이기 때문이다. 질베르트의 얼굴에 떠오른 미소, 그녀가 대접하는 차의 호사스러움, 그녀가 보이는 따뜻한 태도는 결국 그의 삶에서 너무나도 친숙한 일부분이 될 것이며, 나무나 구름이나 전화처럼 이 세상 어디에나 있는 요소들을 인식하기 위해서는 자극이 필요하듯이, 결국에는 그것들을 인식하기 위해서도 역시 자극이 필요할 것이다.

이러한 간과의 이유는, 프루스트의 개념에서 우리 모두가 그러하듯이, 작중화자 역시 습관의 창조물이며, 따라서 항상 친숙한 것을 경멸하게 될 가능성이 있기 때문이다.

우리는 오직 새로운 것만을, 즉 우리를 강타하는 색조의 변화를 우리의 감수성에 갑자기 도입하는 것만을 진정으로 알 수 있다. 거기에 관해서는 습관이 아직 그 창백한 모사품을 만들지 못했기 때문이다.

Q : 왜 습관은 그처럼 사람을 둔감하게 만드는 효과를 발휘하는 것일까?

A : 프루스트의 가장 설득력 있는 답변은 성서에 나오는 노아의 방주에 관한 언급에 있다.

어린 시절 나는 성서에 등장하는 그 어떤 인물도 노아보다 더 불운한 운명인 것 같지는 않다고 생각했다. 왜냐하면 그는 홍수로 40일 동안이나 방주 속에 갇혀 있었기 때문이다. 나중에 나는 종종 병에 걸렸으며, 또한 끝없이 많은 날들을 일종의 "방주" 속에 머물러야 했다. 그제야 나는 노아가 방주 속에 있었을 때만큼 이 세상을 잘 볼 수 있었던 적은 또 없었다는 것을 이해하게 되었다. 비록 방주는 닫혀 있었고, 지상에는 밤이 찾아와 있었지만 말이다.

어떻게 노아는 육해공의 동물이 망라된 동물원과 함께 닫힌 방주 속에 들어앉은 채로 이 행성에 대해서 무엇을 볼 수 있었을까? 우리는 어떤 대상을 바라보는 행위가 반드시 그 대상과의 시각적 접촉을 요구한다고 생각하며, 따라서 산을 바라보는 행위는 가령 우리가 알프스를 방문하여 눈을 뜨는 것과 관련이 있다고 생각한다. 그러나 이것은 아마도 바라보는 행위에서 최초의 부분, 그리고 어떤 면에서는 저열한 부분일 것이다. 왜냐하면 어떤 대상을 적절하게 음미하는 행위는 우리에게 우리 마음의 눈을 재창조할 것을 요구하기 때문이다.

산을 바라본 다음에, 만약 우리가 눈을 감고 내적으로 그 풍경에만 머문다면, 우리는 결국 그 산의 중요한 세부사항을 파악하게 될 것이다. 시각적 정보의 상당 부분은 해석되고, 그 산의 두드러진 특징들도 파악될 것이다. 그 산의 화강암 봉우리, 빙하의 만입(灣入), 늘어선 나무 위로 떠도는 안개에 이르기까지. 이런 세부사항이야말로 우리가 이전까지 바라본 적은 있었지만, 인식한 적은 없었던 것들이다.

노아의 경우에는 하느님이 이 세상을 홍수로 뒤덮었던 때에 나이가 무려 육백 살이었으므로 아마 자기 주변을 둘러볼 시간은 충분했을지도 모른다. 하지만 그 대상이 항상 거기에 있었다는 사실, 그리고 그의 시야에서는 그 대상이 영구적이었다는 사실 때문에, 그는 주변을 내면적으로 재창조하도록 고무되지는 않았을 것이다. 근처에 덤불의 물리적 증거들이 풍부한 상태라면, 자기 마음의 눈 속에 있는 덤불에 보다 면밀하게 초점을 맞추는 것이 무슨 의미가 있겠는가?

이 주일 동안 방주 속에서 지낸 다음에, 그러니까 과거의 주위 환경에 대한 향수를 느끼지만 정작 그것을 볼 수는 없는 상황에서, 노아가 자연스럽게 덤불과 나무와 산에 관한 기억에 초점을 맞추기 시작했다면, 그리하여 600년의 생애 끝에 처음으로 그 대상을 적절하게 바라보기 시작했다면, 상황은 얼마나 달라졌을까?

이는 물리적으로 현존하는 어떤 것을 가지고 있다는 것은 결국 그 어떤 것을 인식하기 위한 이상적인 환경과는 완전히 동떨어져 있음을 암시한다. 현존이란 사실 우리가 그 어떤 것을 무시하거나 간과하도록 고무하는 바로 그 요소일 수 있다. 왜냐하면 우리는 시각적 접촉을 확보하고 나면 할 일을 모두 했다고 느끼기 때문이다.

Q : 그렇다면 우리는 방주에 갇힌 채로 더 많은 시간을 보내야 할까?

A : 그런 경험은 사물에 대해서 그리고 특히 연인에 대해서 더 많은 주의를 기울이도록 우리를 도와줄 것이다. 박탈은 재빨리 우리를 음미의 과정으로 몰아갈 것이다. 물론 그렇다고 해서 우리가 사물을 음미하기 위해서는 반드시 박탈 상태를 경험해야 한다는 것은 아니다. 다만 우리가 어떤 것을 결여한 상태에서 자연스레 하는 일로부터 교훈을 배워야 하며, 또한 우리가 어떤 것을 결여하지 않은 상황에도 그런 교훈을 적용해야 한다는 것이다.

만약 연인과의 오랜 연애가 너무 잦은 권태를 낳는다면, 즉 우리가 상대방을 너무 잘 안다는 느낌이 든다면, 아이러니컬하게도 진짜 문제는 우리가 상대방을 충분히 잘 알지 못한다는 점일 것이다. 관계에서는 처음의 신선함이 의심의 여지없이 우리를 자신의 무지 속에 남겨놓는 반면, 차후에 연인과 연애의 일상의 확고하고 물리적인 현존은 마치 우리가 진정한 그리고 단조로운 친숙성을 성취했다고 오판하게 만들 수 있다. 이것은 사실 물리적 현존이 길러낸 거짓된 친숙함에 불과하며, 결국 홍수로 인해서 그렇지 않다는 사실을 배우기 전까지 노아가 무려 600년 동안이나 이 세계와의 관계 속에서 느꼈을 거짓된 친숙함에 불과한 것이다.

Q : 프루스트는 데이트에 대해서 어떤 타당한 생각을 가지고 있을까? 첫 번째 데이트에 대해서 뭐라고 말할 수 있을까? 검은색 옷을 입는 것이 좋을까?
A : 조언은 불충분하다. 보다 근본적인 의구심은 과연 애초에 저녁식사 제안을 받아들여야 하느냐 하는 것이다.

> 한 사람의 매력보다는 오히려 다음과 같은 발언이 사랑의 이유가 되는 경우가 더 잦다는 데에는 의심의 여지가 없다. "아니요, 오늘 저녁은 한가하지 않아요."

만약 이 답변이 매혹적인 것으로 판명된다면, 이것은 아마도 노아의 사례에서 음미와 부재 간에 맺어진 관계 때문이리라. 비록 어떤 사람이 갖가지 특징들로 가득 찰 수는 있지만, 유혹자가 이런 특징에 전심으로 집중하도록 보장받기 위해서는 자극이 필요하며, 이 자극은 저녁식사 제안에 대한 거절에서 그 완벽한 형태를 발견한다. 이때 데이트는 노아가 겪은 바다에서의 40일에 상응하는 것이다.

프루스트는 옷을 음미하는 것에 관한 자신의 생각을 통해서 지연에 수반되는 이익을 예시했다. 알베르틴과 게르망트 공작부인은 모두 패션에 관심이 있었다. 하지만 알베르틴은 돈이 없었고, 공작부인은 그야말로 프랑스의 절반을 소유하고 있었다. 따라서 공작부인의 옷장에는 옷이 넘쳐흐를 지경이었다. 자기가 원하는 뭔가를 볼 때마다, 그녀는 재단사를 불러왔고, 그녀의 욕망은 사람 손으로 바느질하는 속도치고는 최대한 신속하게 충족되었다. 반면 알베르틴은 거의 아무것도 살 수가 없었으며, 뭔가를 사기 전에는 오랫동안 생각을 거듭해야 했다. 그녀는 옷을 연구하는 데에 오랜 시간을 들이며, 특정한 코트나 모자나 실내복을 꿈꾸었다.

그 결과 알베르틴은 비록 공작부인보다 옷은 더 적었지만, 옷에 대한 이해나 음미나 사랑은 훨씬 더 컸다.

> 무엇인가를 소유하는 방식에서의 모든 장애물과 마찬가지로……가난은 부유보다 더 너그러운 것이며, 차마 구입할 수 없는 옷들보다도 더 많은 어떤 것을 여성에게 제공한다. 그 뭔가는 바로 그 옷들을 향한 욕망이며, 그 욕망은 그 옷들에 대한 진정하고 세부적이며 완전한 지식을 만들어낸다.

프루스트에 따르면, 알베르틴은 특정한 그림을 보고 싶은 욕망을 키운 뒤에 드레스덴을 방문한 어느 학생에 비유할 수 있는 반면, 공작부인은 아무런 욕망이나 지식 없이 여행을 하는 까닭에 목적지에 도착하고서도 다만 당혹과 권태와 피로만을 경험하는 부유한 여행객에 비유할 수 있다.

이는 음미에서 물리적 소유가 단 하나의 구성요소에 불과하다는 것을 강조한다. 만약 드레스덴을 여행하고 싶은 욕망이 솟아오르자마자 정말 그렇게 할 수 있다는 점에서, 또는 카탈로그에서 어떤 옷을 보자마자 곧바로 살 수 있다는 점에서 부자가 운이 좋다고 한다면, 그들의 부가 욕망을 성취시키는 바로 그 속도 때문에 그들은 사실 저주를 받은 셈이다. 따라서 그들은 보다 특권을 가지지 못한 사람이 감내해야 하는, 욕망과 만족 사이의 격차에서 오는 고통을 겪을 기회가 전혀 없는 셈이다. 그 명백한 불유쾌함에도 불구하고, 그런 고통은 사람들로 하여금 드레스덴의 그림, 모자, 실내복 그리고 오늘밤 한가하지 않은 누군가를 알게 되고 깊이 사랑하도록 해준다는 점에서 막대한 이익을 준다.

Q : 그는 결혼 이전의 성행위에 반대했을까?

A : 아니다. 다만 사랑 이전의 성행위에 반대했을 뿐이다. 굳이 형식에 연연하는 어떤 이유가 있어서가 아니라, 다만 누군가와 사랑에 빠지고 싶어하는 상황에서 함께 잠을 잔다는 것은 좋은 생각이 아니라고 느꼈기 때문이다.

어느 정도까지는 저항하는, 누구도 곧바로 소유할 수는 없는, 심지어 처음에는 과연 누군가가 소유하게 될지 아닐지 여부조차도 알 수 없는 여성이야말로 유일하게 흥미로운 사람들이다.

Q : 정말 그럴까?

A : 다른 여자들도 물론 매력적일 수는 있지만, 문제는 그들이 그렇게 보이지 않을 위험을 감수한다는 점이다. 아름다운 물건들을 너무 손쉽게 얻는 결과에 관해서 게르망트 공작부인이 우리에게 말해준 바를 고려하면 그렇다는 것이다.

가령 매춘부, 사실상 매일 밤 이용 가능한 특정한 무리의 여성을 예로 들어보자. 젊은 시절에 프루스트는 강박적으로 자위행위에 몰두했는데, 그 정도가 너무나 심해서 아버지가 아들에게 차라리 유곽에 가라고, 19세기 당시로서는 가장 위험한 오락으로 간주되던 것에 마음을 빼앗겨보라고 촉구했을 정도였다. 할아버지에게 보낸 솔직한 편지에서 열여섯 살의 마르셀은 자신의 방문이 어떻게 되었는지를 묘사한다.

자위행위를 하는 나쁜 버릇을 멈추게 하기 위해서, 여자를 만나야 할 필요성이 긴요했기 때문에, 아빠는 저한테 10프랑을 주면서 유곽에 가라고 하셨습니다. 하지만 저는 우선 너무 긴장한 나머지 요강을, 그것도 3프랑짜리를 깨뜨렸고, 다음으로는 마찬가지로 긴장한 탓에 성행위를 할 수가 없었습니다. 그래서 이제 저는 출발점으로 돌아왔으며, 저 스스로를 비우기 위한 또 한 번의 10프랑과 요강 값을 물어주기 위한 3프랑을 계속 기다리는 중입니다.

그러나 유곽 방문에서는 단순히 실행에서의 재난만 있었던 것은 아니었다. 매춘에는 개념상의 문제가 있는 것으로 드러났다. 프루스트의 욕망 이론에서 매춘부는 불운한 위치에 있다. 그녀는 남자를 유혹하고 싶어하지만, 한편으로는 영업의 특성상 사랑을 고무할 가능성이 가장 높은 일은 하지 못하도록 금지되어 있기 때문이다. 그 일이란 바로, 남자에게 오늘밤에는 한가하지 않다고 말하는 것이다. 그녀는 똑똑하고 매력적일 수도 있지만, 그럼에도 불구하고 그녀가 할 수 없는 한 가지가 있다면, 바로 그녀를 물리적으로 소유할 수 있을지 여부에 대한 의심을 상대방에게 심어주는 것이다. 결론이 너무나도 분명하므로, 진정하고도 지속적인 욕망이 생길 가능성은 없다.

만약 매춘부가……우리에게 매력을 아주 조금밖에 발휘하지 못한다면, 이는 그들이 다른 여성보다 덜 아름답기 때문이 아니라, 오히려 그들이 너무 적극적이며 기다리고 있기 때문일 것이다. 즉 우리가 가지려고 도모하는 바로 그것을 그들이 미리 우리에게 제공하기 때문일 것이다.

Q : 그렇다면 그는 남자가 여자에게서 가지려고 하는 것은 성

행위가 전부라고 믿었던 것일까?

A : 이 물음에 관해서는 한 걸음 더 나아간 구분이 필요할 것이다. 매춘부는 남자가 가지려고 한다고 생각하는 것을 그에게 제공한다. 그녀는 남자에게 자신이 바라던 것을 얻었다는 환상을 제공한다. 그 환상은 사랑의 성장을 위협할 정도로 충분히 강력한 것이다.

공작부인의 이야기로 돌아가면, 그녀가 자기 드레스를 음미하는 데에 실패한 까닭은 그녀의 드레스가 다른 드레스보다 덜 아름답기 때문이 아니라, 다만 그 물리적 소유가 너무나도 손쉽기 때문이다. 즉 그녀는 자신이 원하는 것은 무엇이든지 가질 수 있다고 생각하도록 기만되었으며, 프루스트가 보기에는 사실상 유일하게 현실적인 형태의 소유를 추구하지 못하도록 미혹되었던 것이다. 그 소유란 바로 상상적 소유(그 드레스의 세부구조, 그 옷의 접힌 자리, 그 실의 섬세함 등에 있는)이다. 알베르틴이 이미 추구한 상상적 소유는 물리적 접촉을 거부당한 데에서 비롯된 자연적인 반응이기 때문에 의식적인 선택을 통한 것이 아니다.

Q : 이는 결국 그가 성행위에 관해서 많이 생각하지는 않았다는 의미일까?

A : 그는 다만 그 행위를 적절하게 수행하는 데에 필요한 해부구조를 인간이 가지지 못했다고 생각했을 뿐이다. 프루스트의 도식에서는 누군가를 물리적으로 사랑하기가 불가능하다. 그

가 살던 당시의 체면 때문인지, 그는 자신의 생각을 키스의 실망스러움에만 한정시켜 설명하고 있다.

> 성게보다, 심지어 고래보다도 덜 발달하지는 않은 것이 분명한 피조물인 인간은, 그럼에도 불구하고 상당수의 핵심 기관을 결여하고 있으며, 특히 키스에 도움이 되는 기관은 전혀 가지고 있지 못하다. 이 부재하는 기관을 그는 입술로 대체했으며, 그렇게 함으로써 그는 애인을 뾰족한 엄니로 더듬는 것보다는 겨우 약간 더 만족스러운 결과를 성취했을 뿐이다. 하지만 한 쌍의 입술은, 애초에 그들의 식욕을 돋우는 맛이라면 무엇이든지 간에 그 입천장으로 옮기기 위해서 고안된 것이기 때문에, 그들의 실수를 이해하거나 그들의 실망을 시인하는 법이라고는 없이, 그 표면을 배회하는 데에, 그리고 통과 불가능하면서도 저항 불가능한 뺨의 장벽에 막혀 멈춰서는 데에 만족해야 한다.

왜 우리는 사람들에게 키스를 할까? 어찌 보면 신경 끝의 어떤 구역을 거기에 상응하는 부드럽고, 살이 있고, 촉촉한 피부조직에 대고 비빔으로써 단순히 즐거운 감각을 만들기 위해서이다. 하지만 첫 키스의 가능성에 도달할 때에 우리가 품는 기대는 그 이상으로까지 확대될 수 있다. 우리는 단순히 하나의 입뿐만이 아니라, 사랑하는 사람 전체를 붙들고 맛보려고 드는 것이다. 키스와 아울러, 우리는 보다 높은 형태의 소유를 성취하기를 희망한다. 사랑하는 사람이 우리 안에 고취시키는 그 열망은 우리의 입술이 그들의 입술 위를 자유롭게 거닐도록 일단 허락되지만 곧 끝나버린다.

그러나 프루스트가 보기에, 키스가 즐거운 물리적 흥분을 일으키는 것은 사실이지만, 그것이 사랑의 소유라는 진정한 느낌을 보장해줄 수는 없다.

예를 들면 작중화자는 알베르틴에게 매력을 느끼는데, 그는 어느 찬란한 여름날에 노르망디 해안에서 길을 걷는 그녀를 처음 보았다. 그는 그녀의 장밋빛 뺨에, 그녀의 까만 머리에, 그녀의 애교점에, 그녀의 뻔뻔하면서도 자신만만한 태도에, 그리고 그녀로부터 환기되는 여러 그리운 것들— 여름, 바다 냄새, 청춘— 에 매력을 느낀다. 여름이 끝나고 파리로 돌아오자 알베르틴이 그의 아파트로 찾아온다. 그가 일찍이 바닷가에서 키스하려고 했을 때 거부했던 것과는 대조적으로, 그녀는 이제 그의 침대에 나란히 누워서 그를 끌어안는다. 이는 문제 해결의 순간이 될 것으로 기대된다. 하지만 키스를 통해서 알베르틴을, 그녀의 과거를, 해안을, 여름을 그리고 두 사람의 만남이 이루어진 환경을 다시 느끼려던 그의 기대와는 달리 현실은 더 단조로웠다. 자기 입술을 알베르틴의 입술에 대고 비빔으로써 그에게 허락된 접촉이라곤 기껏해야 뾰족한 엄니로 그녀를 더듬는 것뿐이었다. 그는 키스할 때의 어색한 자세 때문에 그녀를 볼 수 없었으며, 코가 세게 짓눌리는 바람에 숨조차 쉴 수 없었다.

유난히 서투른 키스였기 때문일 수도 있지만, 그 실망을 세부적으로 열거함으로써 프루스트는 음미의 물리적인 방법에서의 전반적인 어려움을 지적했다. 작중화자는 자신이 알베르틴과 물리적으로 무슨 일—가령 그녀를 자기 무릎 위에 앉히고, 그녀의 머리를 자기 양손으로 붙잡고, 그녀를 애무하고 등등—이든 할 수 있는 것을, 그러나 정작 자신은 여전히 속내를 알 수 없는 애인의 봉인된 봉투의 겉만 더듬고 있는 데에 불과한 것을 깨닫는다.

만약 물리적 접촉이 사실은 우리의 사랑의 대상과 우리를 직접적으로 연결시켜줄지도 모른다고 생각하는 경향만이 아니라면, 이는 아무런 문제가 되지 않을 것이다. 키스에 실망할 경우, 우리는 자신의 실망을 거기에 관계되는 여러 가지 한계들의 탓으로 돌리기보다는, 오히려 우리가 키스한 사람이 따분한 탓으로 돌리는 위험을 감수하고는 한다.

Q : 오래 지속되는 관계에는 어떤 비밀이 있을까?

A : 간통이다. 물론 그 행위 자체가 아니라, 그 행위가 벌어질 수도 있다는 위협 말이다. 프루스트가 보기에, 질투의 개입은 습관에 의해서 망가지는 상황에서 관계를 구해줄 수 있는 유일한 방법이었다. 이 치명적인 동거의 단계를 이미 밟은 누군가를 위한 조언은 다음과 같다.

한 여자와 살게 되면, 당신은 애초에 그녀를 사랑하게

만든 것은 무엇이든지 바라보기를 금세 중단하게 될 것이다. 그러나 두 개의 분리된 원소가 질투에 의해서 재결합할 수 있다는 것은 사실이다.

그럼에도 불구하고 프루스트의 소설에 나오는 인물들은 각자의 질투심을 이용하는 데에 서툴기만 하다. 연인을 잃을지도 모른다는 위협이 생길 경우, 그들은 이제껏 자신이 상대방을 적절하게 음미하지 않았음을 깨닫게 된다. 하지만 그들은 오직 물리적 음미만을 이해할 수 있는 까닭에, 단순히 물리적 충성을 확보하는 것 이상의 일은 하지 않으며, 따라서 이것은 일시적인 안도만을 가져다주고, 결국에는 또다시 권태가 끼어든다. 이는 그들이 사람을 쇠약하게 만드는 악순환 속으로 떠밀려 들어갔음을 의미한다. 그들은 누군가를 욕망하고, 뾰족한 엄니로 그들에게 키스하며, 따분함을 느낀다. 만약 누군가가 그 관계를 위협한다면, 그들은 질투를 느끼고, 잠시 깨어나서, 뾰족한 엄니로 또 한 번 키스하고, 또다시 따분함을 느낀다. 이성애자 남성의 버전으로 압축해 표현하면, 그 상황은 다음과 같이 이어진다.

그녀를 잃어버릴까봐 두려워한 나머지, 우리는 다른 사람들은 전부 잊어버린다. 그녀를 붙잡을 수 있다는 확신이 들면, 우리는 다른 사람들과 그녀를 비교하고 곧바로 다른 사람들을 더 선호하게 된다.

Q : 그렇다면 앙드레 지드에게 자랑한 것처럼, 이런 불행한 연인들을 만나서 도와줄 기회가 정말 있었다면, 프루스트는 과연 그들에게 뭐라고 말했을까?

A : 짐작컨대 그는 노아와 노아가 방주 속에서 갑자기 볼 수 있었던 세계를 한번 생각해보라고, 그리고 게르망트 공작부인과 그녀가 자기 옷장 속에서 결코 제대로 바라볼 수 없었던 드레스들을 생각해보라고 말하고는 두 사람을 돌려보냈을 것이다.

Q : 특히 스완과 오데트에게 그는 뭐라고 말했을까?

A : 좋은 질문이다. 그러나 프루스트의 소설에서 아마도 가장 똑똑한 사람이라고 할 수 있을 르루아 부인의 교훈을 무시하는 데에는 한계가 있다. 사랑에 관한 자신의 견해를 들려달라는 요청을 받자, 그녀는 퉁명스레 대답한다.

"사랑이요? 저야 그걸 자주 하지만, 한번도 말해본 적은 없어요."

9

책을 내려놓는 방법

우리는 책을 얼마나 진지하게 다루어야 할까? "친애하는 친구." 프루스트는 앙드레 지드에게 말했다. "우리 동시대인들 사이의 유행과는 반대로, 나는 인간이 문학에 대한 매우 고상한 관념을 가지는 동시에 문학을 향해 온화한 조소를 던질 수 있다고 믿습니다." 이 언급은 무심코 한 것인지도 모르지만, 그 속에 담긴 메시지는 그렇지 않다. 평생을 문학에 바친 사람으로서 프루스트는 책을 지나치게 진지하게 받아들이는, 또는 오히려 물신주의적으로 경건한 태도를 취하는 위험에 관한 독특한 자각을 표현했던 것이다. 왜냐하면 이는 일면 마땅한 존경을 바치는 것처럼 보이지만, 사실은 문학 제작의 정신을 조롱하는 것이기 때문이다. 우리가 다른 사람이 쓴 책과 건강한 관계를 맺기 위해서는, 단순히 그 유익함만이 아니라 나아가서 그 한계의 음미도 중요하기 때문이다.

독서의 유익함

1899년에 프루스트에게는 만사가 좋지 않게 돌아가고 있었다. 나이는 스물여덟이었고, 인생을 그냥 방치했고, 여전히 부모님의 집에서 살고 있었으며, 돈도 전혀 벌지 못했고, 항상 아팠고, 그중에서도 최악은 지난 4년 동안 소설을 한 편 써보려고 했지만 완성의 기미는 거의 보이지 않았다는 점이었다. 그 해 가을, 그는 프랑스 알프스의 온천 마을 에비앙으로 휴가를 갔고, 이곳에서 존 러스킨—영국의 미술 비평가로 베네치아, 터너, 이탈리아 르네상스, 고딕 건축 그리고 알프스의 풍경에 관한 글로 유명하다—의 책을 읽고 깊이 매료되었다.

프루스트와 러스킨의 만남은 독서의 유익함을 예증해준다. "내 눈앞에서 이 우주가 갑자기 무한한 가치를 되찾았다." 프루스트는 훗날 이렇게 설명했다. 왜냐하면 러스킨의 눈에 우주는 그런 가치를 가졌기 때문이며, 또한 그는 자신이 받은 인상을 말로 바꾸는 데에는 천재적인 인물이었기 때문이다. 러스킨은 프루스트가 일찍이 느꼈지만 차마 자신의 언어로 표현할 수 없었던 것을 표현했다. 프루스트는 자신은 단지 느낄 수만 있을 뿐 차마 표현할 수 없었던 경험들이, 러스킨에게서는 언어로 세워지고 아름답게 조립되어 있음을 발견했다.

러스킨 덕분에 프루스트는 가시적인 세계, 건축, 미술, 자연에 민감해지게 되었다. 다음의 인용문에서 러스킨은 일반적인 산의 개울 속에서 일어나는 여러 가지 일들 가운데 몇 가지에 대해서 독자들의 감각을 일깨워주고 있다.

> 만약 개울 바닥에서 3-4피트 위로 솟아 있는 바위와 마주칠 경우, 개울물은 대개 갈라지지도 않고 거품을 일으키지도 않으며, 이 문제에 대해서 아무런 관심도 표현하지 않으며, 다만 매끄러운 물의 돔을 이루어 바위를 타고 넘어감으로써, 여기에는 아무런 어려움이 없어 보이며, 물결의 온 표면은 그 극도의 속력 때문에 평행선을 이룸으로써, 강 전체가 마치 깊고도 격노한 바다의 외양을 가지게 되고, 차이라고는 다만 이것, 즉 급류의 파도가 항상 뒤로 부서지는 데에 반해서, 바다의 파도는 앞으로 부서진다는 것뿐이다. 그리하여 관성을 얻게 된 물속에서, 우리는 곡선의 가장 절묘한 배열을 발견하게 되는데, 이것은 계속해서 볼록에서 오목으로, 또 그 반대로 바뀌며, 그 변조되는 우아함을 발휘하며 바닥의 모든 융기와 공동(空洞) 위를 흘러가며, 모든 동작을 하나로 맞춰, 자연이 산출할 수 있는 것들 중에서도 가장 비유기적인 형태일 것 같은 일련의 연쇄를 제시한다.

풍경과는 별개로, 러스킨은 프루스트가 프랑스 북부에 있는 거대한 성당의 아름다움을 발견하도록 도와주었다. 휴가를 마치고 파리로 돌아왔을 때, 프루스트는 부르제와 샤르트르로, 아미앵과 루앙으로 여행을 다녀왔다. 훗날 러스킨이 자신에게 무엇을 가르쳐주었는지를 설명하면서, 프루스트는 『건축의 일곱 가지 등불(*The Seven Lamps of Architecture*)』에 등장하는 루앙 성당에 관한 한 문장을 지적하는데, 그 책에서 러스킨은 다른 수백 개의 석상과 함께 이 성당의 문들 가운데 하나에 새겨진 특정한 돌 인물 형상에 대해서 짧게 묘사했다. 이 인물 형상은 높이가 10센티미터도 되지 않는 작은 사람인데, 초조해하면서도 당혹스러운 표정을 짓고 있으며, 한 손을 자기 뺨에 세게 짓누르고, 눈 밑의 근육을 찡그리고 있다.

프루스트가 보기에, 이 작은 사람에 대한 러스킨의 관심은 일종의 부활과 같은 효과를 불러일으켰는데, 이것은 위대한 예술의 한 가지 특징이다. 그는 이 인물 형상을 어떻게 바라보아야 하는지를 알고 있었고, 따라서 이후 세대를 위하여 이것을 되살려놓았다. 항상 겸손했던 프루스트는 러스킨을 안내인으로 삼기 전까지는 자신이 차마 알아보지도 못했음을 이유로, 그 작은 인물 형상을 향해서 쾌활하게 사죄한다. ("나는 우리 마을의 수천 가지 돌들 가운데서 당신을 발견하고, 당신의 형상을 집어내고, 당신의 성격을 재발견하고, 당신을 불러내고, 당신을 되살리고 할 만큼 똑똑하지 못했습니다.") 이것이야말로 러스킨이 프루스트에게 한 일의 상징이며, 모든 책이 그 독자에게 하는 일의 상징이다. 즉 가치가 있으면서도 간과된 경험의 한 측면을 습관과 부주의로 인해서 야기된 죽음의 상태로부터 되살리는 것이다.

러스킨으로부터 깊은 감명을 받은 까닭에, 프루스트는 전통적으로 독서를 좋아하는 사람들에게 열려 있는 직업에 종사함으로써 그와의 접촉을 확장하고자 했다. 그 직업이란 바로 문학연구였다. 그는 소설가로서의 계획을 밀어놓고 러스킨 학자가 되었다. 1900년에 이 영국의 비평가가 사망하자 프루스트는 그의 부고기사를 썼고, 곧이어 몇 편의 관련 에세이를 썼으며, 그 후에는 러스킨의 작품을 프랑스어로 번역하는 엄청난 작업에 돌입했다. 이 일이 예상 외로 만만찮은 작업이 된 까닭은 그가 사실상 영어를 거의 하지 못했으며, 조르주 드 로리의 증언에 따르면, 어느 식당에서 영어로 양갈비 요리를 정확하게 주문하는 데에도 곤란을 겪을 정도였기 때문이다. 하지만 그는 러스킨의 『아미앵의 성서(*The Bible of Amiens*)』와 『깨와 백합(*Sesame and Lilies*)』의 상당히 정확한 번역본을 만들어내는 데에 성공했으며, 러스킨에 관한 자신의 지식의 폭이 어느 정도인지를 증명하는 일련의 학술적인 주석도 덧붙였다. 이것이야말로 그가 광기 어린 교수와 같은 열정과 엄밀함으로 수행한 일이었다. 그의 친구 마리 노들링어의 말을 빌리면 이러했다.

그가 일하는 곳의 불편은 정말 믿을 수 없을 정도였다. 침대에는 책이며 종이가 흩어져 있었고, 사방에 그의 베개가 놓여 있었으며, 그의 왼쪽에 있는 대나무 탁자에도 자료가 수북이 쌓여 있었다. 그가 뭘 쓰든지 간에 밑받침이 있을 때

> 보다는 없을 때가 더 많았고 (따라서 그의 글씨가 판독이 불가능한 것도 이상할 것이 없었다) 싸구려 나무 펜꽂이 한두 개가 바닥에 떨어진 그 자리에 그대로 놓여 있었다.

프루스트는 너무나 훌륭한 학자였으며, 결코 성공하지 못한 소설가였으므로, 학문 분야의 경력이 분명히 유혹적이었을 것이다. 이것은 그의 어머니의 바람이기도 했다. 아들이 소설을 한 편 쓰겠다고 몇 년을 허비하고도 아무런 성과가 없다는 것을 알았던 그녀는 이제 아들이 훌륭한 학자의 소질이 있음을 발견하자 기뻐했다. 프루스트도 자신의 적성을 무시할 수 없었고, 실제로 몇 년 뒤에 어머니의 판단에 대한 공감을 표현했다.

> 내 삶에서 내가 할 수 있는 일이 단 하나뿐이라는 데에 나는 항상 엄마와 의견이 일치했는데, 그 하나는 우리 두 사람 모두 상당히 가치 있게 여긴 것이어서, 많은 의미가 있었다고 하겠다. 그 일이란 훌륭한 교수가 되는 것이었다.

독서의 한계

물론 당연한 이야기이지만 프루스트는 결코 러스킨 전문 학자이자 번역자인 프루스트 교수가 되지는 못했다. 그가 학문 분야로 나섰다면 얼마나 잘 어울렸을지를, 그 이외의 다른 모든 분야에는 얼마나 안 어울렸을지를, 그리고 그가 사랑하는 어머니의 판단을 얼마나 존중했을지를 모두 고려하면, 이는 중대한 사실이 될 수밖에 없었다.

그의 의구심이야말로 이보다 더 미묘할 수는 없을 지경이었다. 그는 독서와 연구의 엄청난 가치에 관해서 결코 의구심을 가지지 않았으며, 또한 정신적 자급자족을 지지하는 그 어떤 천박한 주장에 대항해서라도 자신의 러스킨 연구 작업을 옹호할 것이었다.

> 범속한 사람들은 이렇게 상상한다. 우리가 존경하는 책들이 인도하는 대로 따를 경우, 우리의 판단 능력에서 그 독립성의 일부를 박탈당할 것이라고 말이다. "러스킨이 무엇을 느끼는지가 당신에게 무슨 상관인가? 당신 스스로 느껴보라." 이런 견해는 심리학적 오류에 근거하는 것이다. 가령 정신적인 훈련을 받아들임으로써 자신들의 이해와 감각 능력이 무한히 향상되었다고, 자신들의 비판 감각이 결코 마비되지 않았다고 느끼는 사람들이라면 이런 오류를 곧이듣지 않을 것이다.……사람이 무엇을 스스로 느끼는지를 자각하게 되는 방법으로 말하자면, 어떤 거장이 어떻게 느꼈는지를 스스로 재창조하려고 시도하는 것보다 더 나은 방법은 없을 것이다. 이런 심오한 노력에서는 우리가 그의 생각과 함께 빛 속으로 끌어내는 것이야말로 우리의 생각 그 자체이다.

그러나 독서와 학문에 관한 이 강력한 옹호에서 뭔가가 프루스트의 의구심을 넌지시 비추고 있다. 핵심이 얼마나 논쟁적인지 또는 중대한지에 대해서 주의를 기울이는 대신, 그는 특별한 이유 때문에 독서를 해야 한다고만 주장한다. 그 이유란 시간을 보내기 위해서도 아니고, 초연한 호기심 때문에도 아니며, 러스킨이 무엇을 느꼈는지 찾아내려는 공평무사한 소원 때문도 아니다. 다만 앞에 나온 말을 반복하며 강조 표시를 하면, "사람이 무엇을 스스로 느끼는지를 자각하는 방법으로 말하자면, 어떤 거장이 어떻게 느꼈는지를 스스로 재창조하려고 시도하는 것보다 더 나은 방법은 없을 것"이기 때문이다. 우리가 무엇을 느끼는지 알기 위해서, 우리는 다른 사람의 책을 읽어야 한다. 우리는 자신의 생각을 발전시켜야만 하며, 심지어 다른 저술가의 생각이 우리가 그렇게 하는 데 도움을 준다고 해도 마찬가지이다. 성취된 학자로서의 삶에서는 따라서 다음과 같은 판단이 요구된다. 즉 우리가 연구하는 저술가들이 그들의 책에서 우리 자신의 관심사를 충분히 서술했다는 판단이, 그리고 번역이나 주석으로 그들을 이해하는 동시에 우리는 자신의 정신적으로 중대한 부분들을 이해하고 발전시키는 셈이라는 판단이 요구된다.

프루스트의 문제는 바로 여기에 있다. 그의 견해에 따르면, 책은 우리가 느끼는 바를 충분히 자각하게 만들어줄 수는 없기 때문이다. 책이 우리를 눈뜨게 해주고, 우리를 예민하게 만들고, 우리의 지각 능력을 향상시켜줄지는 모르지만, 어느 시점에 이르면 그런 작용은 중지되고 만다. 이런 중지는 우연에 의한 것도, 가끔 그런 것도, 운이 나빠서 그런 것도 아니며, 다만 불가피한 것이고, 오히려 자명한 것이다. 왜냐하면 저자는 우리가 아니다라는 순전하고도 단순한 이유 때문이다. 어떤 책을 읽든지 우리는 뭔가 어울리지 않는, 오해되는, 강제되는 듯한 느낌을 받는 순간을 직면하게 마련이고, 그때부터는 인도자를 뒤에 남겨놓고 자신의 생각을 혼자서 이어나가야 할 책임감을 느낀다. 러스킨을 향한 프루스트의 존경은 대단했지만, 그의 본문을 6년 동안이나 열성적으로 연구했고, 침대 위에 잔뜩 흩어놓은 종잇조각, 대나무 탁자 위에 높이 쌓인 책들과 함께 살아가다보니, 다른 사람의 말에 지속적으로 구속되어야 한다는 데에 대해서 특히 격하게 짜증을 내면서, 프루스트는 러스킨의 자질들조차도 그 저술가가 종종 "어리석고, 광적이고, 속박되고, 거짓되고, 우스꽝스러워지는 것"을 방지하지는 못했다고 주장했다.

이 시점에서 프루스트가 조지 엘리엇을 번역하거나 도스토예프스키에 주석을 다는 일로 돌아서지 않았다는 사실은, 그가 러스킨에게 느낀 좌절감이 이 작가에게만 우발적으로 나타났던 것이 아니며, 그가 독서와 학문 전반에 어딘가 속박된 차원이 있다는 것을 인식했음을 상징한다. 이것은 그가 프루스트 교수라는 직함을 추구하지 않은 충분한 이유가 되었다.

이것은 좋은 책(독서가 우리의 정신적 삶에서 담당하는 역할이 필수적인 동시에 제한적임을 즉시 깨닫도록 허락해 주는 책)의 위대하고도 훌륭한 특징 가운데 하나이다. 저자에게 그것들은 "결론"이라고 불릴 수 있지만, 독자에게는 다만 "자극"이라고 불릴 수 있다. 우리는 저자의 지혜가 떠나간 장소에서 우리의 지혜가 시작된다는 사실을 절감하며, 저자가 우리에게 제공할 수 있는 것이라고는 욕망뿐일 때에도 어떤 답변을 주기를 바란다.……이것이 바로 독서의 가치이며, 또한 독서의 부적절성이기도 하다. 독서를 훈련으로 만든다는 것은 자극에 불과한 것에 너무 큰 역할을 부여하는 일이다. 독서는 정신생활의 문턱에 놓여 있다. 독서는 우리를 정신생활에 소개시켜준다. 그러나 독서 자체가 정신생활을 구성하지는 않는다.

그러나 프루스트는 독서가 우리의 정신생활 전체를 구성할 수 있다고 믿는 것이 얼마나 유혹적인지를 기묘하게도 자각했고, 그 결과로 책을 향한 책임감 있는 접근방식에 관해서 몇 가지 조심스러운 가르침을 내놓게 되었다.

독서가 우리에게 자극인 한에서는, 즉 그 마법의 열쇠가 어떻게 해야 들어갈 수 있는지 몰랐던 우리 내부 깊은 곳에 있는 거처로 들어가는 문을 열어주는 한에서는, 우리의 삶에서 독서의 역할은 유익하다. 반면 우리에게 정신의 독자

> 적인 삶을 일깨우는 대신에, 독서가 그 삶의 자리를 차지하는 경향이 있을 때에는 위험하기도 하다. 즉 진실이 이제 더는 어떤 이상(理想), 즉 오직 우리 생각의 친밀한 과정이며 우리 마음의 노력에 의해서만 깨달을 수 있는 어떤 이상으로 나타나는 것이 아니라, 오히려 물질적인 어떤 것으로, 책장 사이사이에 배치된 어떤 것으로, 가령 다른 사람이 완벽하게 마련해둔 꿀처럼, 그저 도서관의 책장으로 손을 뻗어 정신과 육체의 완벽한 휴식 속에서 수동적으로 견본을 뽑아내는 수고만 감당하면 그만인 것으로 나타날 때가 그렇다.

책이라는 것이 우리가 느끼는 특정한 사물을 자각하는 데에 큰 도움이 되기 때문에, 프루스트는 이런 대상에 대한 우리의 삶을 해석하는 일 전체를 순순히 내팽개치고 싶은 유혹이 얼마나 큰지를 인식했다.

그는 자신의 소설에서 이처럼 과도한 의존의 위험에 관한 사례를 하나 제공했다. 라브뤼예르의 작품을 읽는 한 사람에 관한 소품이 바로 그것이다. 그는 이 사람이 『인간 성격론(*Les Caractères*)』의 한 페이지에서 우연히 다음과 같은 경구를 발견하는 모습을 그려냈다.

> 인간은 종종 사랑하고 싶어하면서도, 정작 그런 노력을 하지는 않는다. 그들은 자신을 파멸시키면서도, 정작 사랑

을 성취할 수는 없으며, 만약 내가 그들의 사랑을 그렇게 표현할 수 있다면, 그들은 자신의 의지를 거슬러 자유를 누릴 수밖에 없게 되었다는 것이다.

이 구혼자는 몇 년 동안이나 한 여자에게 사랑받기 위해서 노력했지만 막상 그 여자는, 만약 그를 정말 사랑했다면 그를 불행하게 만들 뿐일 여자였기 때문에, 프루스트는 이 남자 자신의 삶과 이 경구 사이의 연계가 이 불운한 구혼자를 깊이 감동시켰을 것이라고 추측한다. 그는 이제 이 구절을 읽고 또 읽으며, 그 의미를 잔뜩 부풀려서 마침내 터지기 일보 직전의 상태로 만든다. 또한 거기에 100만 개의 단어와 함께 그 자신의 삶에서 가장 감동적인 기억을 덧붙여서, 더없는 기쁨을 느끼며 이 구절을 되뇐다. 왜냐하면 이 구절은 너무나도 아름답고 너무나도 진실해 보이기 때문이다.

이것이야말로 의심의 여지없이 이 남자의 경험에 들어 있는 여러 가지 측면의 결정화라고 하겠지만, 프루스트는 라브뤼예르의 생각에 대한 이런 극단적인 열광 때문에 이 사람이 어떤 지점에서 자신의 감정의 특이성으로부터 빗나가고 말았음을 암시한다. 이 경구는 실제로 그가 자신의 이야기를 부분적으로나마 이해하도록 일조했을 수도 있지만, 그렇다고 해서 그의 이야기를 정확히 반영하지는 않는다. 그의 낭만적인 불운을 완전히 포착하기 위해서라면, 그 문장은 오히려 다음과 같이 읽어야 한다. 즉 "인간은 사랑하고 싶어하면서도"가 아니라 "인간은 사랑받고 싶어하면서도"가 되어야 한다. 비록 중대한 차이는 아니지만, 이것이야말로 책이 간혹 우리의 경험 가운데 일부를 훌륭하게 서술할 때라고 해도, 다른 경험을 뒤에 남겨놓는다는 사실을 잘 보여주는 상징이라고 하겠다.

따라서 우리는 책을 주의 깊게 읽어야 하는, 책이 우리에게 주는 통찰을 반겨 맞아야 하는, 하지만 그 과정에서 우리의 독립성을 예속시킨다거나 우리의 애정생활의 미묘한 차이를 덮어버리지는 말아야 하는 의무를 부과받게 된다.

그렇게 하지 않을 경우, 우리는 프루스트가 지나치게 공손한, 그리고 지나치게 의존적인 독자에게서 식별한 일련의 증상들로 인해서 고통을 받게 될 것이다.

첫 번째 증상:
우리는 저술가를 예언자로 착각하게 된다

어린 시절에 프루스트는 테오필 고티에의 작품을 좋아했다. 고티에의 『대장 프라카스(*Le Capitaine Fracasse*)』에 나오는 어떤 문장이 너무나 심오해 보여서, 그는 저자가 무엇인가 무한한 통찰력을 가진 비범한 인물이라고 생각하기 시작했으며, 저자를 직접 만나 자신의 온갖 중대한 문제들에 대해서 그에게 상담을 했으면 하고 바랐다.

> 나는 오직 하나뿐이며 현명한 진실의 관리인인 그가 가령 셰익스피어, 생틴, 소포클레스, 에우리피데스, 실비오 펠리코에 관해서 내가 어떻게 생각해야 옳은지를 내게 말해주었으면 하고 바랐다.*……다른 무엇보다도 나는 학교에서 첫 해를 반복함으로써 진리에 도달할 기회가 더 많아질 것인지, 아니면 외교관이 되거나 상소 법원에서 법정변호사가 됨으로써 그럴지를 그가 내게 말해주었으면 하고 바랐다.

아쉽게도 고티에의 영감이 넘치고 매력적인 문장은 대부분이 몇 가지 매우 지루한 문장들의 한가운데에 등장하곤 했다. 그 지루한 문장들에서 저자는 성(城) 하나를 묘사하기 위해서 한 시대를 모두 소비하면서도, 정작 소포클레스에 관해서 또는 외무부에 들어가거나 법조계로 진출해야 하는지 여부에 관해서 마르셀에게 이야기해주는 데에는 관심이 없었다.

마르셀의 경력 문제에 관한 한, 이것은 어쩌면 좋은 일이었을지도 모른다. 한 가지 영역에서 고티에가 보여준 통찰의 능력도, 그가 또다른 영역에서 가치 있는 통찰을 내놓을 수 있음을 반드시 의미하지는 않았다. 하지만 그런 화제에 극도로 명료했던 인물이라면 다른 화제에 대해서도 완벽한 권위자로 판명

* X. B. 생틴(Saintine : 1798－1865)은 프랑스의 극작가 겸 소설가. 실비오 펠리코(Silvio Pellico : 1789－1854)는 이탈리아 낭만주의 시대의 작가.

되리라고, 어쩌면 모든 것에 답변을 가진 것으로 판명되리라고 생각하는 것은 지극히 자연스러운 일이다.

어린 시절에 고티에에게 걸었던 과장된 기대들 가운데 상당수를 프루스트는 훗날 다른 사람들로부터 마찬가지로 받게 되었다. 그 역시 존재의 수수께끼를 해결할 수 있으리라고 믿은 사람들이 있었기 때문인데, 이 터무니없는 기대의 근거라고는 추측컨대 그의 소설밖에는 없었다. 「랭트랑지장」의 편집진, 그러니까 전 지구적인 파국의 결과에 관해서 프루스트와 상의하는 것이 적절하다고 생각한 영감이 넘치는 이 언론인들은 저술가의 예언적인 지혜를 극도로 신봉한 까닭에, 거듭해서 이런저런 질문으로 프루스트를 괴롭혔다. 그들은 그가 다음과 같은 질문에 답변할 수 있는 적임자라고 생각했다.

> 어떤 이유로 인해서 손을 쓰는 직업을 가질 수밖에 없다면, 귀하께서는 자신의 취향과 소질과 역량에 따라서 어떤 직업을 선택하시겠습니까?

"나는 빵 굽는 사람이 되었으면 좋겠다고 생각합니다. 사람들에게 일용할 양식을 제공하는 것은 영예로운 일일 것입니다." 비록 이렇게 답변하기는 했지만, 정작 프루스트 자신은 토스트 한 조각도 만들 수가 없었다. 이런 답변에 앞서, 프루스트는 글쓰기 역시 어쨌거나 손을 쓰는 노동이 아니냐고 주장했다. "귀하께서는 손을 쓰는 직업과 머리를 쓰는 직업을 구분하셨는데, 저는 거기에 동의할 수 없었습니다. 손도 결국 머리의 인도를 따르기 때문입니다." 물론 화장실 청소가 임무였던 가정부 셀레스트였다면 아마 점잖게 이 견해에 대한 반론을 제기했을지도 모른다.

답변 자체도 무의미했지만, 따지고 보면 질문 자체도 무의미하기는 마찬가지였으며, 최소한 프루스트에게 던진 질문인 한에서는 그랬다. 어째서 그 잡지의 편집진은 『잃어버린 시간을 찾아서』를 쓰는 프루스트의 능력이 어떤 식으로든 간에, 최근에 해고된 화이트칼라 노동자에게 직업에 관한 조언을 할 수 있는 소질을 암시한다고 여겼을까? 어째서 그들은 평생 한번도 버젓한 직업을 가진 적이 없었으며, 심지어 빵도 별로 좋아하지 않았던 사람이 내놓은, 빵 굽는 사람의 삶에 관한 오도된 개념을 「랭트랑지장」의 독자들 앞에 내놓아야 했을까? 어째서 그들은 프루스트라는 사람은 자신의 적성에 맞는 분야에 관한 질문에나 답변하게 내버려두고, 차라리 그보다 더 유능한 직업 상담가를 찾아야 하는 필요성을 시인하지 않았을까?

두 번째 증상:
좋은 책을 읽고 나면 우리는 글을 쓸 수가 없다

어쩌면 이것은 특정한 직업에만 해당되는 협소한 고려일 수도 있지만, 가령 좋은 책은 역시 우리가 문득 생각을 멈추게 만든다는 점—좋은 책이란 우리 자신의 정신이 따라잡을 수 있는 어떤 것보다도 본래 탁월한 까닭에, 그토록 완벽하게 우리에게 충격을 주기 때문이다—을 상상해보면, 이는 보다 넓은 타당성을 가질 수도 있다. 한마디로 좋은 책은 우리를 침묵하게 만든다.

프루스트의 작품을 읽고 난 직후에 버지니아 울프도 거의 침묵할 뻔했다. 그녀는 그의 소설을 좋아했고, 지나칠 정도로 좋아하게 되었던 것이다. 물론 누군가의 소설을 좋아한다는 것 자체만 따진다면야 완전히 잘못된 일은 아니다. 그러나 왜 사람들이 저술가가 되는지에 대한 발터 벤야민의 판정—그는 그 이유가 다른 사람이 쓴 책들 중에서는 완벽하게 자신의 마음에 드는 것을 찾을 수 없었기 때문이라고 설명한다—을 고려해보면 이것은 정말이지 결정적인 깨달음이 될 수밖에 없다. 버지니아가 겪은 어려움이란, 비록 한동안에 불과했다고 하더라도, 자신이 정말 그런 책을 한 권 찾았다고 생각한 점이었다.

마르셀과 버지니아

단편 소설

버지니아 울프는 1919년 가을에 로저 프라이에게 쓴 편지에서 프루스트를 처음으로 언급했다. 그는 프랑스에 있었고, 그녀는 리치몬드에 있었는데, 그곳의 날씨는 안개가 자욱하고, 정원은 엉망이라면서, 그녀는 귀국길에 『스완네 가는 길』을 한 권 가져다달라고 그에게 지나가는 말로 부탁했다.

그녀가 그 다음으로 프루스트를 언급한 것은 1922년의 일이었다. 나이는 40대에 접어들었고, 일찍이 프라이에게 건넨 부탁에도 불구하고, 아직까지는 프루스트의 작품을 한 편도 읽지 않았지만, E. M. 포스터에게 보낸 편지에서, 그녀는 주위의 다른 사람들이 자기보다 더 근면함을 밝혔다. "모두가 프루스트를 읽고 있습니다. 나는 말없이 앉아서 그들의 이야기를 듣습니다. 뭔가 엄청난 경험인 것 같습니다." 그녀는 이렇게 설명했지만, 혹시 이 소설에 들어 있는 뭔가에 압도될까봐 두려워서 읽기를 미룬 것은 아닌 듯하다. 다만 그녀의 표현만 놓고 보면, 그 소설은 실과 접착제를 이용해서 서로 달라붙게 만들어놓은 수백 장의 종이 뭉치라기보다는 오히려 일종의 늪이라도 되는 것 같다. "나는 그 가장자리에서 몸을 떨면서, 내가 만약 저 아래로, 아래로, 아래로 내려가게 되면 어쩌면 결코 다시는 위로 올라오지 못할 것 같다는 일종의 두려움의 개념에 잠기기를 기다리고 있습니다."

그럼에도 불구하고 그녀는 그 안으로 뛰어들었고, 바로 그때부터 문제가 시작되었다. 그녀가 로저 프라이에게 말한 바에 따르면 "프루스트는 표현을 향한 나의 열망을 너무나 자극함으로써, 나는 문장을 시작할 수도 없을 지경입니다. 아, 내가 그렇게 쓸 수만 있었다면! 난 버럭 소리를 질렀습니다. 그리고 그가 확보한 것이 가령 놀라운 진동과 침투인 순간—그 속에는 뭔가 성적인 것이 들어 있습니다—에는 나도 그렇게 쓸 수 있다는 생각이 들어서 펜을 움켜쥐지만, 그러고 나면 나는 그렇게 쓸 수 없는 것입니다."

마치 이것은 『잃어버린 시간을 찾아서』를 향한 버지니아 울프의 예찬처럼 들리지만, 사실은 작가로서 자신의 미래에 관한 훨씬 더 어두운 평결이다. 그녀는 프라이에게 이렇게 말한다. "내 위대한 모험은 진정으로 프루스트입니다. 글쎄요, 그의 이후에 무슨 써야 할 것이 남아 있을까요?……과연 어떻게 이 누군가는 늘 파악되지 않고 손아귀를 벗어나기만 했던 것을 잘도 응고시키고, 그것을 이처럼 아름답고 완벽하게 영속적인 물질로 변모시킨 것일까요? 누구라도 책을 덮고 숨을 헐떡이지 않을 수 없을 것입니다."

숨을 헐떡였음에도 불구하고, 울프는 『댈러웨이 부인(*Mrs. Dalloway*)』의 집필을 계속해야 함을 깨달았으며, 그 이후에야 자신이 뭔가 버젓한 것을 만들어냈을지도 모른다는 생각에 짧게나마 의기양양해 했다. "이번에야말로 내가 과연 어떤 것을 성취했는지 궁금한데?" 그녀는 일기장에 이렇게 썼지만, 그런 기쁨은 오래가지 못했다. "글쎄, 프루스트에 비교할 만한 작품은 아무것도 없다. 나는 요즘 그에게 깊이 빠져 있다. 프루스트에 관해 한 가지 분명한 사실은, 그가 극도의 감수성을 극도의 끈기와 조합시켰다는 것이다. 그는 이 나비의 색조를 그야말로 알갱이 하나까지 탐색한다. 그는 장선(腸線)처럼 질기고, 나비의 가루처럼 섬세하다. 내 생각에 그는 나한테 영향을 미친 것과 동시에, 내가 쓴 문장 하나하나에 내가 짜증을 부리게 만들었다."

프루스트의 도움이 없었더라도, 울프는 자신의 문장을 어떻게 싫어해야 할지를 충분히 잘 알고 있었다. "『올란도(*Orlando*)』에 너무 질린 나머지, 나는 아무것도 쓸 수가 없다." 1928년에 이 책을 완성한 직후, 그녀는 일기장에 이렇게 썼다. "나는 일주일 동안 교정쇄를 수정했다. 그리고 단 하나의 문장도 더 자아낼 수 없었다. 나는 스스로가 능변이라는 점이 혐오스럽다. 왜 항상 말이 자라나게 하는 것일까?"

그러나 이 프랑스인과의 짧은 접촉 이후, 가뜩이나 좋지 않았던 그녀의 기분은 자칫 더 나쁜 상황으로 극적으로 번질 가능성이 더 높아졌다. 일기는 이렇게 이어진다. "저녁식사 후에 프루스트를 집어 들었다가 도로 내려놓았다. 참으로 최악의 시간이다. 나를 정말 자살하고 싶게 만든다. 해야 할 일은 아무것도 남아 있지 않은 것 같다. 만사가 무미건조하고 무가치해 보인다."

그럼에도 불구하고 그녀는 아직 자살을 감행하지는 않았고, 대신 프루스트 읽기를 중지하는 현명한 길을 택했으며, 그 조치 덕분에 그리 무미건조하지도 않고 무가치하지도 않은 문장들로 이루어진 책을 몇 권 더 쓸 수 있었다. 그러고 나서 1934년에 『세월(*The Years*)』을 작업하던 도중에, 그녀는 프루스트의 그늘에서 마침내 벗어났음을 보여주는 징조를 보였다. 에셀 스미스에게 한 말에 따르면, 그녀는 『잃어버린 시간을 찾아서』를 다시 집어 들었는데, "그 책은 물론 너무나 웅장해서, 나는 그 범위 이내에서는 아무것도 쓸 수가 없었다. 몇 년 동안이나 나는 이 책의 완독을 미뤄왔다. 하지만 최근 몇 년 사이의 어느 해에 내가 죽을지도 모른다고 생각하자, 나는 그 책으로 돌아갔고, 내가 갈겨쓴 글 따위야 자기 좋아하는 일을 알아서 하게 내버려두었다. 주여, 내 책이 얼마나 구제불능이고 엉터리 책이 될는지요!"

이 어조를 보면 울프는 마침내 프루스트와 화해한 것 같다. 그는 그만의 영역을 가질 수 있으며, 그녀는 그녀만의 갈겨쓴 글을 가질 수 있게 된 것이다. 우울증과 자기혐오에서 쾌활한 도전으로 가는 길은 한 사람의 업적이 또 한 사람의 업적을 반드시 무(無)로 만들지는 않는다는 점, 제아무리 순간적으로는 마치 정말 그런 것처럼 보인다고 해도 이 세상에는 뭔가 할 일이 항상 남아 있게 마련이라는 점에 대한 점차적인 인식을 암시한다. 프루스트는 여러 가지를 잘 표현했지만, 독립적인 생각과 소설의 역사가 그와 함께 완전히 중단에 이른 것은 아니었다. 그의 책 이후에 반드시 침묵이 뒤따라야 할 필요는 없었다. 다른 사람이 쓴 글을 위한 공간은 여전히 남아 있었다. 가령 『댈러웨이 부인』, 『평범한 독자(*The Common Reader*)』, 『자기만의 방(*Room of One's Own*)』을 위한 그리고 특히 이 맥락에서 이 책들이 상징하는 바—즉 자기만의 지각—를 위한 공간 말이다.

세 번째 증상:
우리는 예술적 우상숭배자가 된다

작가를 과대평가하는 반면 자신을 과소평가하는 위험과는 별개로, 우리가 잘못된 이유 때문에 예술가를 숭배하게 될 위험도 분명히 있다. 이른바 프루스트가 예술적 우상숭배라고 부른 것에 빠져드는 것이다. 종교적인 맥락에서 우상숭배는 종교의 한 가지 국면—숭배되는 신의 이미지, 특정한 법률이나 경전—을 향한 고착을 암시하며, 이것은 우리가 그 종교의 전반적인 정신에서 벗어나게, 심지어 위반하게 만든다.

프루스트는 예술에도 구조적으로 이와 유사한 문제가 있다고 주장하는데, 거기서 예술적 우상숭배자는 예술에 묘사된 대상에 대한 문자적 숭배를 예술의 정신에 대한 태만과 조합시킨다. 가령 그들은 위대한 화가가 묘사한 교외 풍경에서도 특정한 일부분에만 매달리며, 이것을 그 화가에 대한 음미라고 착각한다. 그들은 그림 속에 있는 대상에만 주의를 집중하는데, 이것은 정작 그 그림의 정신과는 반대되는 것이다. 반면 프루스트의 심미적 입장의 본질은 기만적이라고 할 정도로 단순한, 그러나 사실은 매우 중대한 다음과 같은 주장에 담겨 있다. "그림의 아름다움이란 거기에 묘사된 사물에 의존하는 것이 아니다."

프루스트는 친구인 귀족 출신 시인 로베르 드 몽테스큐를 비난하는데, 왜냐하면 어느 화가가 묘사한 적이 있었던 어떤 사물을 우연히 실제로 마주할 경우에 몽테스큐가 느꼈던 즐거움 때문이다. 가령 발자크가 『카디냥 대공비의 비밀(*Les Secrets de la Princesse de Cadignan*)』에서 카디냥 대공비라는 등장인물을 위해서 상상했던 것과 같은 드레스를 여자친구들 중 한 사람이 입고 있는 것을 우연히 보게 된다면, 몽테스큐는 그야말로 감정이 북받칠 것이었다. 어째서 이러한 즐거움이 우상숭배적인 것일까? 왜냐하면 몽테스큐의 열광은 그 드레스의 음미와는 전혀 관계가 없으며, 다만 발자크의 명성에 대한 존경하고만 관계가 있기 때문이다. 몽테스큐 자신에게는 그 드레스를 좋아해야 할 이유가 전혀 없었다. 그는 발자크의 심미적인 시각의 원칙에 동감한 것도 아니었으며, 이 특별한 물체에 대한 발자크의 음미에 들어 있는 일반적인 교훈을 파악한 것도 아니었다. 따라서 발자크가 단 한번도 묘사한 적이 없는 어떤 드레스를 볼 경우, 몽테스큐에게는 곧바로 문제가 야기되며, 그는 아마 그 드레스를 무시할 것이다. 만약 발자크가, 그리고 훌륭한 발자크 숭배자가 몽테스큐와 같은 입장에 놓였다면, 그들은 충분히 그 드레스 각각의 장점을 적절하게 평가할 수 있었을 텐데도 말이다.

네 번째 증상:
우리는 『되찾은 요리』를 구입하고 싶은 유혹을 느낀다

프루스트의 글쓰기에서 음식은 특권적인 역할을 한다. 종종 사랑스럽게 묘사되고, 음미되기 때문이다. 프루스트가 독자들 앞에 열거하는 수많은 요리들 가운데 일부만 들어보자. 치즈 수플레, 꼬투리 콩 샐러드, 아몬드를 곁들인 송어, 노랑촉수 구이, 부야베스, 뵈르 누아르 소스를 곁들인 홍어, 쇠고기 냄비요리, 베어네이즈 소스를 곁들인 양고기, 쇠고기 스트로가노프, 복숭아 졸임, 나무딸기 무스, 마들렌, 살구 타르트, 사과 타르트, 건포도 케이크, 초콜릿 소스, 초콜릿 수플레.
우리가 평소에 먹는 음식과 프루스트의 등장인물이 즐기는 음식의 군침이 돌게 하는 성격 간의 대비 때문에 어쩌면 우리는 이 프루스트의 요리를 보다 직접적으로 맛보고 싶다는 생각을 할지도 모른다. 그럴 때 『되찾은 요리(*La Quisine Retrouvée*)』라는 제목의 번쩍번쩍한 삽화가 들어간 요리책을 한 부 구입하고 싶은 유혹을 느낄 수도 있겠다.* 프루스트의 작품에 등장하는 모든 요리의 조리법이 담겨 있는 이 책은, 파리 최고의 요리사가 편찬해서 1991년에 처음 간행되었다. (그 출판사는 『모네의 요리책[*Les Carnets du cuisine de Monet*]』이라는 더 실용적인 제목의 책을 펴낸 곳이기도 하다). 이 책은 실력이 어중간한 요리사조차 위대한 소설가에게 특별한 경의를 바칠 수 있게 해주며, 어쩌면 프루스트의 예술에 대한 보다 깊은 이해를 얻게 해줄 수도 있다. 이 책은 작중화자가 가족과 함께 콩브레에 있을 때 프랑수아즈가 만들어준 것과 정확히 똑같은 종류의 초콜릿 무스를 프루스트 숭배자가 만들게 해준다.

프랑수아즈의 초콜릿 무스

재료 : 일반 식용 초콜릿 100그램, 가루 백설탕 100그램, 우유 1/2리터, 계란 6개.

우유를 끓인 다음, 초콜릿을 여러 조각으로 나누어 넣고, 서서히 녹이면서, 나무 숟가락으로 저어준다. 계란 노른자 6개에 설탕을 넣고 휘저어서 거품을 낸다. 오븐은 섭씨 130도로 예열한다.

초콜릿이 완전히 녹았으면 계란과 설탕 위에 붓고, 재빨리 힘차게 섞어서 체로 한 번 거른다.

그 액체를 직경 8센티미터짜리 작은 램킨 그릇에 붓고,

---

* 이 요리책의 제목인 『되찾은 요리』는 『잃어버린 시간을 찾아서』의 마지막 권인 『되찾은 시간』을 빗대어 지은 것이다.

이중냄비에 넣어서, 오븐에 집어넣고 1시간 동안 굽는다. 다 되면 차갑게 식혀서 내놓는다.

그러나 이 조리법 덕분에 맛있는 디저트를 만들어낸 다음, 이른바 프랑수아즈의 초콜릿 무스를 한입 또 한입 먹는 사이, 우리는 잠시 동작을 멈추고 과연 이 요리—더 나아가서 『되찾은 요리』라는 책 전체—가 진정으로 프루스트에 대한 경의로 구성되어 있는지, 아니면 프루스트가 독자들에게 경고했던 바로 그 죄를 오히려 부추길 위험은 없는지 여부를 자문하지 않을 수 없을 것이다. 바로 예술적 우상숭배의 죄를 말이다. 가령 프루스트가 자신의 작품에 근거한 요리책을 원칙상으로는 환영했다고 해도, 문제는 그가 과연 그 요리책이 어떤 형태를 취했으면 하고 바랐을까 하는 점이다. 예술적 우상숭배에 관한 그의 주장을 받아들인다는 것은, 결국 그의 소설에 등장한 특정한 음식이란 사실 아무것도 아니라는 것을, 즉 그 음식을 고려의 대상으로 삼는 정신—즉 프랑수아가 마련해준 바로 그 초콜릿 무스나, 또는 베르뒤랭 부인이 식탁에 내놓은 특정한 부야베스와는 무관하게 얼마든지 전이가 가능한 정신—과 비교해볼 때에는 아무것도 아니라는 것을 인식한다는 의미이다. 그리고 이는 가령 뮤즐리, 카레 또는 파에야 같은 음식 한 그릇에 접근할 때에도 마찬가지일 것이다.

여기서의 위험은 우리가 프루스트의 초콜릿 무스나 완두콩 샐

러드를 만들기에 적당한 재료를 발견하지 못한 바로 그날, 『되찾은 요리』가 부지불식간에 우리를 우울 속으로 내던진다는 것, 그리고 우리는 햄버거—프루스트는 글로 쓸 기회조차 얻지 못했던 음식—를 먹을 수밖에 없게 된다는 것이다.

물론 이것은 마르셀의 의도가 아니었을 것이다. 그림의 아름다움이란 거기에 묘사된 사물에 의존하지는 않기 때문이다.

다섯 번째 증상:
우리는 일리에 콩브레를 방문하고 싶은 유혹을 느낀다

샤르트르의 성당 마을에서 남서쪽으로 차를 타고 여행하면, 자동차 전면 유리에 북유럽 특유의 농경지 풍경이 들어온다. 어디서나 볼 수 있는 풍경이며, 유일하게 주목할 만한 특징은 그 땅의 평평함이다. 이는 전면 유리의 와이퍼 위로 지평선에 간혹 나타나며 그 모습을 과시하는 급수탑이나 농업용 사일로에 필요 이상의 중요성을 부여한다. 이 단조로움은 흥미로운 것들을 열심히 바라보려는 노력으로부터의 반가운 휴식이고, 가령 루아르 성에 도착하기 이전에, 또는 발톱 모양의 플라잉 버트레스며 비바람에 시달린 종탑이 있는 샤르트르 성당의 광경을 소화시키기 전에, 여기저기 접어놓아서 아코디언처럼 부풀어 오른 미슐랭 관광안내서를 착착 제대로 펼 시간이기도 하다. 이보다 더 작은 도로가 마을을 관통하는데, 그곳의 집들은 마치 하루 온종일 지속될 것 같은 시에스타를 위해 닫혀 있다.

심지어 주유소에도 생명의 흔적은 전혀 보이지 않고, 그 엘프 깃발만 광대한 밀밭을 가로질러 불어오는 바람에 펄럭일 뿐이다. 가끔 한번씩 자동차 한 대가 백미러에 모습을 나타내고, 과장된 조급함을 보이며 추월한다. 마치 속도야말로 이 절망적인 단조로움에 항의하는 유일한 방법이라는 듯이.

더 큰 갈림길에 이르면, 제한속도 시속 90킬로미터를 공허하게 주장하고, 투르와 르망으로 가는 길을 가리키는 표지판 사이에서, 운전자는 일리에 콩브레라는 작은 마을까지의 거리를 표시하는 금속 화살표가 별다른 특징도 없이 서 있는 것을 발견할 것이다. 수세기 동안 이 표지판은 단지 일리에만을 가리키고 있었지만, 1971년에 이르러 이 마을에서는 하다못해 교양이라고는 결코 찾아보기 어려운 운전자도 이 마을과 이 마을이 낳은 가장 자랑스러운 인물의 관계를 알아야 한다고 결정했다. 물론 그는 이곳에서 태어나지 않았고, 다만 이곳을 찾은 방문객에 불과했다. 왜냐하면 프루스트는 여섯 살 때부터 아홉 살 때까지 그리고 열다섯 살 때에 한 번 더 이곳, 그러니까 아버지의 누이인 엘리자베스 아미오의 집에서 여름 휴가를 보냈을 뿐이기 때문이다. 바로 그곳에서 그는 가공의 마을 콩브레를 창조할 수 있는 영감을 끌어왔다.

19세기 말에 어린 나이로 이곳에서 몇 번인가 여름 휴가를 보냈을 뿐인 소설가가 만들어낸 역할을 더 선호한 까닭에, 결국 자신의 독립적인 현실성에 대한 주장 가운데 일부를 포기한 마을로 차를 몰고 들어간다는 데에는 뭔가 섬뜩한 느낌이 있다. 하지만 일리에 콩브레는 이런 생각을 오히려 좋아하는 모양이다. 이른바 '프루스트 박사 거리'의 모퉁이에서 과자와 사탕을 판매하는 어느 제과점 문에는 커다란, 그러나 어딘가 사람을 오도하는 느낌이 없지 않은 간판이 걸려 있다.

레오니 고모가 마들렌을 사온 바로 그 제과점

마르셰 광장에 있는 여러 제과점들 사이에서는 경쟁이 극심하다. 이곳 역시 "마르셀 프루스트의 작은 마들렌에 관한 날조 행위"에 관련되어 있기 때문이다. 8개들이 한 세트가 20프랑, 12개들이가 30프랑이다. 제과점 주인은 만약 『잃어버린 시간을 찾아서』가 아니었다면 이 가게가 오래 전에 문을 닫아야 했을 것임을 잘 알고 있다. 왜냐하면 그 책—정작 그는 읽어보지도 않았다—이 전 세계에서 손님을 끌어모으기 때문이다. 손님들은 카메라와 마들렌 봉지를 들고 아미오 고모의 집으로 향한다. 별다른 특징이 없으며 어딘가 음침한 그 저택으로 말하자면, 딱히 사람들의 관심을 모을 가능성은 없었을 것이다. 한때 프루스트가 바로 그 벽 안에서 작중화자의 침실, 프랑수아즈가 점심을 준비하던 부엌, 그리고 스완이 저녁식사를 하러 들어오는 정원 문을 지어내기 위해서 사용한 인상들을 수집했다는 사실만 아니었다면 말이다.

그 안에 들어가보면, 어딘가 숨을 죽이게 되고 반쯤은 종교적인 느낌이 드는 것이 문득 교회를 연상시킨다. 아이들은 조용해지고 뭔가 기대를 품게 된다. 안내인은 아이들에게 따뜻한 그리고 딱한 듯한 미소를 던지고, 엄마들은 아이들에게 다니는 동안 아무것도 만지지 말라고 재차 상기시킨다. 이 안에는 거의 아무런 유혹할 만한 것도 없다. 방들은 몰취미한 가구가 갖춰진, 시골 부르주아의 19세기 주택의 느낌을 그 심미적인 공포까지 완전하게 재창조했다. "레오니 고모의 침대" 옆에 놓인 탁자 위에는 퍼스펙스 유리로 만든 커다란 전시대 안에 흰색 찻잔 하나, 오래된 비시 광천수 한 병 그리고 기름져 보이는 마들렌 하나가 외롭고도 흥미롭게 놓여 있는데, 자세히 들여다보면 플라스틱으로 만든 것을 알 수 있다.

관광안내소에서 판매하는 안내 팸플릿의 저자인 라르셰르는 이렇게 설명한다.

> 『잃어버린 시간을 찾아서』의 깊고도 비의적인 느낌을 파악하고 싶은 사람이라면 반드시, 그 책을 읽기 전에, 일리에 콩브레 방문에 하루를 고스란히 바쳐야 한다. 콩브레의 마법은 오직 이 특권적인 장소에서만 진정으로 경험할 수 있다.

비록 라르셰르가 감탄할 만한 시민의식을 보여주고 있으며, 또한 마들렌 장사와 관련된 모든 제과점 주인들로부터 박수를 받으리라는 데에는 의심의 여지가 없지만, 그렇게 하루를 고스란히 바치고 난 사람이라면 혹시 라르셰르가 자기 마을의 가치를 과장하는 동시에 본의 아니게 프루스트의 마을이 된 곳의 가치를 깎아내릴 위험을 감수하는 것은 아닐까 하는 의문을 품게 될 것이다.

이보다 더 정직한 방문객이라면, 사실 이 마을에 특별히 놀라운 점이라고는 전혀 없음을 시인할 것이다. 이곳은 다른 여느 마을과 상당히 비슷하다. 물론 그렇다고 해서 이곳이 전혀 흥미롭지 않다는 뜻은 아니며, 다만 라르셰르가 언급한 바처럼 이곳의 특권적인 지위를 뚜렷이 보여주는 증거는 없다는 것이다. 이곳은 프루스트의 핵심에 딱 어울리는 셈이다. 한 마을에 대한 관심은 본질적으로 그곳을 바라보는 특정한 방식에 의존한다. 콩브레가 쾌적한 곳인지는 모르지만, 이곳을 방문할 가치는 프랑스 북부의 넓은 고원에 있는 그 어떤 마을과 비교해도 더 높지는 않다. 프루스트가 그곳에서 밝혀놓은 아름다움이란, 만약 우리가 프루스트식으로 그 아름다움을 살펴보려고 노력만 한다면, 다른 거의 모든 마을에도 현존하고, 또는 잠재해 있음을 알 수 있다.

아이러니컬한 점은 프루스트를 향한 우상적인 숭배 때문에, 그리고 그의 심미적 관념에 대한 오해 때문에, 우리는 맹목적으로 자동차 속도를 높여 이 마을 인근의 교외를 지나서, 즉

브루, 본네발, 쿠르빌 같은 문학과는 무관한 이웃 마을과 부락을 지나서, 프루스트가 어린 시절을 보낸 장소라는 가공의 기쁨 속으로 향한다는 것이다. 그 와중에 우리는 만약 프루스트의 가족이 쿠르빌에 정착했다면, 또는 그의 나이 많은 고모가 본네발에 살았다면, 우리는 마찬가지로 불공평하게도, 오히려 그 마을을 향해서 차를 몰았을 것이라는 점을 잊고 만다. 우리의 순례가 우상숭배적인 까닭은, 프루스트가 우연히 자랐던 장소에만 특권을 부여할 뿐, 그 장소를 바라보는 그의 태도에는 그렇게 하지 않기 때문이다. 이것이야말로 뚱뚱한 미슐랭맨이 권장하는 관점이다. 그는, 명소의 가치란 그곳에서 보이는 대상에 근거하는 것이 아니라 오히려 한 사람의 시각의 질에 더 많이 근거한다는 점을, 또한 프루스트가 자랐던 마을에는 태생적으로 별 세 개짜리인 것은 전혀 없으며 이는 프루스트가 그의 르노 자동차에 기름을 채울 기회를 얻지 못했던 쿠르빌 인근의 엘프 주유소에도 태생적으로 별 영 개짜리인 것은 전혀 없다는 점을 인식하는 데에 실패했다. 그러나 만약 프루스트가 그 주유소에 들를 일이 있었다면, 그는 음미할 뭔가를 손쉽게 발견했을 것이다. 그곳에는 깔끔한 화단에 나팔수선화가 자라고 있는 멋진 앞마당이 있었으며, 멀리서 보면 마치 땅딸막한 한 남자가 부르고뉴산 멜빵바지를 입고 담장에 기대어 선 것처럼 보이는 구식 펌프도 하나 있었기 때문이다.

러스킨의 『깨와 백합』 번역서에 붙인 서문에서 프루스트는,

만약 누가 굳이 귀를 기울였다면 일리에 콩브레의 관광 산업을 졸지에 불합리한 것으로 바꾸어놓기에 충분할 글을 남겼다.

우리는 밀레가 자신의 「봄」에서 보여준 그 들판을 직접 가보고 싶어하며, M. 클로드 모네가 우리를 지베르니로, 센 강의 강둑으로 그리고 그가 아침 안개 사이로 보여준 탓에 우리 눈으로는 거의 식별할 수 없는 강굽이로 데려가주는 것을 좋아한다. 그러나 사실은, 단순히 관계의 우연 또는 가족 관계로 인해서……밀레나 클로드 모네는 그 근처를 지나거나, 인근에 서 있을 기회를 얻었고, 그리하여 다른 곳이 아니라 바로 그 길을, 그 정원을, 그 들판을, 그 강굽이를 그리기로 선택했을 뿐이다. 이 세계의 나머지와 비교했을 때, 그런 장소가 유독 뭔가 다르게, 그리고 뭔가 더 아름답게 보이는 까닭은, 그곳이 일찍이 천재들에게 부여했던 어떤 인상이 마치 파악하기 어려운 반영처럼 그곳에 깃들어 있기 때문이다. 그러나 그런 인상이란, 어쩌면 그 화가가 그릴 수도 있었을 다른 풍경 모두의 부드럽고도 무관심한 표면에도, 마찬가지로 독특하면서도 제멋대로 떠돌아다니고 있음을 우리는 깨달을 수 있다.

우리가 방문해야 할 곳은 일리에 콩브레가 아닐 것이다. 프루스트에게 바치는 진정한 경의는 그의 눈으로 우리의 세계를 바라보는 것이지, 우리의 눈으로 그의 세계를 바라보는 것은 아닐 테니까.

이런 사실을 잊게 되면 우리는 의외로 서글픔을 느낄 수 있다. 관심이라는 것이 특정한 위대한 예술가가 그것을 발견한 바로 그 장소에 크게 의존하고 있다고 느낄 때, 천 군데에 달하는 경험의 풍경과 장소는 충분히 받을 수 있었던 관심을 그만 박탈당하게 된다. 왜냐하면 모네는 오직 지상의 몇 지역만을 바라보았을 뿐이며, 프루스트의 소설은 제아무리 길어야 인간 경험의 일부밖에는 포착할 수 없기 때문이다. 예술의 주의력의 일반적 교훈을 배우는 대신, 우리는 단순히 그 시선이 지목하는 대상만을 추구할 수 있으며, 그런 와중에 예술가가 미처 고려하지 못한 이 세계의 다른 부분을 공정하게 대할 수가 없다. 프루스트에 대한 우상숭배자로서, 우리는 프루스트가 결코 먹어본 적이 없는 디저트에, 그가 결코 묘사한 적이 없는 드레스에, 그가 언급한 적이 없는 사랑의 미묘한 차이에, 그가 방문하지 않은 도시에 바칠 시간이 거의 없을 것이며, 대신 우리의 존재와 예술적 진실 그리고 흥미의 영역 간의 간극에 대한 자각으로 고통을 받을 것이다.

교훈? 우리가 프루스트에게 바칠 수 있는 최상의 경의는 일찍이 그가 러스킨에게 내린 것과 똑같은 평결을 그에게도 내리는 것이리라. 즉 그의 모든 자질 때문에, 그의 작품에 너무 오랜 시간을 소비한 사람들에게는 결국 그의 작품이 어리석고,

광적이고, 속박되고, 거짓되고, 우스꽝스럽다고 증명되리라는 것이다.

> 독서를 훈련으로 만든다는 것은 동기에 불과한 것에 너무 큰 역할을 부여하는 일이다. 독서는 정신생활의 문턱을 넘나드는 것이다. 독서는 우리를 정신생활로 이끌어준다. 그러나 독서 자체가 정신생활을 구성하지는 않는다.

세상에서 가장 훌륭한 책이라고 해도 결국에는 충분히 내던져질 수도 있다는 것이다.

감사의 말

다음에 나오는 여러 분들에게 감사인사를 드리고자 한다. 마리 피에르 베이, 마리나 벤저민, 나이절 챈첼러, 잰 데일리, 캐롤라인 도네이, 댄 프랭크, 미나 프레이, 앤서니 고널, 니키 케네디, 어슐러 쾰러, 재클린 및 마크 릴랜드, 앨리슨 멘지스, 클로딘 오헌, 앨버트 리드, 존 라일리, 타냐 소토브스, 피터 스트로스, 킴 위더스푼. 조언과 매주 연재 칼럼을 제공한 미리엄 그로스에게 특히 많은 빚을 졌다. 메어 및 마이크 맥기버, 노거 애리카 그리고 늘 그렇듯이 길버트와 재닛 드 보통은 날카로운 눈으로 교정 작업에 도움을 주었다. 우정과 아울러 2년 동안에 걸친 유난히 통찰력이 뛰어난 대화를 제공한 존 암스트롱에게 나는 가장 큰 빚을 진 셈이 되었다. 이 책을 쓰는 동안 잘 견뎌주었던, 정말 다함이 없이 사랑스러운 케이트 맥기버에게도 마찬가지이다.

역자 후기

책장에 꽂혀 있는 마르셀 프루스트의 『잃어버린 시간을 찾아서』를 볼 때면 문득 마크 트웨인의 유명한 말이 생각난다. "고전이란 누구나 다 알지만 아무도 읽지 않는 책이다." 너무나도 친숙한 제목에도 불구하고 막상 이 책을 읽은 사람은 드물다. 간신히 읽은 사람도 두 번 읽어보라면 고개를 젓는다. 어렵고 난해하고 산만하다는 평이 지배적이다. 어째서 그처럼 접근이 쉽지 않은 책이 현대의 고전이며 문학사의 걸작으로 공인된 것일까? 탁월한 감성과 재치의 소유자인 작가 알랭 드 보통은 문제의 원인이 '프루스트'가 아니라 '우리'에게 있다고 따끔하게 지적한다.

우리가 프루스트의 작품을 제대로 '음미하지' 못하는 까닭은, 프루스트처럼 세상에 대한 섬세하고도 호기심이 충만한 시각과 시야를 가지고 있지 못하기 때문일 것이다. 샤르댕의 정물화가 우리가 미처 몰랐던 주변 사물의 색다른 가치를 새삼스레 일깨워주듯이, 프루스트의 소설은 우리가 미처 몰랐던 내적이고 외적인 세계의 또 다른 가치를 드러내준다. 이 책을 읽고 나면 프루스트에 대한 우리의 사고에 적잖은 편견, 또는 섣부른 예단이 섞여 있었음을 솔직히 시인할 수밖에 없을 것이다.

그런 면에서 이 책은 「뉴욕 타임스」의 서평처럼 "비평이자, 전기이자, 문학사이자, 프루스트의 걸작을 읽기 위한 독서 지침서"이고,

또한 "자기 계발서라는 용어의 가장 심오한 의미에 해당하는 진정한 자기 계발서"인 셈이다. 지금껏 우리나라에 나온 프루스트 관련서들 가운데 이렇게 간결하고 신선하게 프루스트의 진면목을 보여주는 책이 또 있을까? 이 책을 읽고 나면 누구라도 프루스트에게 친근감과 매력을 느끼지 않을 수 없을 것이다. 나아가 본격적인 '프루스트 읽기'에 도전하는 독자들도 분명히 있을 것이다.

이 책은 우리나라에서 『프루스트를 좋아하세요』(생각의나무, 2005)라는 제목으로 이미 번역본이 간행되었다. 그 번역본은 1997년에 영국에서 나온 초판본을 번역한 것으로 추정되는데, 나는 1998년에 미국에서 나온 페이퍼백 판본(빈티지 출판사)을 대본으로 삼아 번역했다. 양쪽 판본을 비교해보면 내용 중에 가감된 부분이 간혹 눈에 띄는 것으로 보아, 나중에 나온 빈티지 판본이야말로 최종본이라고 해도 무방할 것이다.

알랭 드 보통의 문장은 상당히 독특하다. 세련되면서도 일면 현학적인 느낌마저 줄 정도로 복잡하고도 정교하게 쓰인 문장이다. 단순히 단어를 우리말로 옮기고 문장으로 재조합해놓으면 아무래도 그 맛이 제대로 살지 않아서 고민스러웠다. 때로는 의미 전달을 위해서 의역도 불가피했지만, 가급적 좀 뻣뻣하더라도 저자의 원래 문장의 느낌에 가깝게 옮겨보려고 노력했다.

독자들은 알랭 드 보통의 문장에 대해서 "어렵다"거나 "난해하다"는 지적을 하는데, 실제로 그런 면이 없지 않다. 단순히 단어나 문장이 어려워서라기보다는, 저자의 섬세한 설명 역시 프루스트의 문장처럼 적극적인 '음미'를 요구하기 때문인 것 같다. 번역 과정에서도 한 문장을 여러 번 읽고 거듭 생각한 끝에야 비로소 저자의 의도를 깨달은 부분이 있었다. 처음에는 왜 이렇게 표현해야 할까 싶다가도, 나중에 생각해보면 참으로 절묘한 표현이라고 감탄하기도 했다.

번역 작업 도중에 의문이 들 때마다 이미 간행된 여러 프루스트 관련서들을 참고하고 도움을 받았다. 본격적인 전기로는 앙드레 모루아의 『프루스트를 찾아서』(김창석 옮김, 정음사, 1993)와 장 이브 타디에의 『프루스트』(하태환 옮김, 책세상, 2000)가 있다. 특히 타디에의 책은 상당히 자세하고 내용이 풍부하며, 색인도 있어서 큰 도움이 되었다. 에릭 카펠리스 편저의 『그림과 함께 읽는 잃어버린 시절을 찾아서』(이형식 옮김, 까치, 2008)는 제목에 나타나 있듯이 『잃어버린 시절을 찾아서』에서 언급된 미술 작품의 도판을 수록하고 관련 부분을 발췌하여 번역한 고급 장정의 책이다. 이 책에서도 언급된 미술 작품들 중 상당수를 찾아볼 수 있어서 큰 도움이 된다.

이 책의 경우에는 저자가 프루스트의 저술을 인용하면서도 대개는 출처 표기를 해놓지 않아서, 간혹 원문이나 번역문 확인이 필요한 경우에는 골치를 앓았다. 번역서와 전기까지 활용해서 가급적 정확한 맥락과 내용을 확인하고자 했지만, 모두 다 찾아내지는 못한 것이 아쉬움으로 남는다. 청미래 편집부의 도움이 없었더라면, 그중 상당수는 찾아내지 못했을 것이다. 이 자리를 빌려 깊이 감사드린다.

2010년 6월

박중서